爱，有时就是站在不远处，

看你落泪，任你心碎，而无能为力。

你永远不会知道，直到有一天，

你也站在至爱之人的不远处。

青年文摘图书中心 编

李钊平 主编

04

暖爱卷

中国青年出版社

所有的相遇，都是久别重逢

The Feeling of Reunion Exists in the First Time We Meet

目 录

壹

愿你一直叫我的名

文 / 公纸木

童　话

　　礼堂里挤满喧闹的人群，大多是父母带着衣着鲜艳的孩子，他们笑容满面，尊敬地看着走上台的男人。

　　作为这个世界上最优秀的童话作家，他总能拿出无穷的让孩子们喜欢的故事，但这是他的最后一本童话故事书，写完这本书，他就会离开了。

　　"诸位，"作家在台上的木制凳子上坐下来，凳子用鲜活的树木做成，上面甚至开满了还没来得及凋谢的紫色小花，"感谢你们今日的捧场。如你们所见，今日之后，我就会离开了。"

　　他留着翘起的棕色小胡子，这让他看起来滑稽可笑，但他的脸庞是年轻的，闪现出一种独特的、很有魅力的光芒。

　　"今天，我将为你们讲述一个最动人的童话故事，这本是属于我一个人的秘密，不过现在，我将与你们分享它。"

　　台下的孩子们眨着眼睛，安静地听着作家接下来的话。

　　"如你们所见，现在的我是成功的。"作家摸了摸他的小胡子，然后撩开右裤管，从里面显出一小截金属的柱状物来，"不过 20 年前，我刚

10岁，我从高处摔下来，失去了右腿。我很早就没有了父亲。母亲为我买了轮椅，不过我不喜欢，我把自己关在屋子里，除了食物和水，拒绝见到任何东西，包括我的母亲。"他低低地讲述，声音像老留声机里转动出来的一般。

"我的母亲想尽一切办法逗我开心，不过都失败了。她很难过，告诉我，上帝还是眷顾我的。当然我没有相信，现在想来，我应该很让母亲伤心。"他的神色悲伤起来，好像陷入了那段并不愉快的回忆，"我不想看到亮光，我不开灯，拉上窗帘，拒绝看到外面的世界。"

"我一直以为这样的生活将永远伴随我。直到有一天——"他的声音欢快起来，脸上的表情也变得愉悦了，"我发现了一件有趣的事情。"

"我的母亲大概是怕我做出不好的事情，就将整扇门拆掉，换成一种半透明的白布。

"直到有一天晚上，我从白布里看到一朵花的影子，月光洒在白布上，我看着她的影子一点一点变长，就像人类长高一样。她发现了我，向我点头问好。

"这是一个秘密，我没有告诉任何人，包括母亲。那天以后，院子里来了很多客人。"他看起来十分快乐，"小鸟、松鼠、天鹅、野猫、猎犬、刺猬，还有一只独角兽。院子里很热闹，我就在白布后面看他们的影子。"

"我听蛐蛐的演奏、青蛙的梦想、野马的恋爱、金鱼的牢骚……不只是动物，还有精灵。"他继续道，"他们在我的白布面前跳跃，虽然我没有走出去，看不到他们的颜色，但至少也不那么孤单了。"作家看了看礼台下的孩子们，微微笑起来，"不过这还不够奇妙，完美的童话里应该还有仙女。"

"那时候我已经不再悲伤，不过仍然没有跨出屋子。那天晚上月光非常美，我坐在书桌前，看到一个美丽的影子，她的裙摆很长，头发上缀满小花，看起来非常美丽。她对我说话，她说：'韦伯，喜欢这个童话吗？'

"唔，我当时不太明白她的意思。我问她能不能治好我的腿，她说不行。我很沮丧，认为童话都是骗人的。但她对我说，上帝还是眷顾我的，否则就不必为我创造现在的童话了。

"奇怪的是，同样的话，由仙女说出来，我很自然地相信了。仙女告诉我，上帝创造的童话到此为止，从今以后的童话，应该由我自己创造。

"那晚以后，门前的白布再也没有童话故事了，精灵和那些客人都消失了。我难过了好几天，认为上帝停止为我创造童话了。我把白布拉下来，我开始自己写童话，当然，我也走出了院子。

"从白布蒙上到落下，一共用了 10 年的时间，上帝为我创造了 10 年的童话。"作家深深地看着台下的人，"我也用了 10 年的时间，将过去看过的童话，为你们写下来。"

"这故事听起来是如此不真实。"作家叹了口气，他的神情愉悦又哀伤，"但我将这个故事说出来了，这是我的秘密，是我听过的最美的童话，也是我为你们讲述的最后一个童话。"

礼堂先是沉静片刻，然后响起了雷鸣般的掌声。作家站起来——用一只假腿，他优雅地冲台下行了一礼，径自走下了台，离开了礼堂。

然而礼堂里并未停止喧闹，孩子们兴奋地交流这个故事，但作家离开很久以后，一个突兀的、不合时宜的声音响了起来："得了吧。"

那是一个年迈的戴着听诊器的医生，他是作家的私人医生。他从座位上站了起来，"这算什么童话，我有另一个童话，诸位不如听一听。"

众人疑惑地看向他。

"20 年前，有一个美丽的妇人找到我，她的儿子摔断了腿，不愿意见任何人。这位母亲很焦虑，希望我能想想办法。

"原谅我吧，那时候我也没什么好法子。我告诉她，孩子们都是喜欢童话的，不妨用童话的力量帮助他。"他转过身，面向众人，"上帝不会眷顾任何人，那只是一个谎言。"

这话真残忍，像是毁了所有孩子的梦想，但又含着一种莫名的心酸的爱意。

作家走出了礼堂，太阳照在他尖尖的帽子上。他的母亲正微笑着看着他。他走过去，重重地拥抱了老妇人。"谢谢你，妈妈，我把你的童话送给了所有人。"他笑起来，"我爱你。"

他看着面前妇人脸上的皱纹，不知从什么时候起她就不再年轻了。但她是从什么时候起，开始搬弄花草，养起小动物的？她的手因为常年缝制各种童话中的布偶生满茧子，她不再美丽了。如果不是那一晚，仙女的声音如此熟悉，他一辈子都不会发现这个秘密。

谁说世上没有童话？他的母亲用了一生的时间，以青春美丽为代价，为他创造了一个最动人的童话。

文 / 李汉荣

数 · 眠

不要数羊，你虽然去过一次草原，也看见了"风吹草低见牛羊"的一些断章残篇，但你不止一次见过的，是大自然的废墟，所以，数羊，你就只能数你见过的羊圈里养着的羊，但那有什么意思呢？你是清点它们失去了多少白云青草，统计它们永别了多少露珠和旷野的牧歌吗？它们的生活里，没有了这一切，就如同我们的生活里，没有了爱情和诗，只剩下生存的算计和平庸的悲欢。别数那些羊了，它们呆头呆脑，拥挤、沉闷，没有几只是快乐的、灵性的。它们一摞一摞挤在一起，看不清，没法清点。

也不要数鸡，鸡都在养鸡场——在它们的集中营里被关押着，密密麻麻挤挤挨挨，吃着毒药一样的饲料和激素，为它们的监狱外面的某个叫作天堂的城市源源不断制造脂肪和蛋白，以自己快速的死亡，推出垃圾快餐和生日蛋糕。你即使数一万只鸡，也找不到一只陶渊明的那些鲜活之鸡，那一声声山野鸡啼，那桑树巅上缭绕的美声，那可以安魂的清唱，已成绝响。千万别数鸡，你越数越焦虑，数到天亮，鸡叫了，是闹钟里的那只电子鸡。

　　不要数星星，你小时候数星星，星星一颗一颗看得分明，有的站在瓦屋上，你想上房抓一粒，藏在被窝里，用它照明，连夜偷偷读连环画；小时候数星星，你面前的星星太多，数不过来，你就没有坚持数下去，心想，就存在那里吧，随时去数都不迟。不数银河之星，不数苍穹之星，就数近处的吧，你家屋顶上存放的、屋后井水里收藏的、门前丝瓜藤上挂着的、院子里柿子树上悬着的，上苍分配给你们家的星星太多了，你就从来没有数清过，后悔了吧？现在你才数，晚了，在雾霾统治的天空，化学和工业涂抹的天空，被金钱和商业算计的沉闷的天空，没有纯真的星星，没有诗意的星星，没有童年的星星。万一要数，那就数：在你不长的一生里，究竟丢失了多少星星？可是，这样数下去，统计出来的全是负数，你亏多了，越来越睡不着了。唉，天就要亮了，你却比启明星还清醒。觉，明明白白是睡不成了。啊，千万记住，别数星星。

　　数你此生遇到多少好人，从近年往小时候数，让你的心，变成一条倒淌河，逆时光而上，终于，浊波渐远，水声渐柔，芳草渐多，心，渐渐回到清澈的源头。你知道，好人让人安全、安心、安稳，所以，好人能催眠。那就想好人，数好人吧。你多年前住过的那个院子里，有一位王大爷，好人，憨憨的，红脸膛，鼻子有点塌。夏天，他种几窝丝瓜，顺院墙扯藤，藤扯哪家窗口，丝瓜归哪家。老王笑说："麻烦大家帮忙收瓜，我养丝瓜藤儿，只图个心里清凉，瓜归大家伙儿。"想到这儿，你燥热的心，果然清凉些了，有点睡意了。没睡着？继续数，数到第二个好人，第三、第四、第五个好人，快睡着了吗？这就数到第九个好人了，上高中时教语文的杨老师，冬天，你到他办公室抱去全班一摞作文本，他见你穿单裤、单鞋，脚上没袜子，天在下雪，杨老师说："每天晚上下自习后，到我这里用热水泡泡脚，不然，半夜脚都暖不热，好吗？"当晚你就去了，一个冬天，你的脚都泡在温暖的泉水里，此刻，一生，你的脚都拔不出那个盆底绘着一大三小四条红色金鱼的白色搪瓷洗脚盆。哦，那盆永不降温的热水，使你睡意渐消，感念更深。那么，继续数吧，继续用好人催眠，继续你温暖的数学，继续你爱的统计学，继续用美好的数据，诱惑和贿赂那迟迟不肯降临的睡神。

于是，继续数，第十、第十一、第十二，不要依序数了，那会数到何时？跳跃着数吧，到小时候，终于，你数到了你妈妈，你遇到的第一个好人，比平凡还平凡的母亲，比善良还善良的心灵，比野草还野草的百姓——你那在草木、田园、鸟鸣和炊烟中劳作一生的母亲，在露珠、月色、烛光中修行一生的母亲。人的一生是不能离开母亲的，即使你老了，母亲走了，你心里还必须有一个母亲，你必须时常回到母亲的怀里，找到你丢失的纯洁和天真，找到内心的安宁。一个失去母亲的宇宙，是何等荒凉？你无法在没有母亲的宇宙里安然入睡，你无法在荒原深处酣然入眠。归来吧母亲，我孤独，我荒凉，我苦涩。没有乳汁的灌溉，浸泡在海水里的心灵多么苦涩。没有母亲的手语导引，夜晚旋转的星星们多么盲目和孤单。我睡不着，母亲，没有你，这个宇宙没有轴心，这个星球没有轴心，这个夜晚没有轴心，我的心里没有轴心。母亲，用你天上的摇篮摇动我吧。好在，今夜，我数到了你，我又见到了你，我返回到你的怀里，母亲。此刻，母亲抱着我数星星，我睡在母亲的怀里，星星睡在谁的怀里？母亲能叫出星星们的名字，那么星星也是母亲抱大的孩子，我睡在母亲的怀里，星星也睡在母亲的怀里，我和星星睡在同一个温暖的怀里，全宇宙的星星都睡在母亲的怀里，全宇宙的星星都睡熟了，我也睡熟了。

文／粲　然

一片小阳光

太阳爸爸和月亮妈妈有很多孩子，有些孩子变成星星，可以永远留在天上；另一些孩子变成光，就要四处旅行。

有一天，他们最小最小的孩子——因为他是白天出生的，被叫作"小阳光"——也离开了家，他和许多兄弟姐妹一样，怀着"哎呀，为什么我不能做颗星星永远留在天上"这样一肚子的怨气，在天空中横冲直撞。经过漫长又漫长的旅程，一头扎进他说不上名字的星球里。

小阳光跌得头晕目眩，好半天回不过神来。突然，他听到一个稚嫩的声音很礼貌地问："你是谁啊？明晃晃的，真漂亮。"

小阳光抬头一看，一个小男孩正看着他呢。因为人家夸他美，小阳光有点得意，就报上自己的名字，并且夸嘴说："我太阳爸爸家温暖又灿烂，那才是真漂亮。"

小男孩把手放在小阳光身上，长叹了口气，羡慕地说："你爸爸家真好，我爸爸在又阴冷又灰暗的北方工作，这样的冬天，肯定成天冷得打哆嗦。"

说完这话，小男孩和小阳光就同时想念起自己的爸爸来。

小男孩把小阳光捡起来，"把你寄给我爸爸吧，怎么样？"小男孩用商量的口吻跟他说，"我爸爸和你的太阳爸爸一样，也是个了不起的人呢。为了理想，他每天都在用力工作，请你也温暖温暖他吧！"小男孩说完，就小心翼翼地把小阳光放进信封里。

小阳光很不喜欢逼仄又黑暗的信封，但他觉得自己和小男孩似乎已经是朋友了，不好意思推辞，就嘟着嘴、曲着身子，气鼓鼓地躺在信封里。

装着小阳光的信封，被小男孩怀着虔诚的心寄向远方——

他先是被装上船，小阳光听得见流水稀里呼噜的声音，听得见兄弟姐妹们穿梭来回的欢呼声："真好玩啊真好玩，谁像我们如此自由自在。小阳光小阳光，天地广阔任你飞翔。"小阳光本打算一撒腿冲出信封去，可想起小男孩黑漆漆的眼神，又忍住了。

他又被运上飞机，小阳光听得到风云呼里哗啦的声音，听得到天上的星星在齐声唱歌："你又重回天庭，小阳光小阳光，快来做颗永恒的星。"小阳光本打算一撒腿冲出信封去，可他想起小男孩的话，又忍不住好奇，普天之下，还有什么人和太阳一样了不起呢？

就这样，装着小阳光的信封颠簸辗转了很长的路，从温润明媚的南方直到阴沉寒冷、飘着大雪的北方，这时，他听到一个男人在说话——

"喂，是我，刚收到米尼的信了。"男人似乎在打电话。

"爸爸，是爸爸吗？"电话那头传来小男孩的声音，"你要小心打开信封，把手慢慢伸进去哦。"

"为什么？"男人笑着问。

"因为，有天午后，我在棕榈树沙沙响的沙滩上，捡到一片阳光，我就拜托他到爸爸身边去。他现在啊，肯定还在信封里躺着呢。"小男孩说。

小阳光就这样静静躺在信封里，听一对尘世间最普通的父子谈着他。

这当口，他想起很多事，想起像棉花糖一样总是甜蜜微笑的云，想起神秘时髦却愿意温暖别人寂寞的极光，想起走夜路的胆小鬼总是远远望着的月亮妈妈，最最重要的，他想起永远用力发着光和热的太阳爸爸。

"请你们到万物身边去，去感受比明亮更耀眼灿烂一万倍的事吧。"在挥别孩子们时，太阳爸爸曾大声这样说。但这世上，有什么比明亮还要耀眼灿烂呢？当时的小阳光一点也不明白。

"真的？"小男孩的爸爸还在说，"那可是非常非常珍贵的礼物啊！爸爸已经很多天没晒到太阳了，经常冷得打哆嗦呢。"

小阳光感觉到信封被非常小心地撕开，一双又宽又厚的大手慢慢地伸了进来，透过信封的缝隙，他看到小男孩所说的"和太阳一样了不起"的爸爸，他长得又黑又瘦，头发像长长的杂草，戴着一副金丝眼镜。

"爸爸？感觉到了吗？"电话那头，小男孩似乎屏着气，用非常郑重的口气问着。

光是怎样照耀万物呢？河川是怎样光彩熠熠地流淌？百花用什么方式盛开？芳香和歌声如何流传宽广……这一瞬间，小阳光突然想知道这些。如果有比明亮耀眼灿烂一万倍的东西，就请带给小男孩的伟大爸爸吧！他闭上眼睛，用尽全力虔诚地祈祷着。

"哇——"爸爸倒抽了口气，"你寄来的是颗小太阳啊！"

"啊，感觉到了，是吗？"小男孩雀跃起来。

"嗯！非常非常暖。"爸爸在电话这头用力点着头，"从伸进去的手指开始热乎起来，一点一点，沿着胳膊，到身上，到脚，现在连脸都热烘烘的了。眼前都是明亮跳跃的光，真是太美啦！"

是这样啊。虽然小男孩说他只是捡到了沙滩上的一片小阳光，但在刚过去的整个冬天，他在遥远北方卖力工作着的爸爸，都被寄来的、比明亮更耀眼灿烂一万倍的小太阳温暖着胸膛。

文／（台湾）朱天衣

四季桂

　　人们都说八月桂花香，桂花应该是在秋季绽放香溢满园的，但我们家的桂花却从中秋直开到夏初，四季都不缺席，所以又被称为四季桂。

　　父亲喜爱桂花，我家门旁两株茂密的桂快有四十高龄了，虽种在花圃中，却仍恣意生长，不仅往高处伸展，更横向环抱，两树连成一气，漫过墙头自成一片风景。父亲也喜欢兰，还曾和他到后山搬回半倒的笔筒树，截成一段段来养兰。

　　桂花飘香时，便是父亲忙桂花酿的时刻。那真是一份细活，一朵朵比米粒大不了多少的桂花，采集已不轻松，还要将如发丝般细的花茎摘除，那是只有细致又有耐心的父亲做得来的。接下来便会看到父亲将拾掇好的花絮，间隔着糖一层一层铺在玻璃罐里，最后淋上高粱酒，便是上好的桂花酿。待等隔年元宵煮芝麻汤圆时，起锅前淋上一小匙，那真是喷香扑鼻呀！整个制作过程，我们姐妹能做的至多就是采撷这一环。有时在外面觅得桂花香，也会结伴去偷香，我就曾被二姐带到台大校园，隔着一扇窗，一办公室的员工便看着两个女孩在桂花树下忙着收成呢！

　　除了自制的桂花酿，掺了点桂花香的"寸金糖"也成了父亲写稿时难得佐伴的点心。这"寸金糖"在当时只有"老大房"贩售，我们姐妹仨不时会捎些回来，不是怎么贵的东西，父亲却吃得很省。他对自己特别喜欢的事物总能有滋有味地享用，但也不贪多，几乎是给什么就吃什么，供什么就用什么。茶是保温杯泡就的茉莉花茶。我们长大后自己会喝茶了，才知道拿来做花茶的茶叶，都是最劣质的，甚至连那茉莉香气都是用较廉价的玉兰花代替。记得那时二姐每次夜归，都会顺手从邻人家捎回几朵茉莉花，放进父亲的保温杯中。唉！这算是其中唯一珍品了。

　　父亲的细致端看他的手稿便可知悉，数十万的文稿，没一个字是含糊带过的，要有删动，也是用最原始的剪贴处理。写错了字，他依样用剪贴补正，且稿纸总是两面利用，正稿便写在废稿的另一面。有时读着读着，会忍不住翻到背面看看他之前写了些什么。他擤鼻涕使用卫生纸，也一样会将市面上已叠就的两张纸一分为二，一次用一张，但他从没要求我们和他做一样的事。

　　父母亲年轻成家，许多只身在台湾的伯伯叔叔，都把我们这儿当家，逢年过节周末假期客人永远是川流不息，如此练就了母亲大碗吃菜、大锅喝汤的做菜风格。即便是日常过日子，母亲也收不了手，桌上永远是大盘大碗伺候，但也从不见细致的父亲有丝毫怨言。到我稍大接手厨房里的事时，才听父亲夸赞我刀功不错，切的是肉丝而不是肉条，我才惊觉这两者的差异。

　　有时父亲也会亲自下厨，多是一些需要特殊处理的食材，比如他对"臭味"情有独钟，虾酱、白糟鱼、臭酱豆、臭腐乳，当然还有臭豆腐，且这臭豆腐非得要用蒸的方式料理，不如此显不出它的臭。几位有心的学生，不时在外猎得够臭的臭豆腐，便会欢喜得意地携来献宝，一进门便会嚷嚷："老师！这回一定臭，保证天下第一臭！"接着便会看到父亲欣然地在厨房里切切弄弄，不一会儿整间屋子便臭味四溢。

　　欣赏不来的我们总把这件事当成玩笑，当是父亲和学生联手的恶作剧，因此餐桌上的臭豆腐就让他们自己去解决吧！但往往那始作俑者的学生碰也不敢碰，所以那时的父亲是有些寂寞的。或许是隔代遗传吧！我的女儿倒是爱死了麻辣臭豆腐，只是很可惜的，他们祖孙俩重叠的时光太短浅了。

　　父亲也爱食辣，几乎可说是无辣不欢，他的拿手好菜就是辣椒塞肉，把调好味的绞肉拌上葱末，填进剔了籽的长辣椒里，用小火煎透了，再淋上酱油、醋，焖一焖就好起锅，热食、冷食皆宜。一次全家去日本旅游大半个月，父亲前一晚就偷偷做了两大罐，放在随身背袋里，这是他的利器，专门对付淡出鸟来的日本料理。

　　其实父亲的口味重和他半口假牙有关。以前牙医技术真有些暴横，常为了安装几颗假牙，不仅牺牲了原本无事的健康牙齿，还大片遮盖了上颌，这让味觉迟钝许多，不是弄到胃口大坏，就是口味愈来愈重，这和他晚年喜吃咸辣及糜烂的食物有关。且不时有杂物卡进假牙，便会异常难受，但也少听他抱怨。他很少为自己的不舒服扰人，不到严重地步是不会让人知道的，即便是身边最亲的人。

　　父亲在最后住院期间，一个夜晚突然血压掉到五十、三十，经紧急输血抢救了回来。隔天早晨全家人都到齐了，父亲看着我们简单地交代了一些事，由坐在床边的大姐一一如实地记了下来。大家很有默契地不惊不动，好似在做一件极平常的事，包括躺在病床上的父亲。

　　等该说的事都说妥了，大家开始聊一些别的事时，父亲悠悠地转过头对着蹲在床头边的我说："家里有一盆桂花，帮你养了很久了，你什么时候带回去呢？"父亲那灰蓝色的眼眸柔柔的，感觉很亲，却又窅窅的，好似飘到另一个银河去了。我轻声地说："好，我会把它带回去的。"那时我还没有自己的家园，我要让它在哪儿生根呢？

　　中国人有个习惯，生养了女儿，便在地里埋上一瓮酒，待女儿出嫁时把酒瓮挖出来，是为"女儿红"，若不幸女孩早夭，这出土的酒便为"花雕"，也有地方生养一个女儿便植一棵桂花。父亲没帮我们存"女儿红"，却不知有意无意地在家门旁种了两株壮硕的桂。我并不知道他也一直为我留着一株桂，为这已三十好几还没定性的小女儿留了一株桂。

　　父亲走了以后，时间突然缓慢了下来，我才知道过去的匆匆与碌碌，全都是为了证明什么：证明我也是这家庭的一员，证明我也值得被爱。大姐曾说过，她与父亲的感情像是男性之间的情谊；二姐呢？该比较像是缘定三生的款款深情；至于我，似乎单纯地只想要他是个父亲疼爱我。而我一直以为作家、老师的身份让他无暇顾及其他，但一直到后来，我才知道那是父亲的性情，对世间的一切事物都深情款款，却也安然处之，不耽溺也不恐慌。

　　一直到父亲走了，我整个人才沉静下来，明白这世间有什么是一直在那儿的，无须你去搜寻，无须你去证明，它就是一直存在着的。

　　当我在山中真的拥有了自己的家园时，不知情的母亲已为那株桂花找了个好人家。是有些怅惘，但没关系，真的没关系，依父亲的性情本就不会那么着痕迹，他会留株桂花给我，也全是因为他知道我要，我要他像一个世俗的父亲待我。

　　而今，在我山居的园林中，前前后后已种了近百株的桂花，因为它们实在好养，野生野长的全不需照顾。第一批种的已高过我许多，每当我穿梭其间，采撷那小得像米粒的桂花，所有往事都回到眼前来。

　　我们每个人都以不同的方式怀念着父亲，而我是在这终年飘香的四季桂中，天天思念着他。

文 / 游　睿

父亲的证明

天快黑的时候，一个男人来到了学校门口，男人头发蓬乱，双眼通红，胡须密密匝匝的，似乎很久都没刮过。他的出现立刻引起了我的警觉。

我拦住他，问："你找谁？"

男人看到我，搓了搓双手，有些不好意思地说："我是胡小花的爸爸，来接她回家。"

我把胡小花叫了出来。此前，胡小花都是由她奶奶来接的。她爸爸，我还是第一次看到。我对她说："小花，你爸爸来接你了。"

胡小花听到后飞快地跑出来："爸爸在哪里？"

我指了指眼前的男人，男人后退了一步，半蹲着身子轻声喊道："小花，你看谁来了？"

胡小花看到男人后却立刻站住了，瞪着双眼打量着男人。

"小花，过来，爸爸抱抱。"男人微笑着，看得出是那种带着讨好的微笑。但胡小花退后了一步，拉住了我的衣袖："老师，我不认识他，他不是我爸爸。"

我吓了一跳，赶紧搂住小花，再次警惕地打量这个男人。我看过许多丢小孩的案例，犯罪分子就是装成亲人把小孩骗走的，没准这个男人就是个坏人。我大声问道："你到底是谁？"

男人站了起来，脸上顿时皱纹密布："我是小花的爸爸啊，小花，你怎么不认识我呢？"

我问："你叫什么名字？"男人说他叫胡文进。

我转身问小花，小花说她爸爸是叫胡文进。我让男人拿出身份证来看看，男人立刻在自己身上摸索，片刻后却摊手说，他来得匆忙，没带在身上。

我拉着小花，打算回教室，男人在我背后喊道："老师，等等。"我转身，发现男人一脸痛苦地蹲在地上。他抬起头对我说："我真的是胡小花的爸爸，今天刚回来，她奶奶生病了，让我来接她，你们怎么就不相信我呢？"

我摇摇头，说："不是我不相信你，连孩子都不认识你，我怎么可能把她交给你？"

男人急了，他说，胡小花是 2007 年 7 月出生的，她今年身高 1 米 2，重 51 斤，穿 30 码的鞋。她的耳后还有一块胎记……我还是摇头，男人说的这些信息我也知道，知道这些，并不代表就是孩子的爸爸。

"你要我怎么样才肯把孩子交给我？"男人几乎是吼了起来，"她明明就是我的女儿，凭什么不让我带走，马上天就黑了。"

我说："不是我要怎么样，是你必须证明你是她的爸爸，我们也是为了孩子的安全着想。"

男人平静下来，勉强笑笑，说："对不起，老师，我刚才情绪不好，我真的是她爸爸。小花两岁时，我和她妈妈就出去打工了，我已经快五年没见过孩子了。如果不是我手里有她的照片，我也不认识她。"

　　胡小花突然大声说："你不是我爸爸，我爸爸没说要回来，前天他还和我通过电话。"

　　男人把双手伸进头发里，努力地抓了一把自己的头发，然后他站了起来，我看到他双眼里有了泪水。男人说："老师，你有电话吗？"

　　我点点头。男人说："你号码是多少，我给你打过来。"

　　我疑惑地看着男人，他正用恳求的目光看着我。我犹豫片刻，将号码告诉了他。接着，男人拨通了我的电话，男人说："把电话给小花好吗？"

　　我虽然不解，但还是将电话给了胡小花。胡小花接过电话，我看到男人脸上立刻绽开了笑容，他的声音也一下子变了，变得特别温柔，他用这温柔的声音轻轻地说："喂，小花，乖伢子，我是爸爸呀！"

　　"爸爸！"几乎是在一瞬间，胡小花飞跑过去，一把抱住男人，一边还回过头，对我说："老师，他是爸爸，爸爸每次都是这样叫我的！"

　　男人紧紧地抱住小花，把头深深埋在小花的肩膀上，小花也在他的肩膀上啜泣着。半晌之后，男人抬起头，努力微笑着对我说："这些年，我天天给她打电话，她更熟悉的，是我电话里的声音。"

　　那一刻，男人泪流满面。

文 / 颜巧霞

愿你一直叫我的名

　　她亮开嗓子，在校园里大叫我的名字，一声、两声、三声，那声音很快就响彻云霄不由分说飘进我耳里，这样粗鲁，我很想假装不认识她。

　　下了班，去接孩子。孩子看见我，兴奋地朝我扬了扬手，我看见她手里卷起的长纸卷，是她的画。我骑车载着她，一路往家去，快要临近第一个十字路口了，车水马龙的大街上我竟然听见了我妈的声音，她用高亮的嗓门，一声接一声地唤着："小霞，小霞……"在纷攘的人群中我定睛四顾，真的是我妈在向我招手，两个同村大婶伴她左右。我走近，她们笑闹她："你知道那是你的小霞？"我妈用肆无忌惮的笑声压下她们的戏谑："我自己的丫头，我还不认识？"

　　"妈，你怎么在这里？"她说："我就是等你的。"她把她三轮车上的韭菜、竹笋、小青葱、大蒜苗一股脑儿取出来放进我的自行车车篮里。她看见坐在后座上的孩子，笑容更灿烂了："小宝，你手里是什么？"孩子自得地递上她的画，我妈兴高采烈地展开来给同村的大婶看："你们看，画得多好看呀！"孩子在一旁大叫起来："外婆，你把画拿倒了！"我妈并不听她的，自从我爸去世后，她的听力就下降了，只管给人家说：

"看看，这花朵、月亮画得多像！"孩子一个劲叫嚷，"外婆，你拿倒了，倒了！"孩子小脸憋得通红，她一定觉得这样不识字、不懂画，还到处显摆的外婆，丢人死了。

多年前，我也是孩子这般大的时候，妈妈有一次来学校找我。对不识字的她来说，学校像一座迷宫，一模一样的教室，每个教室里又塞满了差不多大的孩子，她找我的难度好比从一块麦苗地里找出一棵普通的麦苗。我知道别人的妈妈知书达礼，都是先去办公室找老师交流，然后老师进教室来，温柔地说一句："你妈妈来了。"我妈不懂得这一套，她有自己的法子，她亮开嗓子，在校园里大叫我的名字，一声、两声、三声，那声音很快就响彻云霄不由分说飘进我耳里，这样粗鲁，我很想假装不认识她。从她嘴里呼喊出的"小霞、小霞……"每一声都如锣鼓般击在我心上，用不了多久，同学们就会用排除法猜出是我。我觉得丢人极了，采取速战速决的办法，从教室里冲出去，马不停蹄赶到她身边，对她好一通抱怨："喊什么喊？丢人死了！"她火暴地说："喊你怎么了？"

时光最是偷梁换柱的窃贼，我都有孩子了。去年的这时候，我正在教室里给孩子们上课，伯家哥哥气喘吁吁地跑到我面前："小霞，你妈摔倒了，神志不清呢，你赶紧回去看看。"我到家的时候，她仍然在屋后面的菜籽地里劳作着。我说："妈妈，是我。"她说："你是谁？"我赶紧说："我是小霞呀！"她说："小霞是谁？不知道，不知道，你别挡着我，我要把菜籽弄出来，天要下雨了。"她的眼睛没有一点神采，她真的认不出我了。她不像往常那样兴冲冲地说："呀，小霞回来了，我丫头也知道回来看看妈！"我慌了，哥哥说，她是给他推电动三轮的时候，因为惯性，一不小心摔下去的，起来后就变成这样了。

我死活拖着她去医院，进了医院，两个小时后，她终于认出我来，她问我："小霞，我怎么在这里了？"听见她叫我名字的刹那，我感觉黑漆漆的天亮了起来。

　　她的身体渐渐好转，我又能听见她叫我的名。她独居却种了许多种类的时令蔬菜，别人每每说她浪费，她总是回答："我丫头爱吃！"我与公婆同住，虽然公婆极其善良热情，她也不肯多来我家。她在我下班经过的十字路口，守着我，叫我的名字，给我新鲜的蔬菜，她说："小霞，定好了，以后我就在这里等你。"

　　看着她骑三轮远去的背影，我鼻子突然一酸，在心上虔诚地祈愿："愿你能一直这样叫我的名。"

文 / 叶倾城

看她落泪任她心碎

　　暑假，我送小年去口语培训班。到早了，先到休息室玩会儿，里面一个花裙子小姑娘正在哼唧，见到小年，她奶奶眼前一亮："看，有小朋友来了。"小年立刻忘了我的存在，径直朝花裙子而去。两个小毛头一人一块积木，携手搭起城堡来。

　　我去趟办公室办手续，临走又回来看一眼，却发现情势大变：来了个 T 恤小男孩，可能是花裙子的老熟人，花裙子立刻丢下墙垣半立的城堡，跑过去和他玩起来。小年一时没反应过来，手里还拿着积木，喊她："回来……"花裙子理也不理。

　　小年发现喊也无用，眼巴巴看了半天，低下头自己玩会儿，索然无味，又抬头看那一对喜新厌旧、始乱终弃的小人儿。

　　无端端的，我心中一恸。

　　我很想一步跨进休息室，抱起她，对她说：别伤心。这不是你的错。大部分人与我们不过是萍水相逢，他们来了，并不是因为你多好，只是那一刻你想玩他们也想；他们离去，也不是因为你不好，也许是妈妈喊他们回家吃饭，也许是突然发现了新玩伴。

我还想告诉她：总有一天你会明白，那些让你一想起来心就皱成一团的事物，总会抚平；再怎么念念不忘，哽在你喉管里上不上下不下，让你咳你喘你难受，醒了便睡不着、睡着又哭醒的悲伤，都会在平淡日子里融合。

我没有这么做。

我说了她也听不懂。

懂了她也不会接受——10岁时我认定我生来要拯救世界；20岁相信拉过的手永远不会松开，30岁遇到一生最大的浩劫，我以为将自此萎谢……我固执地拒绝每个长辈的规劝："我们这代人，和你们不一样。"有什么不一样的，顶多是表现方式不同。

就算接受了又怎么样。我饱读诗书，终于弄清楚抽筋可能是因为缺钙——它就不抽了吗？不，还得忍着小腿的阵阵痉挛。知识不能加速痊愈的速度，用理性来安抚情绪，真不如哭一场来得痛快。

我只是，看到了我的母亲。

曾有一个又一个晚上，我瞪着一个角落，并没发现自己在痛哭不已。忽然有人碰我，是我妈递过来一盒纸巾。

发生过什么，她一定很想问我。但我已粉身碎骨，一张嘴，迸出的每一个字都可能是飞溅的玻璃碴，一粒粒穿透她苍老的脸颊。她老了，我何忍毁坏她对世界淳朴的信任。

因此努力沉默不语，装作若无其事，以为没人知晓，就像爱面子的小年，假装继续玩积木。但此刻我明白了，我母亲一直站在门外，看我。

爱，有时就是站在不远处，看你落泪，任你心碎，而无能为力。你永远不会知道，直到有一天，你也站在至爱之人的不远处。

文／吴念真

我们的小孩很寂寞

我这一代人的父亲，大多不会跟孩子沟通。我一辈子跟爸爸讲的话不超过两百句。因为他不知道要跟我们讲什么，我们怕他怕得要命，什么也不敢跟他讲。我爸过世之后，为拼凑他的生平要问好多人。他不是立体的，我们是亲人，距离却那么远。所以，我跟太太说，我们要当儿子的朋友，像兄弟一样没大没小，这样会比较好沟通，不会出问题。

那时我说，若是有一天儿子失恋了，跑回来抱着我们哭，那我们就成功了。果真，他中学第一次失恋，凌晨两三点跑到我房间，抱着我痛哭。我一方面觉得很心疼，一方面也很高兴自己真的做到了。

我一直以为这一辈的父子关系应该都是这样的，我的好朋友都跟他们的孩子很好。直到有一天，我去一所很大的中学演讲，有 1500 位初中生、500 位高中生来听。我讲父亲、自己的历程、儿子的笑话……大家都听得很开心。

后来有一个学生举手问一个问题，他说："我不晓得要跟爸妈讲什么话，我不敢。例如，我今天不舒服，说不想去上课，我爸就拿棍子打我。"他一讲大家都笑了，我说我写 E-mail 回答他。当时忘记自己拿着麦克风，就把 E-mail 地址说了出来，结果两个星期收到 400 多封 E-mail！

这些孩子的信中都在讲父母亲——"我数学不好，被爸爸骂得很惨，但我语文很好啊，他为何不称赞我的语文成绩？""爸妈很势利，不准我跟我的朋友在一起。"

天啊！他们的父母应该小我 20 岁，但为什么都还不能跟孩子沟通？没办法当孩子的朋友？我吓了一跳，这些孩子对我没戒心，相信我这样一位陌生阿公，但是为什么他们不能、不敢跟父母讲同样的事情呢？这让我非常疑惑。

讲出来你也许不相信，我和儿子真的从来没有过冲突。他是个很听话的小孩，我没有骂过他。平常我们都叫他"葛格"，我最凶的时候是直接喊他的名字"吴定谦"。他在叛逆期跟妈妈讲话时比较凶，我最多在旁边跟他说："吴定谦，对我老婆客气一点！你听过我跟阿嬷这样大声讲话吗？"

唯一一次很严肃地跟他谈，是他在小学一二年级时。他那时成绩很好，老师特别安排一个成绩比较差的同学坐在他旁边。有一天老师打电话来说，我儿子做了一件让他非常惊讶的事，看我要不要跟他谈一谈。原来是考试时我儿子举手告状，说同学偷看他的试卷，老师告诫那个同学两次后他还是偷看。之后，儿子竟然把正确答案全部擦掉写上错误答案，让同学抄，同学抄完他再快速改回。

我吓了一跳，这很奸诈，是大人之间都无法原谅的事！我问儿子为什么，他说："这样不公平！"我们的教育让孩子这样看重分数！我给他讲了一个很长的故事，讲我当兵时，若有错误发生，会有一个人出来承认犯错，一个人承担，这个人最后会被大家尊敬，这叫义气——这是唯一一次我认为他做错事而跟他长谈。

我很清楚小孩的世界和我们的不一样，他们经历的不是我们能懂的。

父母自己做不到，就不能要求孩子做到。我儿子从小成绩很好，有一次数学却只考了七八十分，老师在联络簿上写，数学要多加强。我太太就训他："你的数学要多加油啊！"我把太太叫到厨房，问她："你的数学有没有很好？"

她说："很烂！"我说："我的数学也很烂啊！大学联考才考了10.18分！"我们的数学这么烂，怎么能要求孩子好呢？所以我很认真地跟太太谈，我们自己做不到的事，千万不要叫孩子替我们去完成。父母要孩子长成什么样的人，自己要先做成那样的人才行。

你不能决定孩子的前途，你不能只因为你认为哪个专业会找到好工作，就叫他去念哪个专业。让孩子自己去决定，以后他就不会怪你。我儿子考大学时只填报两个系——社会系和戏剧系，我心里想，我和太太老了以后要"吃自己"，没人养了！他说念社会系可以跟很多人在一起，协助他人，了解这个社会；念戏剧系可以跟很多人一起工作，而且可以安慰很多人。我觉得他的决定是经过认真思考的。

儿子后来念了台大戏剧系，他大学毕业那天，跑到我的书房说："爸！你从今天起不用给我零用钱了。"我站起来跟他道谢："从今天开始，你是独立的个体了，谢谢你，成长过程中没有给我找麻烦。"

我们的小孩很寂寞，无法跟人沟通，很多辛酸不知跟谁讲。小孩一旦不会沟通，就会动武，不是语言暴力、想法暴力就是行为暴力，所以要让孩子有机会倾吐、抱怨。有人可以讲、敢去讲心里的事，比把英文念好还重要。只懂把英文念好，没准会长成自私的混蛋呢！

贰

妈妈，
我该怎样去爱你

文 / 一风堂

彼岸的果实

一

大约是在十一二岁的时候，语文老师布置了一个作文作业，题目叫我的妈妈。我的妈妈很早就过世了，我犹豫了很久后决定去找老师，老师很冷淡地扔下一句：那就写爸爸好了。

我直愣愣地待在原地。爸爸虽然和我生活在一起，但他平时总是一副忙忙碌碌的样子，我并不了解他多少。

想了很久，脑海里突然闪过初到上海时和爸爸去动物园的情景。我决定写这个，文章一开头我先描写了爸爸的外貌，发色肤色再到身高体重加上大量的形容词，足足有两百字，接着我写了动物园有趣的猴子，总算凑足了六百字。

作文批下来是不及格，老师的评语写着：写猴子比写爸爸多。

大约在我三岁的时候，妈妈突发心脏病去世了，我只在唯一一张发黄的老照片里见过她。之后爸爸自己到上海开店，过了几年发展稳定些了，这才把我接到了身边。

为什么爸爸要把我带到上海？刚到上海的头一年里，我成天思考的就是这个问题。爸爸不像祖母，不会温柔地给我剪指甲，也不会贴着我的脸讲故事，甚至我哭的时候，他也只不过在一边冷冷看着。后来搬了家，我有了自己的房间，一个人待在房间里的时候，我常常站在露台眺望夜空，回想老家的熟悉街道。

二

自从上了大学，我就很少回家了，每月的生活费爸爸会通过银行转账打到我卡上，我收到后回复一条短信即可。我们之间的交流每月就这么一次。

在大学里我一直是一个活跃分子，因为从小就生活在田野里，对植物的认识往往超出所有人的想象，园艺社的前辈们对我十分倚重。当时大家想做一本野生植物标本图鉴，用来参加一个很重要的展览。我胸脯一拍包揽下了其中十几种城市里很难见到的植本，想利用暑假回老家的机会收集起来。

就在期末考试结束不久后，我接到爸爸打来的电话，说，今年暑假我和你一起回去。

我在内心大叫着"不要"，想到自己即将背负着那种沉闷和阴郁在旅途中一路颠簸，那种沮丧的心情实在难以言表。

果然，虽然前一天晚上想了很多聊天的话题，但登上火车挨着爸爸坐下来之后，发现有些话题不太容易自然地开头。正当我苦恼的时候，爸爸掏出一张报纸看了起来，我总算松了口气，戴上耳机，心安地听起了流行歌曲。

听音乐听到一半，我掏出手机看短信，爸爸突然放下报纸，一副饶有兴趣的样子看着我手里的手机。

"这是你的手机？"

"是啊。"这部手机是半年前买的，降价促销的国产货。

"可以拍照片吗？"

"可以，但像素只有八百万，现在好的都是几千万了。"

"是吗？我觉得已经很好了。"

"这种键盘机已经快被淘汰了，现在外面都流行触摸屏的，这种……说实话，都不好意思拿出来。"我讪讪地笑了起来。

"那种触摸屏的手机，你想要吗？"

"什么？当然想要啦——"被爸爸这么一问，我突然害羞起来，心脏扑通扑通跳，心想，爸爸该不会是想帮我买新手机吧？

"那就好好学习，等工作了买它十个八个玩。"爸爸呵呵一笑又低头看起了报纸，我白了白眼睛，气恼地扭过头去看风景。

三

我的老家正被绮丽的风景环绕其中，白桦树、榆树、木兰树此刻枝繁叶茂。接下来的一个月里，我在前后坡找到了大多数植本，但唯独一种叫延龄草的植物怎么也找不到，我决定中饭过后去黑虾夷松那儿找找看。

"下午你准备干些什么？"午饭时爸爸问我。

"去山上看看。"

"我瞧你这几天老往山上跑，干吗呢？"

"找几种植物做标本。"

"学校要用？"

"嗯。"我三下五除二吃完了，逃似的离开了饭厅。

盛夏刺眼的阳光被层层树叶所掩盖，柔软的地面湿润而阴凉。走了没多久，一片密实的杏林挡住了我的去路。我停下来四处张望，想绕行却没有带开路的工具。

"风堂。"

我闻声转过头，"爸，你怎么来了？"

"反正下午我也没事干，跟你过来看看。"

我的表情一下子阴沉下来，道："我去干正事，不是去玩，你在会影响我的。"

爸爸仿佛看透了我的心思，小声说："你若不喜欢，我就回去好了。"

"等等。"我低着头踢了一下脚下的石子，说，"想去黑虾夷松那儿。可到了这儿就没路了，你带我过去吧。"

爸爸脸上的阴霾立刻一扫而光，兴致盎然地给我带起了路。

"爸，你不热吗？干吗把纽扣扣那么高？"

"习惯了，总觉得纽扣不扣上，会显得一个人很轻浮。"

"别人都会把最上面的纽扣解开，把领子立起来，现在很流行这样。"

"我不搞那些花样。"爸爸说。

到了黑虾夷松下，我猫着腰用手拨弄着草，像猫头鹰一样转动着脖子察看视线死角。

"找什么呢？"

"延龄草。"我回答。

"哦……这种草平常挺多的，真想要找它了，怎么都不见了？"爸爸说着，四下张望起来，"有些东西就是这样的，你不找它，它自个儿会跑出来的。好了，回去吧。"爸爸说完，站了起来。

"这是什么话？！"我心里这样想着，却也无可奈何。

"风堂，我们去那里看看。"

听到爸爸叫我，我回过了神，顺着他的视线朝远处望去，那里有条河在阳光下闪闪发光。

还没等到我回答，爸爸已经迈开腿朝那条河走去，我沉默地跟在后面。爸爸用下巴往前一努说："没看见吗？樱桃熟了。"

水不深，只没过膝盖。到了对岸后，刚才还模模糊糊的点点红色一下子清晰起来。

爸爸从樱桃树的背面走出来，手里捧着十几颗樱桃给我吃。

"你手机带着吗？"爸爸冷不丁地问我。

"带着。"我以为爸爸想打电话又补充一句，"这儿没有信号。"

"我不打电话，你给我拍张照片吧。"爸爸低着头，来回搓着手。

"来吧。"爸爸说着，站到了樱桃树下，理了一下头发后，端端正正地站着，很一本正经的样子。

我正准备按快门时，爸爸突然说等一下，我疑惑地放下手机，只见爸爸低头把 POLO 衫最上面的扣子解开了，把领子立了起来，做完这些动作后，冲我羞涩一笑，惊得我目瞪口呆。

我把拍好的照片给爸爸看，爸爸又提议道："我们合照一张吧。"

我双手一摊无奈地说："没有人可以帮忙啊。"

爸爸嗫嚅地说："你手机有没有……那个……定时功能？"

一向老土的爸爸竟然也知道这个！但我这个手机不是那种高端货，没有这项功能。我告诉了爸爸，爸爸叹息一声，一下子沉默下来。

"爸，你给我拍一张吧。我用电脑软件合成一张就行了。"

"可以吗？"爸爸干瘪的身体好像又被注入了新活力一样。

"可以，我会弄。"

"现在的小孩真是不得了啊。"爸爸感叹一声，弄得我在心里哧哧笑了起来。

下山时，我回过头看了一眼那樱桃树，总觉得以前在哪里见过似的，真是奇怪！

第二天早晨，我起床发现床头柜上放了一株延龄草，还有一张纸条，纸条上写着：照片印好给我一张。

祖母告诉我，爸爸厂子里有事先回去了。

四

三个多星期后，我回到学校，有天下午没有课，我打开宿舍里的电脑尝试着合成照片。

打开，抠图，调整大小……我直盯盯地凝视着做好的合成照片，看着看着，忽然发现这棵樱桃树……准确地说，是这照片的背景很熟悉，好像在哪里见过？在哪里？我的心仿佛像震碎似的，站直了身子，朝书架走去。在厚重的《牛津英语词典》里有一张发黄的老照片，照片上的女人正冲着我微笑，一样的叶子，一样的果实……

那天山上，困扰我的疑云终于散开了，答案原来在这里。

我决定在这张合成照片上多加一个人。

那天晚饭时间我特地打印了照片回家，从信封里拿出照片的爸爸脸上有一瞬的僵硬，他微微侧了脸，半张着嘴，眼睛闪着泪望着天花板的某一点。

"爸。"我试探性地喊了一声。

"什么？"爸爸回过神。

"那个……那个延龄草你在哪里找到的？"我故意岔开话题。

"就在那棵樱桃树的背面嘛。"爸爸说完，又低头看起了照片。

"啊？我怎么没发现呢？"

"有些细小的东西是很难发现的。"爸爸抚摸着照片里的妈妈，微笑地回答。

"嗯。"我应了一声，狼吞虎咽地吃起爸爸剩下一半的炒面。

文 / 华明玥

奔跑的母女

一

送别奔向新生活的女儿，她的心干瘪了。

她是单身妈妈，女儿高二时，孩子爸爸因病故世，她的空巢感比一般人家更猛烈——送别相依为命的女儿，回到家中，看到空了一半的衣柜、书橱，她心里空荡荡的。

离家第一个月，女儿被大学生活的种种新奇吸引，来不及体会妈妈的失落感。她每天都很忙，被招录到新社团，为见到学术偶像雀跃不已……她的话又稠又密，妈妈总是插不进嘴，可要是她忙起来，铁定两分钟内挂电话。

一开始，妈妈和一切新鲜人、新鲜事较劲，争取女儿的关注度。比如在人人网上，她也是女儿的好友，可她发的新鲜事，女儿溜一眼就过去了，也不评论，而小伙伴们随便打个岔，女儿都会回复；再比如，自从加了女儿的微信，她一直叮嘱女儿少吃油炸烧烤食品，多跟老师讨教……这边殷殷切切，那边回应渐稀。有时，一拨微信发去，隔几天才有 7 个字回应："知道了，你真操心。"

她嗔女儿"有了伙伴忘了娘"，女儿称她遥控欲太强，"老妈你的心理断奶没完成——你太依赖我了，知道吗？"

她一连几晚无心做饭，靠速冻水饺糊弄肚子。偶尔去超市买牛奶，往结账台走时忽然苦笑：放在购物车里的东西都是女儿爱吃的。瞬间的恍惚提醒她：女儿如今不在身边，她的心似乎失去了方向。

从超市回家，她默默整理女儿从小到大的照片。她发现书橱里散落着一沓沓素描纸、成把的素描铅笔和各种画册。她记起当年带孩子四处拜师学画的日子，记起升高三那年，女儿不肯当美术生，对她嚷："画画是你的梦，不是我的！"

她只好让步，而那些绘画用具从此被束之高阁。现在，她摩挲着纸笔，强烈的冲动升上心头，那么，就来画画吧，现在有的是时间。

当年在画室当陪读妈妈，培养了她的鉴赏力、模仿力，她一上手就画静物，瓜果、花瓶，随意组合，可以画一晚上。

为了找画材，她频繁地上菜市场。她好像长出了画家的眼睛，能在一堆蔬果里找到需要的。画完画儿，那么多食材也不能浪费了，于是生发出新的兴趣：做菜。做醉鲤鱼、苹果派、南瓜锅贴等。一个人吃不了，就去看孩子的爷爷奶奶，给老人送一点。

二

一天，女儿看妈妈发的微信，点开一瞧，竟是两幅素描，老南瓜和玉米们散发着晚秋的粉霜光泽，透着一股把小日子过出味道来的志得意满。

看着看着，女儿的心很痒。当晚，女儿回传了一幅画"傍晚6点钟的寝室"，一幅纪实作品。妈妈放大了看，敏锐地发现，新鲜劲过去后，女儿和室友们过得何其懒散——刚吃完晚饭，大家已换上睡衣，床上桌上放满零食，眼睛不是粘在手机屏幕上就是粘在电脑屏幕上。

妈妈在微信上问："前两天听你说，室友们联机打游戏打到三更半夜，还要拉你入伙，你入伙了没？"

"还没有，不过要是我待在寝室里，总有一天要少数服从多数。"

"那你就别待在寝室，去图书馆啊。"

"上了一天课，这个时候会犯困嘛。"

"从今天起，你一切生活学习细节我都不管，就管一件事。你从小虚胖体弱，你每天傍晚要跑步，我跟你一起。每晚 6 点我给你打个电话，看看你是不是在跑步，怎么样？"

靠跑步能摆脱一切絮叨、控制吗？女儿如蒙大赦，赶紧隔空拉钩："我放假回来一捏你的小腿肚，就知道你跑没跑，不许耍赖。"

她说到做到，果然只在跑步时打电话来，也不问别的，只问："跑了没有？找到跑友了吗？别老在操场上跑，太枯燥。"

这下，轮到女儿有些失落了。眼看别人的老妈来送特产，关心女儿跟室友关系怎样，而她老妈都只是催促说："换好鞋了吗？开跑啦！"她完全不能理解，跑步有这么重要？

一开始，女儿跑四五百米，就到了极限，喉咙腥甜，脑袋缺氧；跑到一千米，脸色发白，太阳穴突突直跳。正想放弃，监督电话来了，妈妈喘得比她还厉害："喂，我今天跑到明故宫了，满月，打算赏一会儿月亮再跑回去。照这样的进度，很快可以去玄武湖环湖跑，你怎么样，哪天你才能绕着东湖跑？"

武汉东湖，那是一片苍茫大水，看上去和海一样，但有 43 岁的老妈在千里之外奔跑，18 岁的女儿怎能说"想放弃"？

渐渐地，奔跑唤醒了自律，一到时间，就想把自己发动起来，迈开步子，步伐、心跳、呼吸，在奔跑中找到属于自己的三重节拍。初来乍到的孤独仿佛都随着汗水发散了，而那种肃清了一切怠惰的自豪感，渐渐升腾……

女儿在校园中奔跑，肺叶和感官完全打开。她依次嗅见红叶散发的糖霜气，嗅见露水和芒草的香气，嗅见初雪的清甜气，嗅见梅花和樱花的香气……

三

大一将要过去时，女儿终于有体能出校门绕着东湖开跑了。她跑过东湖的磨山风景区，闻到满湖荷叶传来微凉的清香，夕阳正给一两朵白荷花镀上胭脂粉红。拍了照传给老妈看，老妈说："哦，我在太平门到情侣园的湖岸上跑，景色和你看到的很像呢。"

是每天跑步给女儿无穷能量吗？她传回的照片上，皮肤微黑，笑容绚烂，再也不是高中时那只懒洋洋、茫然不知方向的小病猫了。女儿打电话或微信妈妈的频率也高了："妈妈，很多南京跑友准备沿秦淮河跑，你想不想入伙？""妈妈，天太热，去紫金山夜跑也有意思，沿途还可以看到萤火虫。"

一天，月亮在苍茫的湖面上升起，妈妈微信女儿："看到湖上的月亮了吗？跑龄9个月，千里共婵娟。"

女儿由衷地说："能跟妈妈一起在不同的地方跑步，还能一起看月亮，够美好。但现在，我不是先前那个我了，你可以不必这样以身作则吃苦了。"

妈妈笑："你当我坚持跑下去，只为了你？我是为自己能从空巢阴霾下挣脱出来。我不想成为你的包袱，能做你的跑友，说明我随时可以重新开始。"

文 / 岑　桑

我爸这几年

你是最棒的

我爸 52 岁那年，特别不顺。在肉联厂干了 22 年，被解除劳动合同，他每晚在家借酒消愁。那时我大四，寒假回许昌，看他气闷，便劝他想开点。

他说："我韩宝义勤勤恳恳一辈子，凭什么？"

我说："厂子效益不好，当然拿你们老人开刀了，难道开人家一线的啊？韩宝义先生，不就养个老吗？怕什么，有我就行。"

他翻我一白眼说："嫁出去的姑娘，泼出去的水，我能指望上你吗？还是陪我喝一盅吧。"

我爸喜欢儿子，从小把我当儿子养。老妈看见了说："又拉着你姑娘喝酒，你就不怕她出门让人笑话。"

我说："不会喝的姑娘没前途，懂吗？"

我爸听了，就哈哈笑了。

他喜欢看我豪迈的样子。那时候，"女汉子"还没流行，只有姚晨在《武林外传》里横行。我爸特别喜欢她，他常和我说："这大嘴巴姑娘，挺好，肯定有前途。"我打击他，说："别逗了，没看见她只能一辈子当店小二吗？"

事实上，和老爸顶嘴是一回事，现实是另一回事。那一年我虽然没毕业，但已经开始为找工作忙了。而一个样貌偏近李大嘴，性格偏近郭芙蓉的二本姑娘，很难征服京城傲娇的 HR。记得返京的那天，老爸给我发短信，说："加油啊，闺女。找工作爸帮不上忙，只能给你加油了，你是最棒的！"

托我爸的福

我爸 53 岁那年，找到了新工作，在酒店做保洁员，主要负责大堂男厕所。而我托我爸的福，在通信公司找到工作。

是的，托他老人家与我没事来一盅的福。

那一次公司四面之后，通知去酒店聚餐，我和一位哈尔滨姑娘脱颖而出，因为我们合力把 12 名男生喝倒了。后来我们才知道，经历了传说中的"饭签"。

拿工资的那天晚上，我给老爸电话，我说："来来来，想要什么，我孝敬你。"

我爸说："我和你妈不要你孝敬，我们自己能挣钱呢，你自己留着花吧。"

那一年春节，我给我爸买了件鄂尔多斯羊毛衫。他皱着眉说："不是告诉你别乱花钱吗？给你妈买就行了，我需要自己会买。"

不过，他还是喜滋滋地穿起来，逢人就说："我女儿从北京给我买的，可贵了，好不好看？"

酒后乱语

我爸 55 岁那年，一个人坐着硬座来北京，因为黄有谅。

黄有谅，廊坊人，著名房产公司门店中介，我们因租房结缘。一次我爸打我电话，让黄有谅接到，就此暴露了身份。

结果我给了我爸一个惊吓。那天他按地址找到天通苑时，是晚上 8 点。黄有谅开的门，我在洗手间里忙着呕吐。我爸扶我出来，问："怎么喝成这样？"

我醉醺醺地说："不喝，哪来的合约签啊？"

他说："不要为了赚钱，把健康都赔上了。"

我说："北京这地方，没钱赚，心理就要不健康了。"

他叹了口气，没说话，他住了两天就回去了，把我和黄有谅的房子打扫得像样板房。

送他去火车站，我愧疚地说："下次我年假，接你和我妈来玩。"

"我们哪用你陪，你还是好好陪陪黄有谅，他是个好男人。"

我点点头，两个人就沉默了。通知检票的时候，他站起来，忽然对我说："我走了，北京真好，爸没本事给你挣个未来，就靠你自己了。"

我知道，我的酒后乱语，一定伤了他。

文艺路线

我爸 57 岁那年，我升职了，而他依然在酒店做保洁员。我劝过他许多次，不要再做了，可他不愿意。

那一年，他学会了刷微博。

其实主要是刷我，看我在干什么，如果我一天一条都不发，他电话就要追过来问："工作那么忙啊，连条微博都不发？"

我怕被他烦死，所以每天坚持发微博报平安。

7月一个暴热的下午，我躲在办公室里猛吹空调，我爸却在微博上发了张许昌街景，配文：忽然不知自己站在哪里。

我回："哎哟喂，改走文艺路线了？"他第二天才回了我俩字："呵呵。"我觉得他开始与时俱进了，会用这两个字表达复杂的感情了。

老去的无奈

我爸58岁那年终于辞职了。

我觉得，他是服老了。

4月，我出差商丘，顺路回了许昌，一进家门，就看见客厅里有零零散散的东西在打包。我妈说："你爸要去养老院了。"

我惊讶地说："好好的，去那儿干什么？"

我爸说："养老院的位子可紧俏了，要早早申请，这张床，我等了两年。"

晚上直到我爸睡了，我妈才说："你爸脑子不太好用了，可能是以前酒喝得太多。去年夏天，他下班回来，忽然就找不着家了，站在大马路上，怎么也想不起来自己在哪儿，在外面走了一晚，直到早晨才想起家在哪儿，可把我吓死了。"

我忽然想起他文艺的"不知自己站在哪里"和复杂的"呵呵"，心里瞬间被刺痛了。

那几天，我没离开许昌，陪我爸去养老院报到。那里条件还好，两人一间。

可我突然感到一阵莫名的害怕，拉起我爸说："你跟我去北京吧，我养得起你。"

我爸推开我的手："别傻了，你和有谅连房子都没有呢，拿什么养我？再说，这里护理都是专业的。"

那天离开的时候，我爸把我妈拉到一边，说悄悄话。我听不清他在说什么，只是看我妈不停抹眼泪。

喝一盅吧

我爸 60 岁那年，黄有谅的母亲得了心脏病，高昂的手术费和住院费，动了我们刚刚攒起的首付房款。手术很成功，他母亲对我赞不绝口，夸我懂事。而黄有谅对我更是感激不尽，他说："谢谢你。你现在想干什么，说吧，我都陪你。"

我想了想说："我……想回去看看我爸。"

现在的他，脑子已经完全不清楚了。他的微博，停更在 2013 年的 10 月，最后一条，转了一个励志的语录给我："手酸了，可将手里的东西放下；心累了，请把心里的事放下。说到底，再累也不要让自己心累。轻装上阵，人生会更美好，身体会更健康。"

从此，再没有人追着问我为什么不更博。

2014 年 5 月，我请了年假回去看他，他一切都好，只是不记得我和我妈。

后来我和我妈说起我爸刚进养老院那天，我问："爸和你说什么了？"

我妈说："除了宝贝你，还能有什么。他说以后千万别给你找麻烦，咱们给不了你别的，就帮你省个心吧。"

是啊，一个平凡、普通、没什么钱，也没什么文化的老爸，能给他女儿什么呢？不做她的拖累，就是他最大的爱吧。

那天，我拿出一瓶二锅头，在我爸面前晃了晃瓶子说："韩宝义先生，咱俩喝一盅吧。"

我爸愣住了。他看着我，空空的眼神有了东西。

他忽然说："闺女，你来看我了。"

这一天，是 5 月 20 日。

我爸 60 岁，我 29 岁。

此后，他再也没有想起过他宝贝一生的女儿。

文 / 赵款款

放 养

我逃课，她请假

离开家十几年，每天晚上打电话，从无间断。电话不是报平安那种，是真的在煲电话粥。她熟悉我每个阶段的朋友，知道她们的名字、喜好、故事，我也知道她的每个朋友、同事。

我们事无巨细地都跟对方分享汇报，大概从我刚学会说话就这样了吧，一直到现在。

以前我一直以为我们是朋友关系，仔细思考，其实不是。朋友是对等，彼此独立的关系，但她明明是在保护我，尊重我的喜好，保护我的天性。

据说我从上幼儿园开始就是外貌党，喜欢一个漂亮和蔼的女老师，邀请她来我家玩；害怕一个爱发脾气长得丑的老师，会哭丧着脸和我妈说："今天漂亮阿姨不在，你一定要早点接我。"

她就真的早早接我回家。

刚学写字的时候用田字格本，老师要求让父母先写个样子，孩子跟着抄。有时候任务繁重，我妈就一次写好几个，差不多能帮我写三分之一的样子。

后来又写作文。放三天假，布置三篇作文。回家我妈看我快哭了，问清原委，她说那你去玩好了，我帮你写，我写完你抄就是。后来，她帮我写的作文还被老师当成范文念给全班同学听，我俩都很得意。

上初中后，我无师自通学会逃课。别的同学逃课必须瞒着家长，否则就被扭送去学校，我逃课提前跟我妈打招呼，会认真说理由……她上班的地方有个后花园，夏天月季花开得极艳，我逃课早早去找她，就在花园玩，等她下班一起回家。

甚至，我们约好我逃课，她请假，一起在家看电视。我还带同学去，大家一边看电视一边聊天吃水果，简直高兴得像过节。

这样的妈妈，真的有点独一无二。

事实证明，是对的

她也管我，管得很细致，类似于不能挑食、吃饭手必须扶着碗、出门前必须跟爸妈打招呼这种细微的事情……

我们也时常有冲突，比如我小时候最讨厌大红色，有一年过年她非给我穿一套大红色运动服，搞得我年都没过好，哭闹数次，大年初二成功换下。

如果说孩子是一株植物，她就是那种把注意力放在浇水施肥除虫上的妈妈，只小修小剪，不破坏枝干，也不干涉生长方向。

我们高三才分文理科，学文还是学理是个复杂的议题，有不少同学在爸妈建议下选择了看似相对容易的理科。我一直犹豫，我妈问："这么说吧，如果你考不上什么好学校，咱就上当地的师范院校，你喜欢当语文老师还是数学老师？"我说："语文老师。"就这样，我上了文科班。事实证明，是对的。

对于学习这件事，家长们往往如临大敌。有同学早晨 5 点就被爸妈喊起来去学校，他出门就拐去另一个同学家再补一觉。但我妈会配合我，有时候实在起不来，她就帮我跟老师请假。

有个段子现在我们都常说起来取笑对方。有次班主任在课堂上说，高考在即，有些同学的家长意识不到重要性，同学们一定要打起精神……

回家我就问我妈："你是不是今天去学校了？"

她说："对啊！你怎么知道？我遇到你们班主任，他说你成绩还可以，就是不够刻苦，希望家长能多督促。我说，咳，我家孩子还小，不着急，今年考不上明年也行。"

现在想来，这种方法其实挺高端的。高中三年，尤其高考那年，我是真正努力了的，是毫无逆反心理，心甘情愿地努力，就觉得爸妈如此信任自己，可不能辜负。

初中时，有男生塞情书

长期以来，妈妈用大量时间陪我玩。

我曾很长时间迷恋给洋娃娃做衣服，周末铺一床碎布头搞裁剪，有时候板型有问题穿不上，我妈会帮我。我还让她给娃娃织毛衣，衣服太小，只能把针折断织。

我还在家里开 Party，请十几个小朋友，让我妈做好饭，摆好小盘子小杯子，然后跟我爸出去玩两个小时，回家再收拾残局……

我妈爱做各种小点心，我常打包带去学校分给同学吃。她给我织的小手套小围巾什么的，也经常送人。她从不说我，觉得分享是件有意义的事情。

她不管我看小说。我们有一大柜子闲书，每天我都钻在里面乱看。后来，我爸一朋友开个租书屋，可以免费看，更是天堂。言情小说、武侠小说，还有全套的卫斯理，都是上学时看的。

有件事印象深刻。上初中时，有男生给我塞情书，有一封不知怎么的给小伙伴带回家，被她妈发现了，说是特别严重的问题，要严肃处理。晚上，她妈把我妈约到她家，两个人关起客厅门深谈。

我俩先在屋里假装写作业，后来就跑出来把耳朵凑到客厅门上偷听。电视声音太大，门厅灯光太刺眼，我俩如临大敌，紧紧攥着书本和笔，小心翼翼贴在门上，却什么都听不见。

直觉这是不好的、尴尬的事情，又不知道大人会出什么狠招，整个人都不好了。

战战兢兢熬到门打开，妈妈牵着我的手，和阿姨说再见，就带我回家了，整个晚上，她都没表现出什么特别的，也没跟我谈什么，这事就过去了。

现在想起来，顺利过了那个不想活的晚上，就好像安然度过了青春期似的，一路健康活到了现在。

过了好几天，我妈才跟我说，那天阿姨主要是建议我妈对我看严一点，且不要打扮，每天邋遢一点，剪个短头发，就不会招男生注意。

我问："你怎么说的？"她说："我说她也没有刻意打扮啊，她有时候还穿我旧衣服，可能我家孩子长得好看吧！嘿嘿。"

现在回忆起来，特别感谢她，在这件事情上，特别护短，特别相信我。最重要的是，没有在我小时候，让我觉得"打扮"、"美"是件羞耻的事情。

更亲密、更深入的关系

我们保持这样的关系很久。在我长大以后、工作以后，每次遇到难事，失恋、辞职之类的，我妈就说要"包养"我，还是像小时候那样，一直尊重我、保护我。很少跟我说"年纪大了，要赶紧谈恋爱结婚"、"不能动不动就辞职，要在一个单位做够十年"之类的话。我做每件看似不靠谱的事情，都跟她讲充足的理由，她也都能理解，当我的保护伞。

曾经有人问我的精神支柱是谁，我想都没想，说是我妈。对我而言，我娘亲就是一个最安全的所在，最牢靠的大后方。我知道就算我捅下天大的娄子，全世界都不要我了，妈妈还是会要我。我们之间没有秘密，她跟我玩，不管我，无要求，是她教会我对生活始终乐观且随缘。

以前我跟我妈老黏在一起，她的朋友说等我结婚有了老公就不会了。可是，当我自己有了家以后，我才更加了解我亲爱的妈妈，才更爱她，才知道她对我给予的是多大的信任，这份信任有多不容易。当我真正长大，我们有了更亲密、更深入的关系。

有人说我妈对我这种管教方式有术语，叫"野生放养"。我也不知道是不是准确，但在即将进入 30 岁的时候，觉得自己还有一颗不老的心，还算是一个有趣的人，有对于"美"的感知，有让自己和其他人幸福的能力，得感谢这么多年来自妈妈的护佑。

我想着，如果有下辈子，我们可以互换下角色，那就换我保护她、照顾她。

文 / 杨书源

我妈喊我删朋友圈

一

　　"我已破产，明日收拾收拾回家，回家的高铁票钱还是有的！"想起下午缴纳的 100 元超市上岗证费用，突然涌上了些不情愿。晚上 10 点，我发下了这样一条只为一个读者而设的朋友圈，服务对象：我妈。今年夏天，在生活费大额超支长达三个月以后的暑假前夕，我妈对我实施了最不妥协的一次经济封杀。

　　底下的回复已经唏嘘声一片，我搜寻到了我妈妈言简意赅的留言："丢人，删掉！"

　　删掉朋友圈，这是本年度她第 18 次勒令我这样做了，理由惊人统一："你又在胡说！"

　　2013 年 2 月，在继微博、人人网、QQ 以后，我妈再度与我结为微信好友。自此以后，早起的早安句"囡囡早！"，课间的问候句"囡囡，你在上什么课呀？"，晚间的总结句"囡囡，你今天吃了什么？"和我那语句稀疏的回复，构成了每一日里忽长忽短、韵律跳跃的诗句。

二

我妈每日发的朋友圈定时定量，风格统一，无非是"养生励志小妙招，佛门修心近郊游"。在光怪陆离的朋友圈里，我常一眼就看到我妈辨识度超高的每日分享链接，心中就暗想一句："怎么又是她？"

与之相对，我的朋友圈则有一种文无定法的紊乱性。有时，我甚至认为，每一日和我妈妈寥寥的交流，全都仰赖于此。

老妈说，给我一个近照吧，我闪回："已经上传，请看朋友圈。"15分钟后，你会发现收获了一堆点赞和我妈妈在下面孤零零的一句话："瘦了？胖了？还是你头发扎得不好。"手机一偏一移，漫不经心点下的一张照片，成了她眺望我的唯一可资参考的视角。

朋友圈状态一发布，各路人马纷纷驻足发表意见，但是，这些你来我往的嬉笑怒骂，在我和妈妈没有任何共同好友的话语空间里，她看不到。

而过度的私人领域展示，只会引来她的一个电话，一句留言："请把这条删掉。"

我问："为什么？"她回答："别人看到这些，会把你想成怎样一个人？"

我说："想成我本来就是的人呀。"

我妈留给了我最后的四字短语："祸从口出。"

我抬眼望望天花板，却觉得满鼻呼吸的都是太平盛世的自由之气。那种人言可畏的后果假设，真的像老妈理解的那样，还存在吗？除了快乐，其他一切的忧惧、困窘与自嘲，真的就是那么难以启齿吗？

或许，我可以整理出这样两条成长的轨迹。

三

1970 年，我妈妈 4 岁，在邻居家的门槛上坐着，开饭时分，邻居做的是红烧肉，邀请她一起吃饭，她赶忙跑开去，说："我妈今天做了好吃的。"其实，家里是一如往常的只滴了几滴油的酱豆腐。妈妈对外婆隐忍地说："妈，我们过几天也吃肉吧？"

1996 年，我 5 岁，邻居阿姨请我们全家外出用餐。妈妈重复强调，无论谁在吃饭的最后问你吃饱了没有，你都要说吃饱了，我会意点头。尾声，阿姨询问，我欢欣地告诉她："没有吃饱，红烧肉还想再要。"伴随着清越的笑声，我妈拿眼白狠狠看了我几下。

1972 年，妈妈 6 岁，她在一片油菜花田的缝隙里，看到一个人用印着伟人头像的白纸如厕而被生擒。她像一只泥鳅般刺溜到了更加遥远的地方，一个孩子的恐惧被垂挂在了桑树的枝条上。

2000 年，我 9 岁，不再情愿按照妈妈教的"改革开放让人们过上了幸福的生活"敲打文章。我胆战心惊，开始在作文本上写下自己的话，没有给妈妈修改，悄悄放进邮筒。两个月后，这篇手写的文章竟然毫无征兆地出现在了当时学校孩子人手一册的《少年儿童故事报》上。老妈看过虽没有认可，却并不剥夺我由说真话获得的快乐。

1977 年，我妈妈 11 岁，身材姣好，歌声动听，只是，那一次的校合唱比赛，依旧没有她的合唱位置。在老师安慰她之前，她已经收回将要滚落的那滴眼泪，抬眼尽是明媚："老师，我们家成分不是很好，让更加合适的同学上吧。"

2003 年，我 12 岁，和班里两个男生一起参加学校的党史知识擂台赛。抢答环节，我疯狂向组合中负责抢答的男生使眼色，拽衣服，一路杀气腾腾，夺冠，在大礼堂里，三人蹦跳至半空。回到教室，老师视我们为激进分子："你们抢答环节太急迫，简直就是赢了比赛，输了风格。"

全班陷入了僵局，只有我在一分钟后窃窃说了一句："老师，那个环节不是抢答吗？我们又没有违反规则，只是反应更快，动作幅度更大。"实话一出，两个老伙计悄悄朝我伸大拇指。

2003 年，妈妈 37 岁，单位里一年一度的"双向选择"再次展开，年度落选的"执法能力欠缺"者将被"发配"到农村基层工作站一年。人选出炉，又是一个口无遮拦的人物。妈妈回家和我复述此事，没有半点戏谑和嘲弄，她和我说："如果你在我们单位，被选上的就是你。"

2007 年，我 16 岁，高一期末，老师按照考试成绩选报了 8 个校三好学生，我第三。只是到了我的名字被跳过，因为我连续每个月晨读迟到 10 天以上，人选一直顺延到了第九名。我找到了班主任，当面就是一句："老师，你选择的标准只是成绩，到我这里又增加一条考勤，这是双重标准了！"我的班主任，一如世界上所有殷切的成年人，正告我："你的性格，会让你以后吃亏的。"而我却酣畅淋漓，好像道破天机，寻得了一点谁也难以启齿的真理。

2012 年夏天，我妈妈悻悻地和我说："把你的小说发给杂志社，编辑说要刊登，我心想你那篇文章有好多胡说八道的话，就替你修改好了交给他，结果，他退回来说这不是原文。"经纪人妈妈遭遇了一次挫败。我把原文发给编辑，编辑显得很欣喜。我对妈妈说："你看，写写实话也挺好不是？这个时代很美好！"我扶了扶我的黑框大眼镜，妈妈推了推她的金丝边眼镜，说："我只能说，这个世界很突破想象！"

48 年，我的妈妈生活在这样的一个世界里：背负着家庭的责任，说着有分寸的话，在一个自由度不算太高的话语空间里，做一个循规蹈矩的说话人。

22 年，我生活在这样一个世界里：承担着与生俱来的自我表达使命，说着语不惊人死不休的真心话、狡辩话、老实话。

直至有一天，我妈在网络上，追杀我的行踪到微信。

四

只是，你或许不会相信，每一次，在接收到妈妈的"删掉此条"信息以后，我都是第一时间照做。这不是害怕妈妈那些恐吓与威胁，而是，已经不再年幼的我，终于明白，自由在高处，而我的脚下，尽是人到中年的爸妈用"好好说话"的信条编织的对于一个家庭、对于我的守护。

删掉此条！让她安心！

我所知道的天然正义、终生浪漫的一件事情，莫过于：无条件让你安心。因为，那是一个在算不上太好的时代，一路踉跄走来，沿袭至今的呵护与成全。

不寒战，不过时，气过之后，每每想起，好温暖！

所以，口无遮拦的我，今夜，再度缴械投降！

文 / 韦昕楠

感谢你，寂寞天地中成为我的大英雄

好可惜，每个人笔下的妈妈都只做过两件事。

一是下雨天来学校给我送伞。伞向我这边斜过来，我在她撑起的一方晴空里安然，她却淋湿了大半个身子。二是深夜我发高烧，她背起我就往医院跑，前前后后忙了一整夜，眼睛布满血丝。

可惜的是，这屡试不爽的两个例子都是从作文书里抄来的，其实都没有发生过。

那发生过什么呢？我们的妈妈，做过什么事情呢？

读到铁凝的《母亲在公共汽车上的表现》，里面有这样一段话："我亲眼见过我母亲挤车时的危险动作。远远看见车来了，她定会迎着车头冲上去。这时车速虽慢但并无停下的意思，我母亲便会让过车头，贴车身极近地随车奔跑，当车终于停稳，她即能就近扒住车门一跃而上。她上去了，一边催促着仍在车下笨手笨脚的我——她替我着急，一边又有点居高临下的优越和得意……当她能够幸运地同时占领两个座位，而我又离她比较远时，她总是不顾近处站立乘客的白眼，坚定不移地叫我去坐。"

　　我觉得这段场景极为熟悉。在我家住在郊区的那 10 多年里，只有一趟公交车通向市中心，而我的妈妈，竟也是靠着文中母亲那样的本领，让我每次乘车都享受着她的庇护。这 10 多年，我也目睹过无数次抢座位的惊心动魄，却总是不知道妈妈为何能够练就在汹涌人潮的夹击中，轻而易举地挤上公交车的技能。

　　朋友的妈妈看见我转发的这篇文章，回复我说："我们的本领还有许多呢。比如说，一只手骑车，一只手扶住后面座椅上沉睡的小家伙，也就是你们。"

　　我鼻子一酸，忽然心血来潮，群发了微信问大家：你们的妈妈都有什么特殊的本领？

　　握着手机的我，最终在图书馆的小角落泣不成声。

　　"在幼儿园放学出现的几百个小朋友中第一眼看到我。"

　　"小时候生病，非要我妈背着我，我妈就一边背着我一边做饭。"

　　"我小时候不睡觉，我妈可以一边睡觉一边一只手跟着我移动位置，确保我不掉下床。"

　　"我老妈在我小学的时候永远能在我起床前把早饭弄好，我到现在都不知道她是几点起床的。"

　　"只要是我想吃的东西她都能做出来，只为了让每天的饭菜不单一，还根据我自创了很多菜色。"

　　"负重能力特强，每次和她去超市，她都能拿特别多特别重的东西，基本不让我拿，妈妈是超人。"

　　"永远有钱能给我。"

　　"出生的时候难产，医生是拿镊子夹着我的头弄出来的。后来头上有一片瘀青，医生说会跟着我一辈子，没想到被妈妈揉着揉着，就消失了。"

"有一次去亲戚家吃饭，主人表示因为是女孩，不让在桌上吃，让我到旁边的小桌子上吃，然后我妈当场把桌子掀了。"

"家庭医生啊，自学成才的，我的小病都是我妈医好的。"

……

除了把这些回复一字一句地打出来，我便再也不知如何下笔。

以前翻到妈妈年轻时的艺术照，完全不能把眼前弱不禁风的她和那个挤过人山人海一脚登上公交车的女人对接起来。朋友说她一直想看看年轻时候的妈妈是什么样的，应该是那种女神和女汉子的结合体吧。

而我觉得妈妈们年轻的时候应该都是女神。

她们也搞不清大白菜多少钱一斤，猪肉应该买哪一种才会肥瘦得当，做番茄炒蛋的时候应该先放番茄还是鸡蛋。

搞不清怎么晒棉被才会让它温暖又松软，带着太阳的味道。

搞不清如何跟小贩争得面红耳赤，才能讲到最低的价格，省下这一块两块的零钱过日子。

搞不清要怎么哄整夜整夜不睡觉的小孩，什么时候该加衣服什么时候该换尿布，发烧了怎么办，长小疹子又怎么办。

搞不清当孩子捧着不及格的卷子眼巴巴望着你时，该责骂还是该鼓励。被老师在家长会上点名批评孩子上课讲小话时，又要如何掩盖住脸上的尴尬和羞愧。

搞不清孩子爱个明星爱得死去活来，哭着吵着要在中考前一晚看他的演唱会的时候该怎么办。

搞不清进入青春叛逆期的小孩怎么会有那么多禁区，只要踩到便会有天翻地覆的一场战争，搞不清这个被自己宝贝大的少年嘴里怎么可以说出那么狠心的话。

搞不清该不该让他选择外地的大学，怕他在那边照顾不好自己的生活。

……

好多事情就在稀里糊涂里做了选择。她们懂什么啊，在最开始的时候，她们还不是跟现在的你我一样是个娇滴滴的小姑娘。读林黛玉香消玉殒会哭，买到时兴的牛仔裤会笑，讨论费翔时会眉飞色舞，收到校门口吹口哨男生送来的玫瑰花和情书会害羞脸红。

以前有个段子是"妈妈是个美人儿，时光你别伤害她"，谁说时光伤害了她？时光一直让她变得更强，强到不可思议，以至于我们会突然意识到妈妈变成了超人。

我们读武侠小说，我们看名人演讲，我们觉得这个厉害那个牛，却有人在我们刚刚被孕育的时候就已经守护在我们身边，成为寂寞天地里你我的大英雄。

如果有个人愿意永远站在你这一边，如果有个人愿意永远听你说话，如果有个人愿意在被你伤害狠狠哭泣后还是无条件地原谅你，如果有个人愿意为你从高高在上不食人间烟火的女神变成精明能干无所不能的女英雄……别的都不再提，只要有一个人愿意为你做 20 年的饭，不管她带着病还是发着烧，不管买菜的路上是风雨还是烈日，只要她愿意为你做 20 年的饭——

如果世上只剩一个这样的人，她必然是你的母亲。

文 / 蒋　奔

妈妈，我该怎样去爱你

妈妈出去的那一刻，我就瘫倒了，双手抱膝，靠着墙壁，茫然无措占据我的全部思绪，然后我回想起在我小时候的妈妈，那时的她什么都好。

一

我们那时候住在乡下，山清水秀的那种。妈妈在小镇上的一家针织厂工作，每天很晚才回家。奶奶总让我早点睡觉，我执拗不听，一定要等到妈妈回来了再睡。

我记得那个夏天的下午，阳光照得人动都不想动，妈妈特意请假回来看我，我是多么高兴啊，一个劲地往她身边蹭。

妈妈说要给我洗澡。我最讨厌洗澡，因为那时候洗澡和现在不一样，奶奶会拿一块很大很大的塑胶布，然后在院子里搭起一个架子，把塑胶布罩在上面，这样就成了一个简单的小浴室。可那是在夏天，天气本就热得不像话，一块塑胶布罩在周围不仅酷热难当，而且闷热无比。

开始时我用脚尖沾沾水，觉得好烫，妈妈就连哄带骗地让我进到澡盆子里去。我会哇哇乱叫，跳进去再逃出来，溅了妈妈一身水，刚浸湿的脚丫子又踩得满脚的泥巴……

那时候是真的快乐啊。

妈妈的食指比平常人短了一截，圆滚滚的像根没烧熟的香肠。有次，我傻傻地咬了一口，妈妈惨叫了一声。我问妈妈："妈妈，你的手指怎么断了一截呀？"然后妈妈说："还不是你小时候像刚才一样，把它啃掉的呗。"

"那我怎么不记得呢？"

"你当然不记得啦，你那时候还很小嘛。"然后她明媚地笑了笑。后来，我才知道，她在工作的时候，出意外才少了半根手指，我不能想象母亲是在什么样的心情下跟我开的那个玩笑。如果我那时候就知道真相，应该会疼惜地问一句："很疼吧？"

后来，我们一家三口搬到了城里，我也入了小学。

刚进小学的时候，数学老师教我们认识回形针。我最先发现可以把两枚回形针扣在一起。老师夸我很聪明，问我有没有更有新意的，我笑了笑……

回到家里，妈妈已经在沙发上休息了。我让妈妈闭上眼睛，说有礼物送给她。等我让她睁开眼睛的时候，我指了指她胸前。那是一条我用了几十个回形针扣在一起围绕的项链，几乎把全班的回形针都要了来。

妈妈被我逗乐了，我说："还不够呢，有了项链不能没有手链！"接着又拿出一条小巧的手链，扣在妈妈纤细的手腕上。

妈妈那天笑得很开心。笑容里还有两颗泪花浮在眼眶里，迟迟没有落下来。

二

四年级以后，妈妈开始关注起我的学习成绩，即使那时候我的成绩还是很优秀，但妈妈从那时候开始，就看不得我闲着。她开始把我和别的小孩子做比较，把我的成绩当作炫耀的资本，把我的生活框定得死死的。

每次她把我和别人比较完以后，我心里的不满就多了一点。

四年级的时候，我还不怎么会写作文，总是双休日被妈妈逼着写，但这样更让我觉得写作是件无聊的事。有次，妈妈为了让我有点题材好写，特意带我出去玩了一会儿，我觉得很开心，有种小时候的感觉。

我还是写了一篇很烂的作文。妈妈很不满意，让我重新写一篇。我第一次有勇气对妈妈说了"不"字。

妈妈想要来硬的，我也就硬碰硬地坐在那里不肯动笔。晚上爸爸回来，看出了我和妈妈的不对劲，问明了情况，吼道："你写不写，你到底写不写！"见我没反应，他夺过我的作文本撕得粉碎，然后，怒气冲冲地走出了家门。我捡拾起作文本的碎片，捧到妈妈的面前，声音沙哑起来，哭着喊："我的作文本……"

那个晚上，妈妈陪我把撕碎的本子粘合在一起，拼接残损的页码。

我从来没有想到的是，这件事的圆满结局，日后竟然成了我与母亲之间的战争序幕。我渐渐开始不害怕父母，不害怕大人了。

小学毕业的时候，我考了年级第五。当妈妈高兴地来给我祝贺的时候，我冷冷地回答："你不是说我不如他们吗？"

不可避免地，我又和母亲吵了一架。这一架吵完，我痛快极了，我觉得自己胜利了。

初二开始，我的成绩开始走下坡路，理科突然之间变得很艰难，我总是无从下手，母亲就会在这种时候来跟我说，知道现在不容易了吧，你看那谁谁谁……

即使母亲和颜悦色地跟我说这些东西，我也不能接受，和母亲吵架的次数很频繁。

也不是没想过要和母亲好好交流，为了和母亲改善关系，我也会和母亲一起散步，说一些学校里的事情。母亲有时候也会让我不要恨她，说以后我就会明白了。我通常只愿意接受前半句。

三

今天，对话框里，同学约我打游戏，母亲恰好进了房间，然后我尴尬地不能动。母亲与我谈话的内容依旧是我最讨厌的东西，她问我是不是已经不想读书了，问我到底想怎么样，说初三了还在玩电脑究竟我在想什么，我默不作声。

"初三了还在这里玩电脑，全城也就你一个！"

我突然想起了刚才同学约我玩游戏，偏偏这同学还是学习成绩年级前十，并且从来不刻苦读书的人。我大骂了一句"放屁"！

妈妈脸色骤然凝固，拔掉笔记本电源，夺走我的手机，骂骂咧咧地走出去。我摔上了房门，吼道："你从来就没考虑过我的感受，什么换位思考？凭什么总是让我换位思考？你呢？我就爱骂人，你就是在放屁！"

我几句话吼得声嘶力竭，拿拳头重重地捶了几下木质门板。

过了一会儿，妈妈推开了房门，把手机放到我手里，说："对不起，是我错了。"然后哭着转身，走到了大厅。

我走出房门，妈妈还在哭。她看到我想跑开，我搂住她，17岁的我已经足够怀抱母亲的身躯了。她靠在我肩膀上哭泣，哭得呜咽。实在是找不到什么好的说辞，我说："我那样和你说话，是因为我觉得我们平等，我在学校里也是这样和同学说话的。"

她穿上衣服说出去走走。

刚刚嘶吼过的喉咙疼起来，我双手抱膝靠着墙壁，滑到地上。

妈妈出去的这段时间，我匆匆写下这篇文章，我想，她如果有机会看到，可以知道：我从来没有恨你，我只是不知道怎样去爱你。

文 / 苏沧桑

冷　爱

　　母亲身体不舒服，还是硬着头皮去机场接女儿和她的女同学。女同学是北京人，她俩一起在美国读书，一起租住。女儿什么家务都会做，女同学却什么都不会，女儿像个保姆一样照顾她。

　　为了接这个同学，女儿自己一个人从老家坐长途车先赶到机场，等了三个小时，然后叫母亲开车去机场接她们。

　　"你难道不累吗？"母亲心疼极了。

　　"不累不累。"

　　母亲说："咱们去吃海鲜吧，你好久没吃了。"

　　女儿说："她喜欢吃辣，我们去吃沸腾鱼吧。"

　　"你不是上火吗？"

　　"没关系。"

　　母亲和日理万机的父亲，一起陪她俩玩。父母无微不至地照顾她，她却无微不至地照顾着女同学，然后，女儿还要父母开车送她们去一个小县城，做公益、献爱心。

　　父母累坏了，心也开始隐隐疼起来。父母心疼着她，她却心疼着别人。

想起当年高考那几天，母亲给她送饭菜，所有碗筷都要用滚水烫一遍才敢给她用，手都烫出了泡。送到学校前，把每道菜都先夹一点出来，试吃一下。但女儿一吃完，就催她快走快走，不要影响和她同住的同学午休。

高考结束那天上午，她走了好远的路，给女儿买了一束鲜花，满头大汗地伏在脏兮兮的花架上，写祝愿卡，希望给女儿惊喜。为了让女儿一出校门就能看见自己，她执意提前下了空调车，去校门口晒着太阳等女儿。女儿不知道，看到母亲和一大束花，害羞了，不愿意拿，连声说"不要不要"。

女儿是班干部，主动承担了帮全班同学准备毕业典礼小礼物的任务，可她一个人，怎么拿得动呢？母亲只好不顾上司的白眼请了假，载着她，跑东跑西。

终于放假了，女儿和同学们约好出去旅游，又揽下了给大家垫钱买机票的任务，然后，把这个任务，转交给了已经忙得不可开交的母亲。

母亲的心又隐隐疼起来，女儿怎么就不知道心疼一下家里人呢？难道因为父母是自己人，就该毫不客气？即使无意伤了，也伤得起？

有一天，女儿突然说："妈妈，高考那几天，我看到新浪上一个新闻，一个妈妈送女儿考试，被车撞了，那几天，我好担心你。"

母亲的泪一下子涌了上来。

怎么能怪女儿呢？女儿还小，还不懂。在她眼里，父母是万能的，这也是他们多年宠爱的结果。不管怎样，她是善良的，是想对别人好的，这又有什么错呢？难道，让她自私一点，少一点爱心？

这世上，总有一些"狗拿耗子"的热心人，不是伤了猫的心，而是伤了最亲近的人的心。

曾经有一个杭州男人，业余时间为过路人义务修自行车，每天深夜才回家，修了整整 20 年。人人都说他好，他也很满足，可他的妻子，独自操劳着一个个空洞无趣的日子，夜夜苦等。

一个农村男人，举债八万，买来各种杂志书籍，要自办一个乡村图书馆，免费为村民们服务。儿子女儿为此辍学，妻子要和他离婚，村里并没有人帮他，说他好，但他还是坚持。

一个刚刚怀孕的女人，得知自己领养的弃儿患了白血病，为了救他，偷偷瞒着丈夫，去做了流产。丈夫实在无法接受，选择离婚，一个家就散了。

这样的为外人想、让亲者痛，比比皆是。

有时，爱并不总是柔情似水，温暖如春，它也会结成冰，变成匕首，伤到至亲至爱的人。可是，这份"冷"爱，好比玫瑰，花朵那么美，谁能在意刺呢？

文 / 黄春华

考　棍

世上说，常在河边走，哪有不湿鞋。网上说，常在江湖漂，哪能不挨刀。班上说，常在考场混，哪有不挨棍。我，学生一枚，身经无数考场，战绩飘忽不定，时而迎接鲜花掌声加笑脸，时而遭遇暴雨雷电加棍子烧肉。天长日久，练就了盖世神功，自称为考棍，应该不算过分。

一

说到考试，那可是历史悠久了。胎教还不算数，就从呱呱落地说起，没等我脚跟站稳，我妈就给我出了人生第一道考题：你是喜欢妈妈还是喜欢爸爸？只准说一个哦。

这太让我为难，他们俩我一个也不喜欢，我喜欢隔壁的小丫。

上小学第一次考完试，我兴高采烈地拿着卷子蹦蹦跳跳地出了校园，举给迎接我的妈妈看。谁知我妈的脸一下白了，当着同学们的面，啪啪就在我脑门上来了两巴掌。我哇地哭了，我妈又举起了巴掌，说："你还有脸哭，怎么就考了 59 分呢？哪怕考 60 分也行呀！"

　　我连忙把哭忍了回去，因为我已经悟出了人生的一个大道理：考59分是多么严重的事，下次一定要考60分。

　　没等到下一次考试，老师就把我妈叫到了学校，说我上课坐不住，下课满世界跑，如果这个毛病不解决，我的人生就完蛋了。她们俩商量了半天，决定让我去学围棋，说可以让我静下来。

　　我妈拉着我去学围棋，可我一下就把棋子看成了糖果，下棋的时候，总是无法控制地塞一颗到嘴里。终于有一天，我妈忍无可忍，猛地在我后脑勺上拍了一巴掌，我浑身一抖，脖子一梗，咕噜一下，棋子吞进肚里去了。

　　这回她吓坏了，赶紧拖着我往医院跑。在医院里折腾了半天，第二天一早，总算把棋子拉出来了。我还想再去上围棋课，我妈却坚决不肯了。

　　围棋不用学了，但效果已经达到。能熬过整整一节课，我已经尽力了。但只要下课铃一响，我就会马上高兴起来，因为我可以到处乱跑了。

　　老师又把我妈叫到了学校，说的是：一个整天只知道疯跑的学生，成绩怎么提高呢？

　　我妈当着老师的面对我举起了巴掌，说如果我再跑，我的腿就会遭殃。我妈是个说到做到的人，我只好答应不跑了。

二

　　我们每一门课的老师都会说，放心，今天的作业不多。如果一天只做一门作业，确实不算多，可是，几门作业加在一起，我一般写到晚上10点钟，眼皮就撑不住了。

　　我的呼噜声出卖了我，美梦刚做到一半，我妈就拿着打毛衣的针进来了。

　　我是喜欢写作业的，可是，我写不完呀！这就好比你喜欢吃番茄，让你每天吃每顿吃，你还吃得下去吗？但我妈的道理是：成绩说明问题，分数决定未来，所以，哪怕见到番茄就想吐，还得咬牙吃。

　　我的成绩长期在贫困线上挣扎，我妈一直在寻找解救我的灵丹妙药，终于，她发现了一个奥数培训班，直接把我送了进去。

　　这个班美中不足的是离我家太远。我天生晕车，一上公交车就翻江倒海，常常吐得眼睛发绿。可我妈一点也不在乎，她总是在我吐完之后，握紧拳头告诉我，儿子，这算不了什么，一个成大事的人，必须克服重重困难。有妈全程陪着你，不要怕！

　　她是全程陪着我，没错。公交车上如果只抢到一个座，就让我坐着，她站着；如果没抢到座，她就帮我背着书包。上课的时候，她就坐我旁边，成了我同桌。可是，她越是陪着我，我越害怕。她往我旁边一坐，我就浑身发紧，像绑了橡皮筋。等慢慢放松了，困劲就上来了，这时她的巴掌就直接落在了我后脑勺上。

　　我不得不强睁开眼睛听老师讲，可就算我把眼珠子瞪出来，也听不懂讲的是些什么玩意儿。老师有时候讲两个人绕着水池子走，一个走得快，一个走得慢，问那个快的多长时间能再遇到那个走得慢的。我真恨那个走得慢的，你就不能快点吗？我也恨那个走得快的，你就不能走慢一点？最后，我恨不得把他俩都推到水池子里去，烦死人了！

　　我被我妈打得眼泪直飞，但我不怪她，只怪我自己。别人在这里都变得聪明了，只有我越来越笨。我真想告诉她，我这泪水是惭愧，因为我对不起她。今天是休息日，她却天不亮就起来给我做早点；别人约她去逛街，她眼睛都不眨就拒绝了；她甚至包里也不背她钟爱的化妆品，全是点心，为了随时给我补充营养……可她不会信的，她一定以为我喷出眼泪是为了博得她的同情，所以，她就把巴掌举得更高，威胁我：你再哭！

我只好把仅有的一丝惭愧连忙吞了回去。

三

我妈死都不信我脑袋开不了窍，后来她终于找到了原因，说因为我晕车，所以听课效率不高。为了解决这个问题，她决定马上考驾照，然后买车。

买车对我家来说，绝对算得上一件奢侈的事，前两天我妈还在菜场为5毛钱的葱跟人大吵了一架呢！

就算这样，我妈还是坚定不移地去做了。她考倒桩的时候，第一次没过关，回到家累得瘫倒在沙发上，语重心长地说，儿子呀，妈做这些都是为了你呀，你要争气呀！我真想劝她别为我了，可是，万万说不得。

我妈拿到驾驶证，没有马上买车。她和爸商量来商量去，觉得养车还是挺贵的。最后她下定决心买车，是因为我的一次数学考试，卷面红又又增加了一倍。她拿着试卷看了很久，然后往桌上一拍，我赶紧把脖子缩紧了。

她却没有奔我的后脑勺来，而是直奔客厅，冲我爸喊："走，买车去！"

变戏法似的，一辆大红的轿车到了我们家。我妈在车屁股后面贴了个"新手"，就带着我上路了。坐上自己家的车，确实就不晕了，我妈笑着夸我是富贵命，以后要富贵，现在就得好好读书。她总能抓住各种时机发出警告，要好好读书，好像不好好读书，连活的机会都没有了。

休息日，下着雨，她又开车送我去培训班。路上很堵，车慢慢往前挪，好不容易该她过了，红灯又亮了。这时，我妈做出了惊人之举，她突然加足油门，直冲过去，差一点就和一辆横过的车撞上了。警车追了上来，警察不光训了我妈一顿，还给她撕了张罚单。

一路上我都能感觉到她气鼓鼓的。好不容易到了培训点，我想安慰她两句，就说："迟到一会儿没事的……"

她眼睛一瞪，火终于喷了出来，拍着方向盘说："这车要多少钱，你知道吗？我为你操了多少心，你知道吗？你倒轻松，迟到没事，那什么有事？你说呀！"

我哪还敢说，吓得推开车门就溜了，走出不远，听到一阵哭声，回头一瞄，天哪，我妈趴在方向盘上抽泣。我想转身回去安慰她，可是，我敢吗？

下课后，为了防止后脑勺遭殃，我一低头钻进车后座。说来也怪，我妈没对我说半句重话，她只是望着我，重重地叹了口气，然后就默默地开车上路了。

四

我妈终于扛不住了，从那天夜里开始发高烧，住进了医院，整整一个星期。她出院那天，试卷发下来了，果然不出所料，老师画了一个大大的圆。

我去接我妈，很怕她把一肚子火都发到我后脑勺上，就快速大步走在前面，保持两米远，据说这是逃生的极限距离。

紧走慢走，总算回了家。刚进门，就见我妈从门背后抽出一根油光发亮的棍子。从我记事起，那根棍子就在门背后竖着，专门为我准备的，只在极端情况下使用，今天应该是极端情况了。我无话可说，在劫难逃，只有把屁股撅高一点，让她打个痛快。

半天，屁股毫无反应。我回头一看，吓了一跳，她把棍子丢进了垃圾桶里，坐在沙发上抹泪呢。该不是误伤了自己吧？我很抱歉地望着她。

她轻轻招了招手，拍了拍身边的垫子，我高度紧张地挪过去挨她坐下。她伸出胳膊环住我，小声说："你知道我这一星期都在干什么吗？"

"打针，吃药。"我觉得这答案应该不会扣分。

可是，她轻轻摇了摇头，说："我在思考，终于想通了一个问题，有些人天生就不适合考试，比如我的儿子，只要你开心、努力，剩下的我都不会再刻意了。"

"哦……"我的脑子堵住了，"你是怎么想通的呢？"

"我太急了，差点出车祸，那一刻我吓坏了，我怕失去你。"她在我脸上亲了一大口，"只要你好好的，我什么都不在乎了。"

我的眼泪冲了出来，因为我终于找到了我人生第一道考题的答案，我多想回到起点，在那个空格里填上两个字：妈妈。

最后，我想告诉那些嫩鸟们，如果有人逼问你，这个世界上最喜欢的人是谁，而你还没考虑好，这时，你就勇敢地回答是你妈，不会差太远的。

文 / 张　晨

不要为我害怕

儿子有本特别喜欢的绘本。因为喜欢，他悄悄地背下了它，一岁五个月的时候已经可以跟读了——绘本的名字叫作《我爸爸》。

这本外国绘本的开头有一句话："我爸爸什么都不怕，连坏蛋大野狼都不怕。"30 年前，中国的某个村庄里，这不是童话，爸爸到现在也还常念叨着："15 岁的时候我一个人看一座山，狼娃子夜里不停叫唤，那时候真是不晓得害怕。"

可自打我有印象起，爸爸就好像《疯狂原始人》里那个啰唆的瓜哥。尽管他工作上秉公办事，朋友间仗义执言，可只要一件事情跟我有点儿关系，他立即变回婆妈模式："永远不要不害怕。"

小学四年级的时候，因为年纪太小，爸爸把我从一个五年制的小学转到了六年制的小学。转学对我而言，除了要认识新同学之外，最大的挑战来自刻板的数学老师。比如"一支铅笔三角钱，五支铅笔多少钱"这样的计算，新老师要求按照"单价 × 数量"的模式计算。一次测验，我大概忘了新规矩，全部按照"数量 × 单价"列算式。尽管结果一样，但得到的全是大红叉。我鼓起勇气把名次倒数的试卷交给爸爸，爸爸在试卷上签名的同时也写下了异议，可老师并不理会。爸爸担心自己的这种行为激怒老师，使我无法顺利融入新环境，不得不服软。事情过去没几天，爸爸请老师在我们当地最好的红宝石饭店吃饭，印象中，这是爸爸第一次为我害怕。

小学六年级的时候，妈妈手术，这个手术之后，她没有了生育能力。爸爸把我叫到一边，眼圈红红地说："妈妈动了这个手术后，我们再也不可能有孩子了，你是我们唯一的孩子，知道吗？"那个夏天，妈妈住院，爸爸陪护，我属于彻底的放羊状态。有一天爸爸从医院回家准备晚饭，一进院子看到我领着邻居妹妹们爬上了没有防护栏的六楼天台，爸爸不敢大声，只能等我们下来，那天，他第一次罚我站了墙根儿。

爸爸的第三次害怕是怕我遇人不淑。大学的时候恋爱，男朋友是少数民族。爸爸不知道从哪里得到消息，不过这也不奇怪，有女儿的爹总会不自觉地变得婆妈。第二天爸爸就到学校和我谈话，大概就是"不同的民族性格，不同的饮食习惯，你有把握适应吗"这样的话。见我心意已决，爸爸只好低头，对这个少数民族女婿也格外尊重。有次去了男朋友工作的城市，因为他不给我买烤鱿鱼，我就哭着给爸爸打电话，除了"我要回家"什么也不说。爸爸紧张极了，立即打电话给男朋友，这件事情常常被当作我是吃货的证明。其实我当时一直想问，爸爸，电话里到底有没有嘱咐男朋友给我买烤鱿鱼啊？

快毕业的时候在北京找工作，一次加班到快10点。下了地铁后，决定吃一碗兰州拉面。不知道怎么碰到了手机拨给爸爸，爸爸在电话那头，除了拉面馆的嘈杂人声，什么也听不到。爸爸后来说，大晚上，一个人，嘈杂声，他围绕这几个关键词展开了丰富的想象，拿着手机不停地"喂喂喂"不敢挂。后来我问爸爸，你这么害怕，为什么还要我去这样一个陌生的地方实习呢？爸爸说，我害怕你失去梦想，没有梦想的生活比什么都可怕。

后来我还是离开了北京，奔着已经定居青岛的男朋友，在那里我有一份安稳的工作。爸爸嘴上不说，可我也能觉出他的失落。日子一天天往前走着，我们积极工作，买房结婚，爸爸也做好了定居这里的一切准备。在我预产期的前一天，胎心数值很低，不得不住院观察准备剖腹产。一家人都着急，后来我和老公接受了这个现实。虽然手术单上的家属签字，已经是老公而不是爸爸，可他依然害怕，拉着不耐烦的值班医生："其实我就想问，如果她是你的孩子，你会怎么办呢？"

爸爸的害怕，伴随着我长大。如今我已年过 30，家庭和工作都很如意。如果可以，我真的想变得更加强大，好让爸爸不再为我害怕。

文 / 曾　颖

公主裙

　　几年前，我当记者的时候，有一次带着实习生小梦出去做专访。小梦这个从山里来的女孩既有乡下孩子的朴实，又没有对一切都充满恐惧和迟疑的自卑感。她的理想是争取能在媒体找到工作，然后买个小房子，把妈妈接进城来。

　　她像一只快乐的小麻雀，把那些小小的愿望，叽叽喳喳地洒落一路。

　　经过一家儿童服装店时，小麻雀像被定身咒困住一般，突然不言语了。击中她的是橱窗里一条白色公主裙，洁白的真丝做主体，衣领袖子和下摆镶着白色蕾丝……

　　小梦的眼里噙满了泪水。真是多愁善感的年纪啊！一条小小的公主裙，都会变成一场稀里哗啦的愁思。

　　之后的半个小时，小梦一直没说话。我想打破僵局，于是问：公主裙……有故事吗？小梦点头。想说说吗？

　　于是，小梦给我讲了一个故事，这个故事与她父亲有关。

　　那是 10 多年前了，快过春节的时候，一年没回家的父亲回来了，给全家每个人都带了礼物。我得到的是一条漂亮的公主裙，妈妈怪爸爸，说穷人家的孩子，怎么好扮成一个公主。爸爸说，每个女儿都是爸爸的公主，她落难来到我家，我就要把最好的东西给她，她穿这条公主裙，当之无愧。

可惜那时天气还冷，不能穿着那条漂亮的裙子到村里疯跑，我试过无数次，眼巴巴盼着夏天来临。

那个春天像恶作剧一般的漫长，等啊等啊，终于等到一个有太阳的日子，我装出一副热得要吐舌头的样子，穿起了那条白色的公主裙。那天的风很凉，但却挡不住我的兴奋。我背着书包，被风捧着一般从家里飘到学校，那条裙子让所有东西都变得黯然失色。

那时不懂，自己的灿烂会成为一种莫名的伤害，并不是所有的人都乐见你鲜花一样明媚地盛开，相反，这种盛开会反衬出别人的暗淡与失意。

小伙伴们表面啧啧称羡，背地里却出言不逊，特别是几个相貌、家境都比我好的女孩更是暗暗咬牙。这个说：垃圾佬的孩子也敢穿公主裙，是垃圾桶里捡的吧？那个说：不会是偷的吧，100多元一套呢，得收多少垃圾？还有人说：这么冷的天穿公主裙，也不怕感冒！甚至有人以夸奖的名义来仔细查看裙子上是否有二手货的标签，或干洗店里挂着的标记，还有人干脆用沾过墨水的脏手来碰我的裙子。

我不明白，为什么她们不为我的漂亮感到高兴呢？那天晚上，我给父亲打了电话。听完我的哭诉之后，他语调平和地说，孩子，那裙子不是捡的，更不是偷的，也不是买的二手货，那是爸爸几个月没吃早饭给你买的！

我当时抱着电话，哭得稀里哗啦。父亲在电话里一字一句地又说了一遍：孩子，你是公主，落难到了我家，我一定要把最好的给你！

从那以后，父亲一直用他能力范围内"最好"的标准，一路保护我读高中、考大学。他在众人"让女儿读大学相当于给别人的猪喂饲料"的嘲笑声中，让我走进了大学校园，他也因此从收垃圾改行到挣钱更多的采石厂。我即将大学毕业时，父亲查出尘肺病，不久前去世了。他用生命兑现了自己的承诺，把最好的东西给我，对于一个穷人来说，最好的东西，就是那条命了。

小梦讲到这里，已泣不成声。我眼前晃过的是那条白色的裙子，和那位父亲快要咳破肺的咳嗽，夹杂其间的是他那虚弱而坚定的声音：每个女儿都是爸爸的公主，我要把最好的给你！

听到这里，我一个自认见过许多大场面的老记者，在大街上也忍不住落下了眼泪。

文 / 末　末

瓦　全

一

宁为玉碎，不为瓦全。

母亲说，玉碎了，连片瓦都不值。

走进火车站的时候，扑来一阵风，在黏稠的梅雨季节，它推着我向进站口走，它说：

"回来吧，回来吧。"

我三年前离开家，母亲送我到进站口，用扇子扇起的风，说：

"走吧，走吧。"

当年，填高考志愿的下午，我趴在茶几上，右手旁是厚厚几本高考志愿指南，手里的志愿表边角已经被汗浸出褶皱，我不时起身走到贴在墙壁上的中国地图前，从本城出发，一条线一条线勾勒其他地方的轮廓，地图在脑海中散成几块，几块标榜梦想的图标。我对母亲说："我想试试沿海的城市，我想读的这个专业吧，在沿海要更有机会一些。"

"嗯，你不用管我，我相信你。"妈妈走到地图面前，眯着眼睛看，一只手搂在比她高一个半头的我的肩上，"我们家的想考哪里啊？指给妈妈看看。"

距离那个闷热紧张的下午，又过了几天，我如愿以偿被心仪的大学录取，我和母亲办理完相关的手续从招生办走出来，其间，母亲的胳膊一直紧紧勾在我的臂弯里。我全身都在颤抖，终于结束了，终于结束了啊。我提议在路边的长椅上休息一下，母亲一坐下来，就把我的身子扳过来朝向她，一遍一遍顺着我的头发："好了，好了，现在好了，你爸有的是后悔的日子。孩子，你最让妈妈骄傲的就是，你爸从你小的时候都没管过我们两个，你还没学坏，你还安慰妈妈，现在我们两个终于苦出来了。"

她常拿玉和瓦说事，她常不屑于古人的话，她爱说，玉碎了，连片瓦都不值。那个晚上，我问她："你更愿意我做瓦还是玉呢？"

母亲笃定地告诉我："你是玉。"

我笑问她："你不是觉得玉碎了，连瓦都不值吗？"

妈妈急切打断我："所以你不会碎，你不能碎。"

母亲爱收集影像，总要拉着我照更多的照片。我很不配合她，只要一检查照片，看见僵硬的嘴脸，就会气急败坏地删去，母亲像被抢了最珍贵的物件一样，生气地瞪我好久，嘴里一直嘀咕着"傻瓜，笨蛋"。我自作聪明地开导她："你不就是想和我多留点纪念吗？我又不是不回来了。再说你想我了，我们开视频聊天不就好，你看照片，不是更难过？"她皱着眉头："笨蛋，我有那么无聊吗？我是想你以后出名了，人家要你从小到大的照片，我都拿不出来，让别人笑话。"

不单是怀念、爱好，我还是母亲心中即将挣脱出来的英雄，是块无可比拟的美玉。

她坚信，我却哭笑不得。

她低下头，说："你妈才是瓦，你妈不敢做玉，妈妈只能向生活低头，只能做片有用的瓦片，铺在屋顶上。"她叹了口气，"我只能瓦全这样的生活了。"

我还清楚记得那天晚上母亲的样子，她穿了几乎没有穿过的裙子，她把头发高高地盘起，遮住泛白的发根，她眼中散发出经过沉淀的光，少了年轻人的温度，像几经浮沉后重生的希望。

二

任何母亲一生中总有最常对你说的几句话，有你眼中最奇怪的怪癖和规则。我从小就很少见到父亲，他常在外，更不可能回家吃饭，饭桌上经常就只有我和母亲两个人。我的母亲从小就不允许我离开饭桌吃饭，小时候，在蠢蠢欲动时，她就猜透了我的心思，一声大喝，令我坐下，我不情愿地扒拉着饭菜，暗自加快吃饭的速度。

长大后，如果吃饭时还是想离开餐桌看电视或是干别的，母亲好像也不大干涉了，只是多少埋怨几句从小重复到大的句子，听久了，也就随她去。

第二天要去火车站，这次，我夹了菜，又准备溜到电视前。母亲低头，很小声地说："你坐下吃吧，人本来就少了。"

我像触电般停下脚步，空气似乎停滞了，只听见母亲筷子的声响，母亲又唤我："坐下吃吧，不然又剩我一个，你走了，就只剩下我一个。"

我浑身像被电击似的瘫软，如果没有这声呼唤，我就算埋进坟墓，也不会想到母亲这曾被我视为最奇怪的癖好竟然是这样的深意。

我慢慢转过身，踱步回到饭桌前，这是我最难以下咽的一顿。

因为我的喉咙已经被几乎要涌出的悲伤堵住了。三年后的现在，我还没有变成妈妈口中的英雄，但我每天都好好上课，把自己收拾得干干净净，很少和别人争吵，对自己喜欢的人都真诚相待，努力做一个少生气内心坚定的孩子。只是我还不会在刘海长长的时候自己去剪，还是会胆小，在论文多的夜晚，只会无助地把关节按得咔咔响。

我和妈妈讲这些琐事，她总是很认真地听完，还郑重其事地提出解决方案，哪怕我只是在发牢骚。我对她说，我没有她年轻的时候漂亮能干，她得意地说"当然"，然后又矛盾地说："但我没有你强，你很强。"

其实我和母亲这样的聊天很少，我也没有像自己保证过的那样，每周和母亲视频通话。

三

有一段时间，我忙各种考试和活动，一次都没联系，母亲竟也没打电话来。午饭后回到宿舍，一个本地的舍友从家里带来了一袋桂圆。母亲最爱吃的水果就是桂圆，她的声音哪怕到现在也还是甜丝丝的带着娃娃音，就像水润的桂圆。有段时间我厚着脸皮这样叫她，被说了几次没大没小以后就不敢叫了。叫是不敢叫了，但是手机里，母亲的昵称还是桂圆，我拨通了她的电话。

妈妈的声音像刚睡醒一般，嘶哑，像干裂的桂圆干，我打着十二分的精神和她聊天。母亲不像以往那么积极地回应我。趁着我说话的空隙，她唤了我的乳名，她说："孩子，我和你爸离婚了。我现在把他的房间改成了落地窗，下午可以晒晒太阳，晚饭也不用管他来不来，只用煮一点自己吃，不知道有多好。"

我不知道这样形容我听见这个消息是否好，游子在电话里已经预感到将有的变故，但他回到故乡看到空旷的寂野：这比你预料的要快一点，要坏一点。你听见风声，等你准备回头，它离你而去，还吹掉你的帽子，给你个措手不及。

我沉默了很久，母亲轻松的语气几近让我产生错觉，但我听到的，是说不出的刺痛感。我闻到了压抑的失望和空虚，膨胀得发痒。

我说："妈妈，我回来吧，我回来黏黏你，我的课也已经快修完了。"

"好。"没有礼貌的推辞，也不再硬着头皮嘱咐先照顾好自己，好好学习，不要分心管她。

挂了电话，窗外天气像积怨已久的孩童，瞬间泼下泪来，我披了件外套，在教务处办理好请假手续已经是傍晚了，雨仍然没有停下来的迹象，舍友都劝我明天再动身，我决意买到今天的火车票。我突然读懂了高三模考做的一篇阅读材料，男孩接到母亲的电话，听到母亲的声音，虽然一切安好，却固执地辗转几班车都要回到家去，只是要看母亲一眼。这种冲动，不只源于爱，应该是最原始最本能的引力，因为相关物体的一方在牵动着你，由于最微小最捉摸不到的力量，你会奋不顾身向她走去。

走到校门口，有一家人从车上下来，中年女人把包举到父亲面前，父亲接过，转过身递给女儿："拿着，你拎着包，我要领着你妈。"

如果母亲在一旁，也是在这样的滂沱雨中，我得一手拎包，一手领着她。

她一直都是那块美玉，自甘打成瓦片，盖成屋顶，守着她屋里这枚璞玉。

瓦全，不让玉碎。

文 / 夏　洛

听说西藏能让人脱胎换骨

人生永远的污点

女子监狱大门外，冬日惨白的阳光里，我不得不闭上眼睛适应。再睁开眼睛，爸妈蹒跚着小跑到我身边，他们花白的头发在风中战栗着，仿佛受到了太多惊吓。警察在后面喊："好好做人。"爸妈连连替我答应，我心如刀绞。

4 个月前，刚毕业半年的我在一家公司做会计，老板娘是财务总监，对我非常好，手把手教我工作，不到一个月就给我转了正。谁知身为总经理的老板突然状告财务总监挪用现金，我在糊里糊涂之中背负了连带责任。

得知要在高墙内度过 6 个月，我眼前一黑。一直是好孩子，大学毕业的美好前程，就这样彻底颠覆，我无法接受。

对一辈子奉公守法的父母来说，这也是很难接受的现实。好面子的父亲几乎一夜白头，母亲哭得像无助的孩子。他们筹到了足够的钱支付赔偿，让我提前 4 个月享受到了自由。

回家的路上，妈妈哭了笑笑了又哭，爸爸抹着眼泪说："这不是好了吗？人都有个磨难。"

怎么可能好了呢？自从两个月前我被告上法庭开始，过去的朋友们纷纷消失，从高中开始谈了 7 年的男朋友同样没有出现。我终于明白，这个世界上除了父母，没有任何人真正靠得住。

出租车七拐八拐，来到一个老旧小区，我瞬间明白，父母用半辈子的血汗换了我 4 个月的自由。5 年前，父母拿出积蓄和卖老房子的钱，买下了新房。我的无知让自己付出了惨重的代价，也牵累父母失去了老来的居所。

"这里环境也不错的，离超市和商场都很近。"爸爸说。"附近还有一个公园。"妈妈说。我知道他们是在安慰我。我想，无论如何，是该重新开始了。

我上了社会黑名单

生活很现实，你已经准备好重新开始，它却还没有准备好接受你。

每天发简历成了我的日常生活状态，然而每次面试，面试官总是惋惜地摇摇头。我的信心失掉大半，没有失掉信心的是父母。

"你看刘晓庆，多出名，她以前也在里面待过。"

"周立波，多成功，谁还在乎他的过去呢。"

我不耐烦了："行啦，这能比吗，人家是名人。"

爸妈开始收集身边小有成就的人士，好不容易有个正面的例子，爸妈喜大普奔，马上对我进行新一轮的洗脑，"隔壁小区的一个大老板，过去也有这样的遭遇呢。"

为了让父母停止狂轰滥炸，我又踏上了求职路，这次我不提往事。

果然，机会来了。当面试官对我说"下周一上班"，我暗暗发誓一定要努力。然而，办理转正手续的时候，人事部一纸委婉的劝退信结束了我的工作。我关在房间无声流泪，难道我上了社会黑名单？有什么办法，能让我脱胎换骨，重新来过啊？

浑浑噩噩到了2012年的夏天。一天，妈妈说："你去年说想去西藏，现在去好吗？"西藏是我一直神往的地方，要不是去年的劫难，我说不定早就出发了。

"想。"我真想。"好好好，我跟你一起去。"爸爸开心地说。

"你爸身体不错，我们也查过了，你看。"妈妈说着拿出个小瓶，说提前半个月吃能降低高原反应，看来他们预谋很久了。

虽然出发前做了充分准备，高原反应还是来了，我开始头痛、呕吐，行动也特别缓慢。心底深处，我对自己受到的折磨有一种莫名的暗喜。我希望痛苦来得更猛烈些，因为我实在太渴望得到新生了。

听说西藏能让人脱胎换骨

我和爸爸用3周的时间游遍了拉萨附近的地方。西藏蓝得通透的天空包容着雪白的云朵，分不清到底是湖水倒映着蓝天还是蓝天倒映着湖水，虔诚的喇嘛和悠闲的人们，空灵的一切让我暂时忘掉了生活的烦恼。

当我和爸爸坐在湖边，看着眼前如蓝宝石一般晶莹静谧的湖水，我眼睛有些湿润。

晒黑了的爸爸说："闺女，你好久没有这么开心过了。我和你妈什么都不图，只要你能开开心心就好。"爸爸的声音有点颤抖，我不敢回头看他。

　　我突然有大喊的冲动，站起来对着后面的大山"啊——"大喊起来，然后坐在草地上大口喘气，又哈哈大笑了起来，爸爸却哭了。

　　"爸爸，不要哭，今后再也没有什么事情能让我退缩了。"我帮爸爸擦着眼泪说。

　　"这就好，我就知道，我闺女是不会认输的。"爸爸笑了。

　　一个月之后，我和爸爸回到家。我翻着每一张照片告诉妈妈西藏的旅程，加上一些奇闻趣事，妈妈听得乐不可支。"发到网上去吧。"爸爸建议。

　　我在论坛上把去西藏的经历和照片认真地发出去。第二天，帖子居然置顶了。

　　回复的人很多，鼓励的赞美的话比比皆是。其中一个名叫"刀狼"的网友回复得特别真诚，最开始顶帖的人就是他。他说看到这个帖子仿佛看到了一个积极向上的女孩，他相信去过西藏的人不会轻易向困难妥协。

　　我想他一定是个经历丰富的人，我更加用心地写自己的感受。有几次，我不知不觉把自己在高墙内度过的两个月的感想也写了进去，又几次删除，我怕因此这个帖子会秒沉。但是，我内心快要爆炸，不吐不快，我下狠心把它们畅快淋漓地写在了帖子上，然后关机离开，仿佛埋了一颗定时炸弹。

　　第二天，我咬着嘴唇去看自己的帖子，居然置顶加精，下面的回复一天之间刷了好几十页。在现实生活中处处碰壁，虚拟网络给予的肯定足以让我感动。我想，西藏真是神奇，去了那里的人，果然能脱胎换骨啊。

涅槃是什么感觉呢

我珍惜每一条回复，尤其让我感动的是"刀狼"，他说："我也去过西藏，也许你不知道，我每天都期待着看你的帖子，是你给了我力量和信心。"他每天凌晨一点左右还在看我的帖子。

有天半夜，我起床上厕所，打开房门一看，爸爸正披着衣服坐在电脑前，那时是凌晨两点。

听见我的动静，爸爸手忙脚乱地关网页，电脑却死机了……

原来，爸爸就是"刀狼"。我明白了为什么爸爸非要我把电脑放在客厅，说放在床边有辐射，我明白了爸爸为什么总是眼圈黑黑的……

我搂着爸爸的脖子哭了。我以为是西藏让我脱胎换骨，其实从头到尾都是我的父母。

为了父母的良苦用心，我下定决心，无论如何都要做好一件事。我喜欢上研究民俗文化，一边研究一边去附近商场找一些临时工作，挣一点生活费。爸妈有空我便和他们去附近的景点旅游，和网友分享旅游日记成了我的爱好。

2013 年初秋的一天，我正在浏览帖子，突然论坛弹出一个站内短信，我去西藏的一段帖子被一家著名的旅游杂志转载了。

没过几天，这家杂志社问我说是否有兴趣做专栏作者。虽然工资不高，但对于我来讲，那仿佛是迷失在黑暗中忽然透出的一缕阳光。

我提心吊胆地问："你们了解过我的经历吗？"

"我们关注你很久了，你的经历让你有如此的感情和对大自然的共鸣，这正是我们需要的。"对方回复。

我激动得声音几乎变调地对爸妈大声喊道："我有工作啦！"

这个冬天的早上，爸妈一边浇花一边聊天，我在电脑上发送出最近一期的邀稿。父母悉心照料的杜鹃花在冬季依然红艳似火，我仿佛看到自己，不管在谁的黑名单里，我依然能绽放自己的一片春天，因为父母的爱如暖阳细雨，而且永无黑名单。

文 / 琴 台

我的妈妈是大神

一

我曾以为这辈子都不会原谅她。2008 年高考，我的分数虽然不算太高，但上个普通本科没问题了。叶子男和我早就商量好了，临城的那所大学，将收拢我们四年华丽的青春。

却没想到，妈妈一手打碎了我们的美梦。她自作主张塞过来一张复读通知单："你今年的成绩不可能上太好的大学，所以必须复读！"

我翻翻白眼，心凉如冰。复读单上那所重点高中，是妈妈三年前的雄心大梦，"得益"于我当年中考失利才失之交臂。我不想继续逆来顺受，离家出走的冲动陡然而生。

可当我奔到叶子男家楼下时，远远看到他和父母手挽手的背影，突然醒悟这个大梦有多荒唐。对于要什么有什么的叶子男来说，私奔简直是个笑话。

走投无路，我想以绝食逼我妈就范，没想到，她居然云淡风轻："你就是一辈子不吃饭也得去复读。"不仅如此，她还和偷偷给我送饭的老爸吵了起来。

看着一地鸡毛的家，我唯有举手投降。自虐只对于爱你的人才是惩罚，而对于妈妈来说，成功永远比亲情更重要。

半年后的寒假，复读班只放了三天假，我去了叶子男家。他还没起床，客厅的电话响了，叶子男的老爸看看来电显示对他老妈说："又是那个女孩。"

虽然叶子男极力否认他和那个女孩有瓜葛，可我还是感到了某种说不清的伤心和羞愤。回到家后，我大哭一场，妈妈咋咋呼呼地跑进来问东问西，那一刻，我真是恨死她了。如果不是她逼迫，别的女孩即便变成牙签也插不进我们的爱情里。

我一刻也不想再看见她，收拾行李就要回学校，她有点意外，但更多的还是兴奋，一边往我行李箱里塞各种吃食，一边念叨着："有这个毅力，清华北大都不成问题！"

我烦躁地扭过头去："清华北大！清华北大！除了这个，难道就没有点其他新意？"

二

仔细想来，她还真就是一个毫无新意的女人。

从我懂事起，她碎碎念的永远只有一个主题——知识就是大神，可以改变命运。等我长大点，她又在前面加上一句："你看，你又没多漂亮，学习再不好，以后有的苦吃。"

看着镜中那个厚嘴唇小眼睛的女生，我愤怒又抓狂，不是都说女儿容易遗传父亲的基因吗，为什么我和她如此相像？

她却大言不惭："如果你真能完全承袭老妈的基因，我倒可以放心了。"这个女人，从来不缺的，就是自信。

当然，她的自信也是有理由的，作为本城著名女企业家，这些年她的头顶一直没离开光环。在人前，她还算谦逊，但一回到家，马上一副运筹帷幄的女神范儿。别人家凡事有商有量的情形在我家几乎绝版：爸爸的工作、爸爸的交际，甚至爸爸的亲戚朋友的，全部由她一手包办。

老爸不是没反抗过，在我小时候，爸爸负气搬了出去，甚至还提出了离婚。得到消息的我完全傻了，哭着哀求妈妈向爸爸认错，谁想，她脖子一梗：随他去。

我只能偷偷去求爸爸，告诉他我不想成为单亲家庭的孩子。听到这话，爸爸的眼泪一下子下来了。那天，他无声地流泪了好久，然后抱起我回了家。那些眼泪，这么多年一直发酵在我的心里，每看见她欺负爸爸一次，我就觉得自己亏欠了爸爸一分，同时，也对她更多了一分不满。

而她，完全没意识到这些，待我依然各种严厉：游戏不能玩，鞋子要摆正，衣服要挂好，房间自己打扫，还有每天的一日三餐。明明爸爸乐得刷锅洗碗，她却一意坚持："孩子大了，应该分担父母的辛苦，这也是为她好。"

"为她好"三个字像一座大山压迫了我十几年，而每遇反抗，她的撒手锏就是痛说革命家史："想当年我……"

好吧，我承认，她的当年完全可以写进励志宝典。因为家境拮据，高中还没毕业就开始辍学打工。后来，她自修了很多证书，1000元钱起家，打拼出了现在的身家。此类偶像若是供到神坛，也许我愿意没事烧一炷香膜拜，但在现实中成为母亲，对于女儿来说，百分百苦海无边。

为了逃离她的独裁，我只能发狠：好好学习，远走高飞。

三

第二次高考，我比上次高100多分。她兴奋得连夜抱着手机四处通报："我家出了个名牌大学生！"

入学通知书到了之后，她在当地最好的酒店大摆筵席。

那天她喝多了，回到家，抱着我涕泪横飞：好女儿，真给老妈争气……我别扭地挣脱她的怀抱，看着她泪痕交错的样子，心里居然有点发酸。

她不顾我的反对，放弃一单唾手可得的业务，坚持送我去北京。可真到了学校，又什么都插不上手，只能和老爸跟在我身后到处乱跑。

一切安顿妥当，她孩子一样兴奋地拍拍床铺摸摸门窗，又带着怯意地和宿舍里并不熟悉的女生打招呼。看到她难得的卑微，我又好气又好笑，在她眼里，能够考上这所大学的都是活脱脱的大神。临分手时，老爸叮嘱再三，她一个劲打断他，继而转向我："你爸真啰唆，老妈相信你，一切都能搞定！"这一点上她还真有预见性。

开学没多久，我就成了大家公认的女汉子。舍友看到小强哇哇大叫，我面不改色心不跳，一脚踩死；周末去淘衣服，我摆出彪悍的架势，砍价砍到摊主飙泪；舍友买来个酸奶机，对着说明书研究半天还搞不明白，我扫了两眼就摸到了门路……

出众的生活能力给成绩并不突出的我加分不少，我第一次不再吐槽妈妈曾经的苛刻。更多时候，坐在窗明几净的教室中，我的思绪会飞回一年前，如果不是她的坚持，我能感受到现在的这份美好吗？

那一刻，尽管我依然不那么认同她，但还是会忍不住对她生出一份感激。也许，她算不上一个合格的妈妈，但作为人生导师，绝对有先见之明。

四

我大四的时候，她遭遇了生命中最严酷的寒冬，因为轻信合作伙伴，公司一夜凋敝。得到消息时，我刚和一家企业签了实习合同。老爸在电话里哽咽："没了，什么都没了，车子，房子……"

我立即赶了回去，她正在房子里打包行李。看到我，眼圈一红，回头却对着老爸吼："这么点儿事也值得惊动孩子？"

说不害怕和恐慌是假的，可是，她那个倔强的样子，又让我无形中跟着生出一股豪气。出租车上，她紧紧拉着我的手，说起了这些年的不易。听着她的话，我第一次体会到她的苦。如果没有那份强势和执着的性格，我和爸爸怎么会过上衣食无忧的生活？而作为享受者，我却只记住了她的性格带来的负面情绪。

正在感慨万千，她突然一昂头："当年妈妈也是什么都没有，那时都没怕，现在有了这样优秀的女儿，更不会怕。"

我眼眶一热，眼泪差点掉下来，一边更紧地握住她的手，一边暗暗盘算，实习期每月5000元的工资，是不是能够省下3000元来寄回家。

或许也是因为这份压力，实习期我拼命三郎一样埋头苦干，最后离开时，老总亲自给我饯行："等你毕业，一定回来。"

叶子男比所有人都早地跳进了围城，收到叶子男的结婚请束，我以为自己会多少有点伤心，可当真看到那两个并列的名字时，心底云淡风轻。旧爱经年，早已不复想象中的模样。更重要的是，当我走了更远的路看了更多的风景，无论人生还是爱情，都有了另外的愿景。

不久，老妈又租了一间小门面，开始创业。我特意请假跑回家给她助威，顺便将自己俭省下来的积蓄塞到她手里。看到钱，她一愣，眼泪落了下来。又过了几个月，她的小店已然有声有色。休假时，我会坐在迎门的藤椅上帮她理货。有次叶子男和他的大肚老婆施施然走过，和他们打过招呼重回店里，撞上母亲了然一切又有点担心的眼神，那个瞬间我赫然明白，当年自以为瞒天过海的恋爱，她其实比谁都明晰。

她用自己的方式终结了一段并不看好的爱情，连带改变的，还有女儿的人生和命运。"豆瓣"上有个线上活动："什么可以决定我们的一生？"她看到后，立刻直抒胸臆："当然是知识。"我笑笑，打下的字却是对她的称呼："妈妈"。

是的，知识的确如大神可以改变命运，但我的妈妈更可以。

文 / 海　潮

上辈子的"情敌"

从没温柔地待过他

第一次听到"女儿是父亲上辈子的情人"这句话，我读高一。一天晚自习的时候，从前排一个娇滴滴的女生口中蹦出来，带着一点儿小矫情、小炫耀。

就在几分钟前，该女生胖乎乎的老爸"不远万里"跑到学校，只为送一块她爱吃的豌豆糕。

就在豌豆糕的父爱气息里，我蹦出一个念头：如果女儿是父亲上辈子的情人，那么，儿子一定是父亲上辈子的情敌了，永不可能和平相处，就像我和老爸，"剑拔弩张"便是我们最常见的相处方式。当然，他的"拔剑"是公然的，我的"张弩"只能在背后。

但就像他从未温柔地对待过我一样，我心里，也从来没有温柔地对待过他。

这么多年，一直觉得老爸暴脾气，永远是高门大嗓、吹胡子瞪眼，还有一句百说不厌的口头语："小心老子把你的腿打断。"

　　我曾经怀疑过老爸有暴力倾向，动不动就想把谁的腿打断。读小学的时候，他对我的约束是不能在学校打架，"否则老子把你的腿打断"；到了中学，改成不许学抽烟，"否则老子把你的腿打断"；到了高中，不许抽烟的前提下又加了一条，不许谈恋爱，否则……

　　后来终于读到了大学，虽然依旧没有跑出这个城市，但感觉到底不一样了，因为根据学长经验，考上大学意味着从此拥有了想要拥有的所有权利。

　　但是，好像不是那么回事，开学前一天晚上，老爸慢悠悠地踱过来，一如既往的严厉："不能一帮浑小子凑一起没事就喝酒，尤其是白酒，坚决不能喝，否则……"老爸顿了一下。

　　我停下手里的动作，等他的口头语，但没想到，那一次，他的告诫只停留在"否则"两个字上，让我意外又纳闷。那是多年来第一次，他没想把我的腿打断。

"猫和老鼠"的游戏结束了

　　大学并不太远，走读也可以，但我毅然决然地选择住校。

　　我承认我有些胆小，所以这些年，老爸的"恐吓"颇见成效。小学六年，我是班里唯一没有和同学打过架的男生。到了中学，刚开学没几天，我就在厕所遇见几个男生躲在里面抽烟，少年的吞云吐雾令我心生向往，腿却没来由地一哆嗦。于是，为了保住我的腿，我飞一般离开了。然后高中时，我没出息地自行掐灭了两三次早恋的苗头——为了我的腿，姑娘，我只能辜负你们了。

　　在老爸铁一般的纪律下，我循规蹈矩地一路读到大学。那些年，我是老鼠他是猫，然后……哼哼，老爸，我就不信了，你还真能继续压制我。

六个男生的集体宿舍，在第三天晚上就关上房门，开启了一场啤酒盛宴，由此，我也不得不佩服老爸的前瞻性。只是这一次，已经由不得他，在啤酒瓶咣当咣当的碰撞声里，我确信，"猫和老鼠"的游戏从此结束了，他再也抓不到我了。

终于开了戒。并且，我发现我是有点酒量的，四瓶啤酒下肚，只是有些小兴奋。那天晚上睡觉前，上铺的室友不无仰慕地说，哥们儿，你家喝酒的基因真好，看着跟个小书生似的，没想到你这么能喝。

我愣了一下。酒量和基因有关，这我倒没想到，不过，老爸倒是有酒量的，虽然也时有喝多的状况——没错，这也是我这么多年不服气他的原因，他不许我这不许我那，可是他自己烟酒全沾。据说年轻的时候，他烟抽得很凶，后来在医生的告诫下减少了，酒却是几乎每天都喝，以工作应酬为由。记得有一次，老爸喝得酩酊大醉，回到家里吆三喝四，后来老妈烦了，说他，你一个小业务员有啥好应酬的？明明是自己贪酒……

第二天早上听老爸在洗手间自己絮叨，真是年纪不饶人，一斤酒就喝成这样了，想当年……

一斤酒！当时吓我一大跳，没想到他那么能喝——此时想起那一幕，不由得默认了上铺室友的话。没错，我这点初战告捷的酒量，应该得益于他的遗传。他不让我喝酒，却不能不把酒量传给我，这样一想，不免有点得意，好像占到了什么便宜。

那之后，我们倒并未频繁地开喝，说到底还是学生身份，不过偶尔欢愉一下。

喝酒的事，回到家里我当然只字不提。他也不提，顶多问问功课和学校伙食。

吃饭时，他还是会自己喝两杯，独自把盏的姿势，让我更加确定了，电视剧中那些父子把酒言欢的场面都是骗人的，至少不会发生在我和他身上。

大二下学期，我才开始和白酒接触。那天是宿舍老大的生日，决定请大家去一家有名的餐馆吃广东菜，临出发的时候，他摸了两瓶白酒装进包里。我忽然有莫名的兴奋感，因为好奇。

点了一桌丰盛大餐，白酒各自倒满一杯，我装出司空见惯的样子，端起酒来灌下一大口，却差点被呛到——知道是辛辣的，没想到那么浓烈，灌下一整杯水才勉强压下那呛人的辛辣。

一整杯酒用水压着喝完，结果水喝得太多，便频繁往洗手间跑。回来时经过一个包间，忽然听到里面传出我极其熟悉的声音，双腿一哆嗦，竟然是老爸。

本能地想快步跑开，却又鬼使神差地停下来，然后蹑手蹑脚朝包间半掩的门内看过去。

可不正是老爸，正一手端着酒杯、一手拿着酒瓶依次敬酒，"您随意我干了"的阵势，怎一个"豪放"了得！

我呆呆地看着，然后，在老爸又一次饮尽杯中酒的时候，我的心忽然就被一股子浓烈的辛辣呛到了，非常难受。我在老爸的豪放里看到一种酒精般明晃晃的残酷，他下咽的动作，越来越生涩而艰难，但他忍着。

原来，他所谓的应酬是这样的。我就那样一直在暗处偷偷看着他，看他豪放地喝到每一个客人都满意点头；看他把客人一个个送出门去，堆着笑脸跟他们说再见；看他在最后一个客人乘坐的车子离开后，忽然快速转回身，急切而又踉跄地飞奔回酒店的洗手间。然后……在洗手间的外面，我听到他吐了。

心里一阵紧过一阵地难受着，却还是忍住了冲进去给他拍拍背的欲望。不，我不是怕他抓到我喝酒的现行，是怕他知道我看到他人生的这一幕。

他会尴尬的，他一直是个骄傲的男人。

那天晚上，我没有再喝酒。我决定以后都不再喝酒了，也不抽烟、不打架，不做一切他不让我做的事，然后，早早带个好姑娘回家。

这也是他的意思。

上辈子我们不是情敌

周末的家中，吃晚饭时，老爸还是象征性地给自己倒了一杯酒，端着酒杯却啜得极慢。

我放下碗，装作随意地对他说："爸，少喝点儿。嗯，以后在外面也少喝点儿。您都不让我喝，自己也得少喝。"

他愣了一下，默默看我片刻，然后放下手里的杯子笑起来："傻小子，你懂什么？你老爸整天喝酒，就是为了让你以后可以不用过我这样的生活。"他拍拍我的肩。

我低下头，不语。是，我已经知道了，他其实并不好酒，在很多时候是不得不喝，因为他是一家之主，他要多赚钱让我和老妈活得更好。他要让我读大学，以后有份好工作，可以不用仰人鼻息地活着，再不用去喝那些卑微的酒……而他在家里喝酒的幸福感，都是装出来的。

知道了，但是我不说，我只在心里向老爸认错。好吧，老爸我错了，上辈子我们不是情敌，无论上辈子还是下辈子，我和你都是父子，彼此深爱。

文 / 王宇昆

笨　拙

一

我就是讨厌你身上那琐琐碎碎的笨拙。

上大学离开家，每次你都要在电话里絮叨诸如"最近吃得好不好，睡得怎么样"或是"没钱了吱声我给你打卡上，自己不要舍不得花"这样的叮嘱，似是在按部就班地完成天底下每个母亲都可以胜任的事情，而电话这头的我总是不耐烦，厌烦你的絮叨和依旧把我当小孩子看待。你像有特异功能，能从我的话语中听出我的想法，于是当你说"好啦好啦，你又烦我了"的时候，我又不得不把自己的嫌隙收敛起来。

你好像就是这么不会去琢磨讲话的技巧，你问我最近在忙什么，我回答你说现在忙着排练话剧，你说"没想到我儿子竟然还会演戏"时流露出惯于称赞小孩子的惊讶语气总会触动我敏感的自尊心。电话这头我失去继续聊天的兴致，丢了句冷冰冰的"我在你眼里就这么毫无特长，好了，我要挂了"，便挂断电话。

几天之后又拨了过去，电话那头的你竟然向我道歉，像个犯了错误的小孩子，你说我误会了你的意思，你是想表达你因我而感到骄傲。

矛盾然后冷战最后烟消云散，一个又一个无聊却又重要的循环，好像从青春期开始，我就是在与你这样大大小小、零零散散的矛盾中长大的。

而记忆尤深的那个循环，现在想起来觉得自己特别混蛋的事情发生在小学。在去同学家蹭了一顿饭后就开始不满你平常做的菜肴，顽劣的我嫌弃你做不出好吃的饭菜，把你说得一文不值，你给了我一个耳光，而我依旧像个机关枪似的吐露不满和愤懑。相反你的愤怒好似都收纳进了沉默里，你转身离开把自己关在屋子里，觉得"受委屈的是自己"的我还依依不饶时听到了屋子里传出的哭泣声。

这是我第一次听你哭泣，声音不算尖锐，不时夹杂着奋力的喘息声，我的耳朵发麻，理直气壮顿然熄灭，相反内心惴惴不安。我跑去拼命敲你的房门，门被反锁，我在外面怎么劝说仍是换不来你一声的回应。于是我便说你要是不出来我就一直不吃饭，你也在赌气，我只好忍着饥饿看着一桌子饭菜变凉，最终还是因为你的怜惜换得了原谅。你重新为我温饭，吃完把我唤进屋里。那晚，我趴在你的床边，你还有些埋怨地斜看我的眼，我一遍又一遍地道歉诉说自己的不懂事。有那么一瞬间，你凝视我，然后用手抚摸我的脸颊，满怀歉意轻轻地问是不是打疼我了。

你的厨艺从这以后突飞猛进，听你讲你刚结婚的时候醋和酱油都分不开，被婆婆逼着硬是只学会几道家常菜。你其实是讨厌厨房的对吧，你讨厌那里的油烟味道，但为人母为人妇只好习惯系围裙的日子。

那晚的故事在第二天就戛然而止，被你丢到九霄云外。后来放学经常看到你拿着本菜谱跟着仔仔细细地学习烹饪，什么鱼香肉丝、宫保鸡丁后来都成了你的拿手好菜。渐渐留意到你开始频繁地收看美食节目，偷偷翻开你的那个小本子，发现密密麻麻地做了满满一本子的烹饪笔记，姜块要切到的大小，花生油要放几克，认真细致到让人难以置信。每每觉得幸福就是放学看到你做的一桌子菜肴，大概是你的付出和努力都被悄悄地吸收进了你做得越来越好吃的菜肴里。

二

小的时候，你不允许我说谎，长大的我，却被你骗了。

爸爸不小心在电话里说漏了嘴，所以我是在你急性阑尾炎手术后半个月才知道这个消息的。你在厨房剖鱼，肚子突然疼起来，爸爸带着你去医院查出来是急性阑尾炎需要马上手术。你天不怕地不怕，独独怕疼，被送进手术室前在爸爸无数次的安慰下还是吵着闹着要给我打一通电话。

你在电话拨通后忍着疼平定呼吸，无数声忙音后你有些失望地挂了电话。那一刻的你很想听听我的声音，记得你说过我的声音能给你莫大的安全感，可是忙于和同学通宵刷夜逛街的我在聒噪的街市里看到你的来电就挂掉了。我并不知道你所畏惧的黑暗就在你的眼前，而你却多想让我帮你驱走它们。

半个月没有你打来的电话，你的手机也一直关机，只好打给爸爸，才知道你刚刚经历了这么大的痛苦。爸爸把电话交给你，故作坚强的你不停地重复着"自己现在身体很好，过得很惬意"的话，还反过来问我最近过得怎么样，需不需要钱。突然心头像是爬出一条长长的蜈蚣，拼命挠着我的心口，我有些颤抖地回答你我最近过得很好，鼻头禁不住有些酸。愧疚像一滴墨水掉入了一杯水，瞬时肆意地扩张渲染。我自责当你最难过最需要安慰的时候，我却在享乐，想要忽略你的存在。

这一通电话打了很久很久，挂断后拿下手机，发现屏幕已经湿花花的一片。

三

你并没有告诉我你学习使用电脑花费了多少功夫，爸爸也只是戏谑地说家里最近多了一位知识分子。你不会打字，拼音不好，于是你买来厚厚的新华词典，一页一页地翻读背诵；你经常坐在电脑旁边笨拙地熟悉每个按钮的功能一耗就是一个下午。

忘记是从什么时候开始，一登录小企鹅就看见你的留言，仍旧是蹩脚的表达方式和满篇的错别字，意思无非都是电话里的嘱咐。起初我倒是满怀兴趣地夸赞你开始用电脑了的进步，但后来倦怠的感觉还是伴随着你无休无止的唠叨滋长蔓延。我开始时常不理你，但你却依旧不知疲倦地问候我的每一天，发来一个又一个在我看来幼稚到不行的表情，我只好隐身，你好似也发现了我在故意躲避你，但依旧还是没能改变你每天都要唠叨重复那些话的习惯。

我的逃避最终变成索性不登录，于是你又打电话来问我最近为什么不上 QQ，我借口号码被盗来敷衍你，你还是轻而易举地读出我的意思，"我知道你是烦我唠叨你"，你心直口快，我也毫不遮掩，把内心的郁闷一口气全吐露了出来，直至你的语气变得低沉失落。后来的日子，你没有给我发过一条消息，像是消失在了网络世界里。

有一天微信突然收到你的回复。你曾问我为什么我每发一条状态，都只有自己在回复，而且都是文不对题的评论，我对着视频那头的你哈哈笑，你矫情地说我又在嘲笑你笨了。

那条微信，我发的是一张大学同学聚会的图片，里面不乏有很多高中同学后来也成为大学的校友。你的评论是在凌晨一点多发来的，你把这张照片里你认识的同学的名字都一一写了出来，而且没有一个错别字。你说我的这些老同学变化都好大，唯独我还是一副老样子，像个傻男孩。我很惊讶你竟然还记得我高中同学的名字，甚至连他们原来的模样都记得，反倒我甚至已经忘记了里面有些人的名字。我回复你鼓掌的表情，然后问你怎么还不睡。——原来那晚你之所以熬到一点多，是因为你看到我的这张照片后突生感慨，就拿出我的毕业照一一找出身边的同学和他们的名字，视力不好的你就这样窝在床上扒拉了很久。你说没有原因，就是想看看我和我朋友的变化。

我终究被你的认真和执着打动了，好像我天生比你少着一份韧劲儿。从很久很久以前开始，掉第一颗门牙，声音变得粗粝，冒出青涩的胡茬儿。我和你之间的距离就开始被一种很奇妙的物质渐渐拉长，我的叛逆和你的严厉，我的想要逃脱和你的失望不舍，都成了这段距离里最好看也最纠结的风景。但无疑的是，你为了走进我的世界而这样努力付出过，哪怕你的笨拙或是迟钝总会让我厌倦或是嫌恶，可你仍然不知疲倦地努力着。而我，也尝试着想要转过身紧紧握住你的手，放慢步子。

有一次你打电话给我问怎么制作 PPT，缘由是你要参加一个员工讲演比赛。于是我拿着电话，一句一句地教你如何使用，到你学会为止。那是我们最长的一次通话，三个多小时。

几天后，你又打来电话，说你获得了一等奖，电话里你难以抑制地表达自己的喜悦，我平静地听你说比赛当天的激动与紧张，心里默默想象着你现在手舞足蹈的模样。之后看了你做的 PPT，你特地在后面附上了我和你的合影，还写了大大的"感谢致辞"。你害羞地告诉我，你当着所有人的面感谢我的时候，场下的人全都在为你鼓掌。

所有的孩子都不是一夜之间就能长大的，他们好似也都如我一般，在与无数个你一样的人的循环中数清了你额头的沟壑，铭记住你的深情。

你 45 岁的生日在冬天，而现在，我已经迫不及待地想飞回 2000 公里以北的那个小城里，紧紧地握着你的手，坐在你的身旁，陪你追完一部老套的电视剧。

你的笨拙，或许都是上帝许给我的智慧，它的意义大概就是，原谅、包容或者陪伴。

文 / 岑 桑

老头子的固话不会停

2010 年 5 月，我和先生回去看望老头子，他时年 63 岁。他喜欢我们叫他老头子，还经常搬出纪晓岚的老梗，曰：万寿无疆之谓老，顶天立地之谓头，经纶满腹之谓子。其实，他 169 厘米的身高只能算是立地，万寿无疆不过是个愿望。至于满腹经纶，还是换成满腹"唠叨"比较好。

那天晚上，老头子先抱怨了一会儿水果越来越难吃，又评价说当前的国际局势真乱，最后联系到了家里的电话。

他说："也不知道是谁把咱们家的号码给卖了，天天有人打骚扰电话。"

我说："你就把固话拆了吧，除了销售和骗子，根本没人打，每个月还白交月租费。"

老头子瞥了一眼放在沙发旁的电话，咂了咂嘴说："还是留着吧，家里有个电话，才像个家。再说了，我还得拿它找手机，要不然，每天都不记得放哪儿了。"

我和先生都笑了。

老头子就是这样，嘴上数落你一万个不好，到头来，还是舍不得。

老妈在世的时候，他天天说，就没见过这么懒的女人，早晚和你离。可是老妈病的那几年，他每天床头伺候着，生怕一个不小心人就走了，扔下我和他。

贵养小囡

说起家里的电话，可以追溯到 20 世纪 90 年代，那时装一部电话的价格，等同于一部 iPhone，平时都要用小方巾盖着，是家里的重点保护对象。

先生说："爸爸真是个念旧的人呢。"

我先生是台南人，在上海做生意，老头子还算比较宽容地接纳了他。老头子和我说："我对他没意见，我是心疼你，台南那边规矩大，到时候委屈了你。"

我说："我们又不是长住在那里，他生意都在这边的。"

老头子还是放不下心。2008 年，我和先生在台南办了婚礼。离开上海之前，老头子和我先生说："我们上海小囡，都是贵养的，十指不沾阳春水，嫁过去，你不要欺负她。家务嘛摆个样子就好了，不要让她真做。"

后来，婚礼之后回到上海，我给老头子放结婚录像，他看到我跪拜给公婆奉茶那一段，眼泪忽然就下来了。我问："哭什么呀？"

老头子拉过我的手说："我女儿哪里遭过这样的罪哦，那天我等不到你电话，就知道你肯定受委屈了。"

敬茶又没什么……虽然他有点矫情，但我心里还是有点难过。2008 年 8 月 8 日是个举国欢庆的好日子。我早起梳头，拜过祖先拜高堂，礼服换了 4 套，妆补了 N 次，在一堆陌生人里，亲热地敬酒无数遍。

而疼我的老头子，一个人不吃不喝，守着电话到天亮。

2009 年，我给老头子买了部有答录功能的电话机，老头子很是喜欢。他的自动回答，好像只录给我一个人。他说："囡囡啊，是你伐？我现在不在家，不是去锻炼，就是去买菜了，一会儿就能回来，听到'嘟'的一声，把你要说的话留下来好了。"

每次听到，我都会笑。我说："你平时带上手机，哪还用我给你买这个？"

他说："那东西对脑子不好。"老头子越老就越固执，他深信手机的辐射可以致脑瘤和各种恶性病变。

2005 年，老房子拆迁，他搬去了北郊，固话的号码，他也不嫌麻烦地迁过去。那片小区太新了，直到 2010 年才有了人气。那一年，老头子在小区里出了名，他带领小区里一干阿婆孕妇奔走呼号，把已经动工的移动基站发射塔请了出去。

这一年，我怀孕，老头子要接我回家养胎。他喜滋滋地整理出客房，买了新被褥，不过，就算老头子拆了移动也没用。

第一胎，婆婆还是希望生在台南。

老头子的叹息

那是我先生第一次出轨，我大着肚子和他吵了架，他先是道歉，后来恼羞成怒，摔门而去。婆婆过来问我出了什么事，我就和她哭诉了原委。

婆婆听完，沉默了一会儿说："不要闹了，男人都一样。做媳妇的，忍一忍就过去了。"我的眼泪，瞬间就停了。我恍然发觉，有些亲情，是必须力透血缘才会亲密的。

那天晚上，我给老头子打了电话，听着他的声音，满心委屈涌出来，却停在嘴巴里。讲给他有什么用呢？他也只能是一个人陪着乱操心。于是我只和他聊了会儿天，说说台南的空气和水果。我们聊了很久，直到无话可聊。我在电话里静了一会儿，说："我困了，下次再聊吧。"

他问："那个……你还有什么话没说吧？"

我说："没。"

他听了，慢慢地说："养孩子啊，最重要的还是要心情好，闷了烦了，找我老头子说说话。"

电话挂断之前，我听到话筒里传来一声沉重的叹息，他是在后悔答应把女儿嫁得这么远吧。

女儿一岁的时候，我才带着她回到上海。老头子见到后，一直笑，嘴里念叨着："养得蛮好。"

那天，我们去饭店吃饭。老头子喝了酒，话就多了。他拉着我先生说："我跟你讲，你不要以为你在台湾，我就没办法了。你要再敢欺负我女儿，我做鬼也不会放过你。"

那大概是老头子这辈子，说过的最狠的话了。先生听了哈哈大笑，回程的路上却有些不悦："都多久以前的事了，还和他说干什么？"

"我从来没说过。"

"那他怎么这么说我？"

我说："等女儿长大，你或许会懂吧。咱俩走到今天，我不求你待我有多好，但我请你能像他爱我一样，爱我们的女儿。"

那时我的肚子里已经有了第二个孩子，先生一家期待会是个男孩，但我却有点怕，怕我刚刚一岁的女儿不会像我一样，被万般呵护地长大。

你还有一个家

2012 年，老头子突发急性肺栓塞去世，人走得很快，没什么痛苦，我没能见上最后一面。

　　后来 11 月的时候，物业转来一些账单，其中就有固话的月租费。先生看了，说："电话怎么还没拆啊？又没有人用。"我说："先留着吧。"

　　据说这座城市，每天有 100 部固话在消失。所以我总想把它保留得久一点，再久一点，让老头子的余温，尽可能久地，停留在越来越脆薄的人间里。

　　2014 年，大女儿 4 岁，小女儿 3 岁。因为工作的关系，我和先生几乎长年住在上海。先生的生意做得风生水起，我舍不得把孩子交给保姆，早早退回家里做了全职主妇。

　　先生早已很少准时回家。他在外面做什么，我管不到。只要他踏进门，做好他父亲的角色，我们就相敬如宾。我知道很多人为我愤怒，恨我软弱，我也希望自己有揭竿而起的本领，可作为一个脱离社会已久的女人，在真正踩到实地之前，我不敢让两个女儿跟我一起冒险。现实不是韩剧，赌过一口气之后，还有真实的生活，即使它那么冷。

　　除夕晚上，先生带着孩子们放炮，我躲在卧室里，拨了那串熟悉的号码。铃声响了几声，就听到了老头子的声音传过来，连冰凉的手都发暖了。他说："囡囡啊，是你伐？我现在不在家，不是去锻炼，就是去买菜了，一会儿就能回来，听到'嘟'的一声，把你要说的话留下来好了。"

　　老头子说得没错。有固话，你就在这个繁芜嚣躁的世界上，至少还有一个家。

文 / 妞　妞

谁把你宠坏

从来都不曾如此

多年后，直到父亲去世，送走他的那天晚上，我才第一次和母亲一起睡。

是我主动提出来的，觉得也许母亲一个人睡会难过，所以我说："妈，我跟你睡一张床吧。"

她看了我一眼，并没有表现出意外，只轻轻点点头说："好。"

意外的是我，因为说完那句话后，我才意识到，这么多年，我竟从没跟母亲一床睡过。

出生后，我由外婆带，自然也跟着外婆睡。后来，外婆带我回了乡下老家，直到我快上学时，才回到父母身边。

回到家里，我便开始一个人睡，单独的小房间里有一张温暖的小床，粉红色的卧具，枕头边还有一只毛茸茸的玩具小熊。我抱着小熊睡，很快就适应了。

读三年级的时候，有一次，听同桌的女孩说，她至今都让妈妈搂着睡。我丝毫不觉得羡慕，却很吃惊，觉得不可思议，怎么会跟妈妈一起睡呢？多别扭，睡在一起说什么？做什么？

那时候我小，不理解很多母亲和孩子之间那种无间的亲昵，后来慢慢长大，偶尔目睹其他家庭或者影视剧中，母亲对孩子那种近乎矫情、肉麻的亲昵，才知道母女之间，是可以这样的。

而我和母亲之间，从来都不曾如此。

爱和宠是两码事

母亲是生性淡然的那种女人，她的话不多，脸上永远是平静淡然的表情，喜怒不形于色。她从来不会叫我"乖乖"或者"宝贝"，也不拥抱我，但是，她也一样完全尽到了一个母亲的职责，让我从小到大衣衫整洁、结实健康、有礼有节、与人为善……她甚至很少批评我。新衣服穿了一天便弄破，她会不动声色地在破损处缝补一朵小花；我因顽皮打碎别人家的玻璃，她主动去赔；我偶尔撒个小谎，她并不拆穿，但她的眼神告诉我，她知道……好吧，就是这样的母亲，从来没有要求过我考第一、当三好学生，没有约束我不能和男生交往、不能和陌生人说话，但也会在我早上出门前，在身后叮嘱一句，过马路记得看两边的车。

声音那么轻，在我的记忆里却很深刻。

母亲爱我吗？我得出的答案是，当然爱。可是母亲宠我吗？答案却是否定的。

我一直觉得，爱和宠是两码事，直到恋爱后，被男友带回家做客的那一天。

那天，男友的母亲去厨房准备晚餐，礼节上，我知道应该去帮忙，于是主动跟着去了厨房。

可是走进厨房的那一刻，我傻眼了，这才意识到我完全没有关于厨房的知识，我不仅不会做饭，甚至不会洗菜、切菜——24年来，我进厨房的唯一任务，是端饭。

男友的母亲看出我的尴尬，笑着推我出去，说："用不到你的，去吃水果吧。"

我不好意思，赶紧表明态度："阿姨，我有点笨，以后我会学。"

男友的母亲脾气很好，笑着说："没关系，一看就知道，是你妈太宠你。"男友也在旁边说："对，就是她妈妈惯坏的。"

我并没有反驳，但是后来吃过饭，在男友送我回家的路上，我又想起这个话题，对男友说："我只是没学过做饭，才不是我妈宠的，我妈就没宠过我。"

没想到男友反应剧烈，一个急刹车晃得我脑袋差点撞到前挡风玻璃上，没等我开口抗议，男友已经先说："你还有没有良心？你妈都宠得你四体不勤、五谷不分了，你还说她不宠你？"

他这一通咋呼，完全把我刚刚受惊的愤怒喝退，我愣怔起来，想他的质问，是啊，我会做什么呢？我除了心理正常、身体健康、守规则、懂道理……可是，我不会做的事情好像更多——我不会做饭，哪怕简单的煮面条，不会做任何针线活儿，不会洗衣服……原来，我就是那种典型的衣来伸手、饭来张口的孩子，想着想着，我得意地笑起来。

男友瞪我，还好意思笑？

但他哪里知道，我笑不是因为满足我的四体不勤、五谷不分，而是因为，我终于知道了，母亲宠我。男友这一场呵斥让我明白过来，母亲的宠，和她的性格一样，因为过于安静淡然，所以已经"润物细无声"了。

睡在她的梦境里

可是这些事，也是直到这个和母亲躺在一起的晚上，才跟她提起来。

我问她："妈，你什么都会，怎么都不教给我呢？也不怕我这么笨，以后嫁不出去？"

母亲微微笑了笑："笨有什么不好？笨人有笨福，你不会，就可以少辛苦些。我情愿你像你爸，连瓶开水都灌不好，虽然生病无情，早早去了，但有生之年，他过得很好。我什么都没有要他做过，把他照顾得无微不至……"

轻轻转过身，我朝向她。窗帘的缝隙透过城市夜晚浅浅的光亮，让我只看到她面容淡淡的轮廓，我在这一刻忽然想起一件事。

刚读中学的时候，班里一个女生，穿了一条有着层层叠叠荷叶边的连衣裙，非常美，是每个女孩子向往的公主般的美。

太想要，但是那女孩说，裙子是她在北京的姑姑寄来的，小城根本买不到。可是我太渴望，忍不住去求那个女生，把裙子借我一天。我拿着裙子飞跑到家，对母亲说，我想要一条，很想要。

母亲只是应了一声，然后带着我跑了好多家商店，买到了一块白底带绿色小碎花的绸布，然后又买了一大段白色的绦子，去了小城最有名气的一家裁缝店。

记得店主是一个胖胖的中年妇人。母亲拿出裙子和布料，询问，您能做出来吗？

却正是这句话不合对方心意，妇人不屑地看了母亲一眼，说，做不出来，你去别处吧。

我失望至极，母亲却并没有离开，又轻轻说一句，拜托啊。

妇人不再搭理她，和店里别的顾客寒暄起来，就这样和母亲站了半天，我意识到，是母亲那句问话开罪了她，她是故意的。

一时少女的自尊心被伤到，我拉着母亲的手，大声说，妈，我不要裙子了，咱们走。

母亲还是不动，笑着说，阿姨正忙着呢，忙完就给你做了。

母亲说完这句话后，那个妇人转过头看了母亲一眼，说，有绦子，带花边，手工费贵一些。

我先是一愣，然后心里一阵狂喜，而母亲始终平静淡然，点点头说，谢谢您。

几天之后，我拥有了那条梦寐以求的花裙子。

这么多年后，我想起来，想起她那一刻的平静里，藏匿的是为爱我付出的隐忍吧。

现在说起来，母亲说，我不记得了，年纪大了，记性不好。

我轻轻握住母亲的手，我知道她撒谎了，她的不记得，只是不想让我记忆这些事，因为爱我，是她的本能。

然后好半天，我们就那样握着手，谁都没有再说话。我没有问她为什么很小的时候，不让我睡在她身边，也没有问我自己，为什么这么多年，没有想过和她一起睡一晚。我就这样握着她的手，感受她掌心的温度，听着她均匀的呼吸，忽然觉得这么多年，其实，我一直都睡在她身边，睡在她的梦境里，她的心里。

而母亲不说，因为她知道，总有一天，我会懂。

文 / 李　晓

老头儿，您继续唠叨吧

这些日子来，老头儿的话和他的饭量一样，直线下降，他越来越沉默。老头儿一时心情大好，一时黯淡无光。

老头儿坐在老藤椅上打瞌睡，又突然惊醒过来。老头儿两个多月前被查出了骨瘤，我们成功地隐瞒着他，或者是他成功地隐瞒着我们，他是不是早就知道了自己的病情。

以前那个老头儿，喋喋不休唠唠叨叨，都去哪儿了啊？我还有一种想法，把这个老头儿的唠叨，收集起来，成为一本老头儿的呓语。老头儿，就是我爸，他今年 78 岁了。

"你看那天上的云，像跪着的骆驼，这是秋天的黄昏。"老头儿在阳台上看天上的云，在对我妈说话。那些奇形怪状的云，被我爸看成了马、牛、大象、骆驼……

老头儿常一个人自言自语。我妈就说，人老话多，树老根多。我通过我妈，收集了老头儿说的一些话。

打雷了，刮风了，老头儿急急忙忙把窗户关上。"哎，龙世才都死去30 多年了……"老头儿摇晃着头说。龙世才是老家一个村民，有一年霹雾雷电中，牵着牛在皂荚树下躲雨，被雷电击中，当场就死了，牛却一点没事儿。矮墩墩的龙世才是一个热心肠，农忙时，常来给我家收割庄稼。一到雷雨天，老头儿就这样念叨着龙世才，全村的人，就老头儿在雷雨中还念着他。

"哟，你过来看，肯定是老家村子里在烧杂草，好大的烟啊，都飘到城里天空上来了。"这是老头儿在城里，看见天空上烟雾袅袅。我妈赶紧打岔："老头子你也老糊涂了，村子离这里起码百多公里路程，哪会飘这么远。"老头儿生气了，嘀咕着说，老婆子，你知道个啥呀，烟飘到了空中，风是动的。我妈顿时哑口无言。

"呵，你年轻时还真是个漂亮村姑嘛。"老头儿靠在藤椅上，翻看着我家那些发黄的老照片，看见那时蓄着长辫子的我妈大为感叹。我妈听见后，竟觉得有些害羞了。那时，在村里，老头儿体力矫健，追赶一只野兔，跑过一道又一道山梁，把夜里打猎而来的野兔肉煮好了，端到我妈床前，我妈迷迷糊糊吃了，睡下时才对老头儿说："这个野猪肉吃起来一点也不糙。"第二天，老头儿才说，你这个傻女人，那是兔子肉。我妈听见了，拍响了大腿："我不吃兔子肉的啊！"我妈说，看见兔子那样子，就可怜。

"哎哟，我脸上这么多点点了。"老头儿有一天拿起镜子梳头，看见了脸上密布的老年斑。那时，我妈正在一旁给他纳鞋垫，没理他，于是，老头儿不知从哪里找来一盒润肤膏，偷偷面对镜子，使劲擦呀擦。我妈实在看不下去了，把鞋垫一把挥舞过去，气着说："老头子，我看你硬是不服老哇，是不是看上广场跳舞的张大娘了！"老头儿慌忙把化妆盒藏起来，对我妈又哄又劝，还在阳台盆景上采了一朵花献给我妈，那嬉皮笑脸的样子，活像一个老顽童。

"唉，人都走光了，哪个还来种庄稼哟！"这是老头儿孤零零站在老家山梁上，看见杂草淹没了田地后的摇头叹息。

有天，我陪老头儿回到老家。老头儿看见路上一头老牛在无精打采吃草，他走过去，对那头牛，默默说了好长的话，但我没听清楚，他到底说了些啥。

老头儿啊，您继续唠叨吧，我在听，这是最好的守候与陪伴。

文 / 颜巧霞

回家的路有多长

　　在水汽氤氲的澡堂里，有人轻轻地唤了我一声，我抬头仔细地辨认了一下这不熟悉的声音，原来是她。

　　多少年没看见她了。她和我年纪相仿，少时我们在一个村庄住，曾一起手挽手上学堂，是要好的小姊妹。等年纪渐长成，我们却像一棵树上的枝丫，各自朝着不同的方向生长，我去远方求学，她则辍学去城市里打工。

　　从我母亲那儿知悉她如泥沼般混沌的婚姻。孤身一人在外打工的她碰上一个稍稍对她嘘寒问暖的男孩，她便要嫁给他。她把男孩带回家，父母亲当然不同意她的婚事，嫁那么远的地方，刚认识的男孩家世、人品、性格又都一无所知，怎么能够放心，怎么能够放手？可是她不管，执拗得像头牛怎么也拉不回头。面对着坚决不点头的父母，最后，她和男孩子私奔了。

　　她如飞蛾扑火般奔赴男孩的城市，等她到男孩的家一打量才知道，他哪里是男孩？分明早就是一个拖家带口的男人，妻子与他离婚好几年了，一幢破败的砖房里住着祖孙俩，冻僵的紫茄子似的小女孩和华发满头的年老妇女，是他的女儿和老母亲。看着她惨白的脸色，他又是告饶又是誓言，只是因为太爱她，怕失去她，才没告诉她真相。

很多时候人们明知那是一条荆棘路，却依然忍着走下去，是不敢承认自己的错误，也找不到来时的路。她选择相信他爱的谎言，跟他把日子过下去。当柴米油盐一拥而上，她尝到了人生真滋味。日子酸甜苦辣四味里于她缺了"甜"，他看着外表光鲜，其实爱赌钱、懒惰又自私，像她曾吃过的一个苹果，切开来看，才发现里面坏了。怨不得别人，她想起父母的逆耳忠言和自己的任性无知，只好忍着，家回不去了。

父母亲何曾有一日把她从心上放下，辗转千里，她的父亲和母亲终于找了去。其时她正大着肚子在菜园子里拔菜，准备一家人的中午饭。母亲一把夺下她手中的菜扔在地上，然后眼泪像断了线的珠子掉落下来。她一直老实厚道的父亲发了有生以来最大的火，说就是捆也要把她捆回去，男人啥时学好，她才能再嫁他。

她终于回家了，她告诉我，孩子生下来两个多月了。父亲的这一场气势磅礴的火发出来，男人似乎有洗心革面的决心，追着她到我们这里来，两人在繁华的十字路口包了路段，摆摊位做炒货生意，他是有一点妙极的好处，那便是大锅里炒瓜子、栗子、核桃……从来不焦，还味道绝佳。她的孩子，弟弟家五个多月的孩子，都是她母亲带着，母亲忙得脚不点地，却一点不嫌烦地说："一个孩子是带，两个孩子也是带嘛！"

一直以为父母亲不会原谅她，她与家隔着千山万水。后来，她才知道，回家的路那么短，只是她一颗心的距离，想回就能回。

肆

沉香手串

文 / 李　晶

青　团

　　我知道，在童年里，我永远饿着。仿佛，我的手里满是一把把长在春昼里的甜草的蕊心，喉咙里却想正好咽下一些长在清圆荷叶上的水珠；我的怀里，兜满了从秋天的高枝上摇落的野果，嘴里却又想着含一枚从冬日屋檐上垂下的冰凌。我总是对世界细节处的美食情缘充满了默契，更不用说村子里不时升起的曼妙炊烟了，我知道定是谁家又在做什么好吃的了。我得意地认为他们看到了我脸上永远不干的泪痕，于是要准备一些美食来抚慰我的无助。我一直意乱情迷地让这样细碎的幸福感在我心里穿行，等那些美食像小鱼一样游到我的面前——比如外婆的青团。

　　那必是一个雨天，外婆在河对岸呼唤我的母亲划船过去，她的手里是一只精致的竹篮。这条河，正是隔岸渔歌的宽度，河面平静。母亲的篙在岸边一点，水中一拨，船便到了对岸。我坐在船头，像只小小的鸭子。

　　外婆的篮子里便是青团了。

　　青团的绿色是让人一见就会爱上的，以至于一往而情深。这种绿色，是把山间过于浓密的绿色变得柔和了，又把水底过于清淡的绿色变得稠郁了一些。我的外婆需要到远处的野地里去，刈来一蓬蓬的初春的艾草，细细地切碎，用葛布滤出青绿的草汁来，然后敷上一层糖精粉，再揉进嫩白的糯米粉中，便有了青团。但这还不是真正的青团，须放到锅中，隔水慢慢地煮了，这时，绿色的山融化了，绿色的水凝固了，仿佛整个春天都溶解在这几个小小的丸子中间了。揭锅的那一个瞬间，像极了是漫天春风中最灵幻的那一阵，将湿润田野中最馥郁的那一缕花香带了进来。

在春天，我们那里的家家户户都愿意做青团，而且每家每户都能够做得很好。田里面的艾草多得割也割不完，穿着尚不肯脱下的冬天的棉衣，我们在田间寻找，原本以为真正是没有了，谁知向脚下一看，又有一大片。大人们经验更多，他们说先回去睡一觉，第二天一早来，就又会长许多出来的，而且都缀满了晶莹的露珠。春天的性情在于生长，谁都不愿把自己的能量收敛起来，艾草也是。

回到村子里，我们都把新鲜的艾草交给母亲，然后跑到豆腐店老板那里去借葛布。她总是不肯，似乎是怕腥甜的草汁玷污了她的葛布，从此做不出洁白的豆腐。但后来，渐渐地却肯了，又嘱咐一定要把做好的青团带几个给她吃吃。我们满口答应，却从来不曾记得，但第二年，老板还是愿意把葛布借给我们。我们这些孩子手里面拿着刚熟的青团，想跑到田野里去放风筝。但是我们没有风筝，杂货店的老板那里却有许多极漂亮的。我们买不起，就悄悄地把贰分钱硬币上的"2"的数字改成了"5"，然后就一脸正经地跑去买来了风筝。杂货店的老板从来不说什么，带着憨厚的笑膺把"5"分钱收下来，于是我们就顺利地来到了田野上，把风筝放到天空中，抬着头看着它渐渐远去。我们总望得出神，却不知道那些风筝有没有在望我们。我们在地上奔跑，就像风筝在天空中飞。天空一片蔚蓝，大地一片碧绿，那么地相似。我们从来都没有去分辨哪里是天空，哪里是大地。

我的外婆却极不愿意我跑远到田里去，她说田里那些不可一世的毒蛇，正渐渐醒来了，正等着我们去，好把我们吃掉。她每年都跟我说这些，在她眼里，我其实一直都是一只容易走失而回不了家的小鸭子。但是，有一年的春天，我的外婆自己却回不了家了，她去湖边割艾草，却倒在了回家的路上。我的外婆在床上不省人事了很久，后来她醒了，却神志不清。

春天的雨还是不约而至，继续给河面戴上一层轻纱，漫溢出暧昧而朦胧的半透明来，但是我的外婆已经不在对岸了，外婆的竹篮也不见了。

但是，家家户户还是坚持在做青团。我的母亲早上去地里做农活，晚上就会带回一些艾草来。这些艾草上没有湿漉漉的露水，却满是凉凉的暮色一般。到了第二天，更又瘦了一些。我的母亲于是改变做法，仍旧要滤出一些草汁来，揉成面团，但是她把面团先擀扁，放入一些馅料，再包好去煮。我们家里惯用的是素蓉，就是把笋丝、香干丝、木耳丝、金针菇、雪菜丝放到一起煮咸了，再包到青团里面去。别的人家有用肉馅和豆沙馅的，那样一来，绿色便油腻了许多。

青团显然地变了味道。春天变得多么含蓄啊，它藏到了一个角落里，或者是天空的一角，或者是大地的一角，我必须要细细地咀嚼才能体味。只是我母亲再也不能对我外婆说："娘，我把青团带来了，你来吃一吃。"

文 / 李　娟

带外婆出去玩

　　我们无论去到哪里，都一定会带上外婆的。要不然怎么办呢？她快 90 岁的人了，要是把她一个人撂在城里或口里的话，那多可怜啊。虽然我们生活也不好，但大家好歹都能在一起，无论干什么，都放心。

　　我妈说出来的理由则是：有老人在嘛，出去玩的时候，就有人看商店了嘛。

　　可惜这个算盘没打好，别看外婆年龄大了，人还灵醒得很呢，看到什么都稀罕极了，玩心比谁都大。一听说我们要出去玩，她就不声不响一个人悄悄地换了衣服和鞋子，戴上草帽，挂上拐棍，早早地站到路口等我们了。

　　我们实在不想带她出门。没办法啊，以前在库委沟，住的是木头房子，虽然跟牛圈差不多，但人走空了至少还可以象征性地锁一下门。但到了沙依横布拉克，住的是帐篷，一定得留人看门的。再说外婆毕竟上了年纪，爬坡上坎的也不行了，哪能跟上我们这么利索的人。我们和她一起出去的话，得先猴一样蹿出去一截子，再等她老人家半个小时，然后再蹿一截，再充满耐心地等。在险要处，还要陪着她老人家提心吊胆地一步一步挨过去。总之，出去玩的话，只要带上外婆，肯定不会玩得尽兴。

但要把外婆一个人留在家里的话，我们在外面也不会有多自由自在，一路上又老操心着家里，只想早早回去。除了惦记她一个人在家寂寞、不安全以外，还有她老人家总是把货架上好吃的东西自以为不露痕迹地偷出来，发给附近的小孩子。我们出门半个小时后，就开始掐算了：开始少苹果了……再过一会儿又想：一把糖又没了……回去的路上：这下好了，泡泡糖盒子也空了……

于是，每次回家的情景便是这样的：小店门口簇拥的孩子们一哄而散，剩一地的果核糖纸。外婆笑眯眯地站在最里面，高高兴兴地、假假地说："今天生意好得很！特别是吃的东西卖得最快！"

这倒也罢了，哄了小孩子总能落下点人情，她一天到晚自作主张地胡卖东西，就不可原谅了。

有一次，她把20块钱的胶卷两块五毛钱就卖出去了。那个捡了大便宜的人，第二天居然还想来捡，被我们骂了一顿，然后我们又回过头使劲埋怨外婆。谁知她老人家还振振有词："那么丁点大的小盒子，哪值这么多的钱？你们不要乱卖东西！"看，她还说我们在乱卖。我们板着脸，都不理她了。过了一会儿她好像终于意识到自己做错了事情，但仍然虚弱地为自己进行最后的开脱："再怎么说我还是收了他两块五，总比一分钱不要白送给他强嘛……"家里有了这么个老太太，真是毫无办法。

另外，她注意到了我们三块钱就卖出一瓶啤酒，于是从那以后，不管什么酒她老人家一律都三块钱卖，包括很贵的那种伊力特。我妈说："这样可不行，外婆看商店的时候，我们得留下一个人看外婆。"

当然啦，在外面玩多好啊，我们谁也不愿意做留守的那一个，于是便轮流值日。开始我们两个还都挺自觉的，到了后来，就开始赖皮了。

谁的动作快，谁腿长，谁就占便宜。我这人比较老实，早上吃了饭，总是要刷锅洗碗什么的，因此总是吃亏，总是眼巴巴地看着我妈扬长而去。我妈就不一样了，每次自己迟一步让我占了先机的话，就开始使劲怂恿外婆搞破坏了："妈，你看，妹仔又要带你出去玩了，还不快点穿衣服，还不快点跟上！"一面又得意扬扬地冲我大喊："娟，你等一等嘛，外婆也想去，你顺便把她带上吧！"

我大惊失色，外婆喜出望外。我装作没听到似的，拔腿就跑，外婆来不及穿好衣服，把大衣和拐棍都挟在腋下，跌跌撞撞就冲出来了。我妈又好心地追上她，给她戴上草帽，推着她往我这边跑："妹仔，你慢一点，等一下外婆嘛！"一副幸灾乐祸的样子。

而我呢，总是跑得很远了，又忍不住回头看，看到外婆还在沼泽边的草地里蹒跚着，急急往我这边赶。她的身子瘦小佝偻，闪闪乎乎，摇摇晃晃的。她还一点儿也不知情呢，一个劲儿地怪我走得太快了："妹仔啊，你慢一点啊，你慢一点啊，我撵不上你呀……"

让人心里忍不住一片动荡，一片汪洋，柔软的呀，于是两只脚再也走不动了。

外婆在这山野里多么孤独……

每次都这样，心一软，就完了。接下来想也想得到这一趟行程会有什么样的结果：通常是我搀着她慢悠悠地磨蹭到前面山路拐弯的地方时，她就满意了："娟呀，走了这么远了，好了，今天玩够了。我们回去吧，你妈一个人在家我不放心……"

我就只好跟傻子似的，再慢悠悠把她搀回去，而在家里，我妈早已收拾妥当，准备出发，只等我回来和她交班了。

当然，我也不是好欺负的，我也会用这一招来对付她。可她的结果总是比我好，因为我一个人在家的话，外婆更"不放心"。所以每次出门没走几步她就能把外婆撂下。

有一次她去爬左边那座山，外婆自然也跟去了，我估计最多半个小时外婆就该被甩下回来了。可是这一去，整整两个小时，而且最后还是外婆一个人回来的，不晓得出了什么事。

我连忙问她走了多远。

她说："极远极远极远极远……"

我问："山高不高？"

她说："极高极高极高极高……"

我说："那你一个人怎么下来的？"

她连忙转过身，让我看她的屁股，问我磨破了没有。

我气坏了，我妈也真是的，怎么能让外婆一个人走那么远的路回来？两个小时呢！

外婆又说："好高好高的山哟，我从没见过那么高的山，爬到半路（吹牛，她能爬到一半？）就累得不行了，你妈硬要我上去。你妈又拉又扯，硬是把我拖了上去，背了上去……哎呀呀好高的山哪！骇得我一身汗……那里头好多的树呀，到处都是，那么粗的（展开手臂比画了一下）有，那么粗的（把手臂展得直直的又比画了一下）也有，也没见有谁把它拖回去当柴烧，估计从来也没有人进去过（又在吹了），好高啊好高啊……我这回可是上去过一次了，呃，这回晓得了，呃，再也不想了，我再也不去想它了……"

可是从那以后，她就天天都开始想了，她天天坐在帐篷外，仰着脖子遥望对面半山上那片浓重的森林，嘴里还不停地嘟囔着："……那么粗啊……从没有人进去过……"

她出神的呀，旁边的稀饭沸得都顶掉了锅盖还不知道。那是她平生第一次进入森林。

文 / 宋　维

山里的姥姥

姥姥走了，79 岁，生活的艰辛和挣扎可以一一放下了。

农村妇女的晚景总是无比凄凉，慢慢丧失劳动能力，也就被剥夺了参与家庭事务的权利，慢慢地，活着已无关尊严，只是活着而已。姥姥去世前最后的日子里，依然躬着身子，跌跌撞撞给牲畜添喂草料。这是垂死挣扎的要强，只为争取一些在别人眼里还苟延残喘着的价值。这价值，是近乎乞求般让自己的一日三餐显得顺理成章。经济状况就是这么赤裸裸制约着我们生活的全部，我们不断标榜着的孝道在残酷的生活面前，破碎得七零八落。全然不同于有退休金颐养天年的老人，姥姥晚年的遭遇是中国农村老人的全景生活缩影。

姥姥缠过小脚，虽中途松绑，未捆扎成三寸金莲，却落得终身步履蹒跚。30 年前我出生的那个大雪天，姥姥一个人背着干粮，翻山过河，步行整整一天赶来照顾我。对一个小脚又不识字的农村妇女来说，这样一次远行，有太多不可言说的悲怆和冒险。在人生的很多时刻，我都禁不住回想那个被风雪和暮色笼罩的傍晚，姥姥俯身抱起襁褓中的我，唤我的乳名。姥姥去世前，已多日未进食，疼痛和饥饿迅速让筋骨松垮，血气散尽。我抱她在怀里，安慰她放下所有的牵挂。她蜷缩在我怀里，瘦弱得像个婴孩。这生命两端的相遇和告慰，何其相似。

姥姥的炕靠墙那一侧，摆放着 3 个混杂着各种陈旧味道的箱柜，里面的物件是她这一生的全部，不外乎一些舍不得穿的新衣服、纳好了准备送人的鞋垫，布鞋、糖果之类。斯人已去，谁去翻拣或占有这些遗物，一样变得不再重要。下葬时间已确定，只希望这一切静静过去就好。本能地讨厌农村丧事上那些哭丧婆瞥着斜眼儿的夸张表演和一群不相干的来奔丧的人假装出来的悲伤。陪笑有多可耻，陪哭就有多可憎。

我童年每个暑假都在姥姥家度过。为我的去留，强势又市侩气的母亲、怕老婆怕到死的舅舅、奸猾势利的舅妈，以及隐忍慈爱的姥姥之间应该没少博弈。我虽寄人篱下，但有姥姥庇护，童年暑假时光漫长却快乐。乖张古怪的姥爷好吃懒做，瘦小懦弱的姥姥是家里主要劳动力之一。耕种甘肃农村山地，是对人力极限的巨大挑战，从犁地播种到打晒磨面，每项工作都无比艰辛繁复，姥姥汗涔涔戴着草帽的样子及混着汗水和草渍的味道是留存我心里的永恒印象。姥姥经常穿老式大襟盘扣衣服，每次离开时，她总能从衣服襟子里掏出一个已看不出颜色的紧紧包裹着的手绢，塞给我一些钱，现在想来，唏嘘不已。姥姥捡拾野李子和杏子，再砸李子核和杏核，等货郎串村串户时换些钱。这些钱她小心翼翼攒下，连同母亲或其他子女和亲戚偶尔给的钱都仔细包在那手绢里。每次离别姥姥一边抹眼泪，一边攥着钱往我兜里塞。甚至在我有了妻女后，每次离别，姥姥还是会颤抖着掏出那个手绢，坚定地塞些盘缠给我。

姥姥念念不忘两件事情，都是我怎么疼她对她好，虽然这和她对我的疼爱相比不值一提。

我上小学时，姥姥有段时间来照顾我，碰巧那时有兰化公司社教队在乡政府（母亲在乡政府工作）驻点，时常会从兰州带来些农村孩子没见过的好吃的。我跟他们混熟后，人家一旦给我吃的，我便迅速拿回家给姥姥吃。现在想来，还蛮感念那群兰化来的年轻人，他们举手之间一次次小小施舍，竟在我和姥姥之间留下来这样一段值得玩味的回忆。

另一件是 10 年前，我本科毕业参加工作，带姥姥来兰州逛了逛。时值大一新生军训，校园里到处是军训的方阵，姥姥问："哪一堆是你的学生？"不识字也不识数的姥姥，只能用这样的方式来理解多和少，倒也显得淳朴可爱。返回时买了火车票，让姥姥坐了火车，这些在后来姥姥的叙述中都带着明显夸耀的口吻，称见了"大世面"。

姥姥走了，这世间的牵扯，终究成空。

文 / 李　娟

妈妈从台湾旅游回来

自从我妈从台湾旅游回来，足足有半年的时间，无论和谁聊天，她老人家总能在第三句或第四句话上成功地把话题引向台湾。

如果对方说：某店的某道菜不错。

她立刻说：嘿！台湾的什么什么那才叫好吃呢！

接下来，从台湾小吃说到环岛七日游。

对方：好久没下雨了。

她：台湾天天下雨！

接下来，从台湾的雨说到环岛七日游。

事情的起因是一场同学会。同学会果然没什么好事，毕业四十年，大家见了面，叙了情谊，照例开始攀比。我妈回来后情绪低落，说所有同学里就数她最显老，头发白得最凶。显老也罢了，大家说话时还插不进嘴。那些老家伙们，一开口就是新马泰、港澳台，最次也能聊到九寨沟，就她什么地方也没去过，亏她头发还最白。

她一回来就买了染发剂，但还是安抚不了什么。我便找旅行社的朋友，帮她报了个台湾环岛游的老年团。

总之事情就是这样的：去年年底初冬的某一天，我妈拎了只编织袋穿了双新鞋去了一趟台湾。这是她老人家这辈子第一次真正意义上的旅行，几乎成为她整个人生的转折点。回来后，第一件事是掏出一支香奈儿口红扔给我，轻描淡写道："才两百多块钱，便宜吧？大陆起码三四百。"——在此之前，她老人家出门在外渴得半死也舍不得掏钱买瓶矿泉水，非要忍着回家喝开水。

那是最后的购物环节，大家都在免税店血拼，我妈站在一边等着，不明所以状。有个老太太就说了："你傻啊你？这多便宜啊，在大陆买，贵死你！"

还有的老太太则从另外角度怂恿："钱嘛，生不带来死不带去，咱都这把年纪了，再不花还等什么时候？"

我妈是有尊严的人，最后实在架不住了，只好也扎进人堆，挑选了半天，买了支口红。

这么一小坨东西，说它贵嘛，毕竟两百多块钱，还能掏得起。说它便宜吧，毕竟只有一小坨。于是，脸面和腰包都护住了，我妈还是很有策略的。

在台湾，她第一次近距离接触大海，感到忧心忡忡。

她说："太危险了，也不修个护栏啥的。你不知道那浪有多大！水往后退的时候，跑不及的人肯定得给卷走！会游泳？游个屁，那么深，咋游！"

她还喜滋滋地说："我趁他们都不注意的时候，偷偷尝了一下海水，果然是咸的！"

我问："台湾的东西真有那么好吃？"

她怒道："别提了，去了七天，拉了三天肚子！"

又说："那些水果奇形怪状，真想尝尝啊，又不敢。一吃就拉！"

又说："满桌子菜色漂亮得很，什么都有，可惜全是甜的，吃得犯恶心。"

又说："后来饿得头晕眼花，特想家里的萝卜干。幸亏同行的老太太带了一瓶剁椒酱——她们出门可有经验了。她把剁椒酱帮我拌在米饭里，这才吃得下去。"

最后说："拉了三天啊，腿都软了，连导游都害怕了，担心出事，都想安排我提前回去。"

我说："听起来很惨啊，都病那样了，还玩什么啊？"

她说："病归病，玩归玩，总的来说，还是很不错！"

飞机从台北飞乌鲁木齐，足足六七个小时。下飞机时，她几乎和满飞机的人都交上了朋友，互留了电话。

大家都是出门旅行的，所参加的团各不相同，免不了比较一番：你们住的酒店怎样？你们伙食开得如何？你们引导购物多吗？……踊跃吐槽，很快将各大旅行社分出了三六九等，丝毫不考虑各旅行社的领队感受如何。

接下来又开始分享各自的旅行经验：出门带什么衣物穿什么鞋，到哪哪儿少不了蚊子油，哪哪儿小偷多，哪哪儿温泉好……我妈暗记在心。回来以后，向我提了诸多要求：买泳衣、买双肩背包（终于发现编织袋有点不对了）、买遮阳帽、买某某牌的化妆品、去北欧四国……

北欧四国……就算了吧，毕竟出钱的是我。我劝道："那些地方主要看人文景观，你文化水平低，去了也搞不懂，还是去海南岛吧。"

看来人生的第一次旅行不能太高端，否则会惯坏的。

她开始研究我的世界地图。

一会儿惊呼一声："埃及这么远！！我还以为挨着新疆呢！"

一会儿又惊呼："原来澳大利亚不在美国！"

最后令她产生浓厚兴趣的是印度南面的一小片斑点："这些麻子点点是啥？"

我说："那是马尔代夫。"又顺手用手机搜出了几张图片给她看（多事！）。

她"啧啧"赞叹了五分钟，掏出随身小本，把马尔代夫四个字庄重地抄了下来。

我立刻知道坏事了。

当天她一回到红墩乡，就给我旅行社的朋友打电话，要预约马尔代夫的团。

我的朋友感到为难，说："阿姨，马尔代夫好是好，但那里主要搞休闲旅行，恐怕没有什么丰富的观光活动。不如去巴黎吧，我们这边刚好有个欧洲特价团。"

我妈认真地说："不行，我女儿说了，我的文化水平低，去那种地方太丢人现眼。"

以前吧，我家的鸡下的蛋全都攒着，我妈每次进城都捎给我的朋友们。如今大家再也享受不了这样的福利了，我妈开始赶集，鸡蛋卖出的钱分文不动，全放在一只纸盒子里，存作旅游基金。

但赶集是辛苦的事，我只好在朋友圈里帮着吆喝：请买我妈的鸡蛋吧，请支持我妈的旅游事业吧。

大家纷纷踊跃订购。我妈一看生意这么好，很快又引进了十只小母鸡，估计到今年初夏，日产量能达到十五到二十个蛋。

我们这里土鸡蛋售价为一元五一个，算下来月收入至少七百元。一年下来八千多。我家的奶牛基本上一年半产一头小牛犊，五个月大的小母牛售价四五千，小犍牛可卖三四千，我再给补贴一点——好嘛，一年远游一次，什么北欧四国马尔代夫，统统不在话下。

总之，台湾之行是我妈一生的转折点，令她几乎抵达一生中最幸福的时光。之前她拍照时总是抿着嘴、板着脸，丝毫不笑，冒充知识分子。如今完全放开了，一面对镜头，笑得嘴都岔到后脑勺了，还学会了无敌剪刀手和卖萌包子脸。

不但染了头发，还穿起了花衣服。

我建议："妈，穿花衣服也不是不可以。但是，当你穿花衣服的时候能不能别穿花裤子？或者穿花裤子的时候别穿花衣服？"

她不屑一顾："你没见人家台湾人，男的都比我花！"

突然有一天，我妈认真地说："从此以后，我要放下一切事情，抓紧时间旅游！"

我以为她彻悟了什么："什么情况？"

她说："听说六十六岁以后再跟团，费用就涨了。"

文 / 陈麒凌

白菜玫瑰

一

莹下班的时候，太阳总是快要落尽了，走进飘着油锅烹蒜气味的巷子，天色暗下来，老褐色木门漏出几点油黄的光，那是她和阿嬷的家。

"阿嬷，我回来啰！"莹轻快地唤，一边推开门。

"乖孙回来啰！"阿嬷含糊不清地应，打开门，见她在藤椅上前倾着身子，脸上透着喜。阿嬷坐的藤椅怕有 100 年了，她也好像在那里坐了100 年那么久。

"阿嬷你猜我买什么菜？"莹放下大包小包，系上了细花围裙。

"白菜，嗯，猪肉，白菜——"阿嬷反反复复地答。

"好聪明，猜对了白菜！"她歪着头，摸摸阿嬷皱皱的脸。

"择白菜，择白菜。"阿嬷扬着一只手，心急地要帮忙。

"阿嬷好乖，帮忙择白菜。"莹把一扎小白菜放进菜篮，突然记起什么，回身从提包里擎出一枝红玫瑰，她笑了一声，"阿嬷，靓不靓？"

"好靓啊。"

"别人送我的，阿嬷。"莹微微润红了脸，找了一个空瓶子把花插上，左右看了几遍，又笑着摸摸阿嬷的脸。

阿嬷专心地择白菜，她用剪子去掉菜根，把白底青头的菜摆齐整，动作虽然迟缓，但还算稳妥周到。去年便秘疼得出血，医生要她多吃白菜，用滚水煮得软软熟熟，阿嬷从此就认准，日日都要莹买白菜。

莹盛好饭，想想又把那枝花拿过来摆。"阿嬷，你知道送人玫瑰花什么意思吗？"莹仍不拿筷，出了会儿神，她等不及阿嬷吞下那口饭，自己先笑着答了，"就是说人家中意你啰。"

阿嬷也随莹笑。

送她玫瑰花的那人，叫阿峰，他在楼上的计算机城上班，常常会来店里复印，有时他也会帮莹的忙，莹喜欢跟他说话，一点点小事都能聊好久。然后，他就带来一枝玫瑰花，轻轻地插进她的笔筒，她问，哪里来的，他就有点害羞地说，捡的。

当然知道他瞎说，因为明天他又带来一枝，下一天还有，天天都有。她明白他的心意，又甜蜜又着慌。

连阿嬷也识得逗趣，下次莹回家问，"阿嬷你猜我买什么菜？"她就会应，虽然有点含糊不清，"白菜，嗯，猪肉，还有玫瑰花。"

莹总是回头一笑，摸摸阿嬷的脸，"好聪明哇，猜中。"

二

日子就是这样，她每天带回新鲜的白菜、鱼、猪肉，还有玫瑰花，笑盈盈地如常煮菜、和阿嬷聊天，却难免常常分心，忽然又会想起阿峰。她是真的喜欢他，相爱的人只想永远一起，关于将来，他们不是没有谈过的。

这晚帮阿嬷冲凉，水暖暖地流过她的背，她高兴，脑筋也清楚些，"你阿公都未送过一枝花给我。"

"把我那枝给你啦。"

阿嬷嘀咕，"我才不要，人家不中意阿婆仔。"

阿嬷洗干净，舒舒服服躺在床上，莹举着电蚊拍在帐子里巡一遍，放下帐子，阿嬷伸手拦一下，"阿嬷，你要去厕所吗？"

"没有，就是看看我乖孙。我好老了，时刻想自己为什么还没死，拖累你。"阿嬷牵着莹的手，"又好怕人死了，再也看不到我乖孙……"

"阿嬷，知道吗，你要活到 120 岁，直到你乖孙也做阿嬷！"莹捏捏她的手，"好好睡哦。"

带上门出来，舒一口气，差点以为阿嬷知道了什么。阿峰要去珠海了，想她一起去，可是阿嬷——

阿嬷是你一个人的吗，你有权利过自己的生活，不是吗？

可是阿嬷带大我，她现在老了，我怎么忍心——她不知说什么，在阿峰面前，人总会变得无力，她太喜欢他了，可是阿嬷——

那些阿嬷睡得很熟的夜里，她就这样坐着发呆。她曾打过电话给大伯，大伯是个急性子，一听是她马上就嚷，"阿嬷出了什么事？"

"阿嬷很好啊。"

"吓得我，你就辛苦些好好照顾阿嬷，也不枉她把你带大，需要钱就说。"

三姑脾气好，好说话，还没坐下，三姑已经收拾好许多包包，有吃的、有衣服，要她带回去给阿嬷。"你成哥要结婚了，现在房子这么贵，只好先回家住着，大家挤一挤算了。"三姑唠叨着。

颐和康乐院是最后考虑的地方，她去看过，院子很大，有花有树有鸟，看护小姐很温柔，老人们坐在一起看电视，都是笑笑的样子。她不是真的要送阿嬷去那里，半年，最多一年，等她在珠海安定下来，就接阿嬷过去。但是怎么跟阿嬷说呢？阿峰每天都在催她。

有时莹问她："阿嬷，你喜欢和很多老婆婆做伴吗？"

"电视说白菜升价啦。"

她心里难过，"阿嬷，我要出差了，要去好长时间。"

"白菜还贵过青瓜。"

阿嬷会懂吗，她叹口气，接着说下去："我送你去一个好玩的地方，等我回来，再去接你，好不好？"

"好呀。"阿嬷应得很清楚。

有时她好像什么都明白，收拾行李的时候，她记得要带哪双鞋哪个杯子。"福寿衣放进去哦。"阿嬷交代，早几年她就准备了整套的福寿衣。"不用带那些。"莹有些不自在。

那天早晨阿嬷穿好衣服，梳好头发，把随身小花布包挂在颈上，一会儿又不放心地取下，把里面的东西清点一次，包里有一点钱，电话本，还有一本小相册。"你放心去做事，不用挂记我。"她忽地抬头笑笑，莹摸摸她皱皱的脸，轻轻地。

看得出来，阿嬷紧张，一路上手紧紧抓住布包，到了康乐院，要她在大堂长椅上等，莹去办手续，她忙举起手说："拜拜，拜拜。"

莹笑，"阿嬷，我还没走呢。"

关于白菜的问题，莹和司务主任有了争吵，"可是我阿嬷只吃白菜，不吃白菜她很容易便血——能不能给她开一点小灶？每天煮一点白菜。"

"这么金贵，干吗又送她来这里呢？"

莹生气，要不要找院长投诉，走出前廊，远远看见阿嬷，孤零零地在椅子上打盹，佝偻着肩，下颌瘦瘦地垂在胸口，抓着布袋的枯手缀着暗斑。从没试过这样的距离看阿嬷，她好小，好弱，吊扇在头顶上旋转，微微吹动她灰白稀疏的发，原来阿嬷已经那么老了。

别骗自己了，她还能有几年呢，放下她在这里，下次来见不到她怎么办，什么能够弥补？想起幼时，父母早亡，阿嬷就是亲生爹娘，台风夜步行十几公里为她找牛奶，感冒塞鼻子喘不过气，是阿嬷用口吸出她的鼻涕，走到哪里她都牵着阿嬷的手，世界上只有一个这样的阿嬷。

她擦眼睛，躲在转角擦了一遍又一遍。"阿嬷。"莹扶住老人的肩。阿嬷醒觉，以为她要走，连忙举起手，"拜拜。"

莹牵着她的手，"这里不好玩，我们一同回家。"

三

阿峰还是走了，总有一场伤心的，无所谓啦，世界上又不是没男人，但阿嬷只有一个。她这样对自己说，看得很开的样子，可回家的时候，却不禁在车上一路地掉泪。

还好能在阿嬷面前装出笑来，"阿嬷，我买菜回来啰！"

"乖孙回来啰！"

"猜猜我买什么菜？"

"白菜，嗯，猪肉，白菜，玫瑰花。"

"嘻嘻，对了一半。"她一副调皮轻松的样子，"没有玫瑰花啰！"

装得很辛苦啊，炒菜的时候，她装作擦汗去擦眼泪，一直不敢回头。吃饭的时候，阿嬷从身边捧出一只碟子，用小时候哄她的语气，"乖孙，有好东西给你看哦。"她含糊不清却又无比温慈地说，"不用流眼泪哦，阿嬷给好多个中意你，好多好多。"

低头看去，白色的瓷碟里，盛满一朵朵头脸上仰的小白菜根，那些齐齐切剪的白菜根，你一定从未发现，从正面看，一层层晶莹洁白的苞，瓣瓣曲折婉转，好生生地拥簇着一点翠绿的芯，看上去，竟然是一朵朵小小的玫瑰花。

她叫一声阿嬷，大声地哭了出来。

文 / 淡　豹

放下那块沙琪玛

一

我姥姥 82 岁了，属羊，山东人。

小时候我觉得她气势逼人，在她面前都是噤声听她训话。最近几年我读了一门叫人类学的学问的博士，吃上研究人这口饭，开始扬扬得意地向她宣传我对人世的看法，可几乎每次都觉得还是她说得更对那么一点。

最近一次是跟她评论我一位熟人，依我看他待人不卑不亢，对老板和实习生都一样有礼有分寸，堪称个性优异。姥姥表示，这不叫个性好，也未必就是人好，这首先是脑子好，哪个实习生未来能发达，哪个口歪眼斜的客户是碰巧落难，这事难说。

依我看，我姥姥是以命运难测为出发点的一种透彻的实用主义。她能看到错误和不幸，但坚决只归因于偶然、环境、命运、安排。她不自我谴责，光伤心不绝望，遇到困难时，她或闹，或埋怨，或插刀，或说瞎话，或还击，或先埋伏着等待还击。

　　2001～2003 年，两年间我舅舅和姥爷被诊断出同一种晚期恶性癌症，意外而迅速地先后去世。那时我还小，近几年我才逐渐能从女性的角度去想姥姥那几年的处境：她唯一的儿子兼长子，40 多岁就骤然早逝，突然丈夫也不见了。

　　姥姥很悲痛，她觉得自己再这样悲痛的话，可能要活不下去了，此事需要有效率地解决。她就瞄了一圈，把目力所及的主要合法宗教考察了一遍，最后信了喇嘛教，目前家里终日是酥油茶的芬芳。

　　信了宗教就得参加宗教活动才像样，她伙同一帮老太太一起去了尼泊尔，结果去买了一箱子唐卡经幡香炉，俨然海外室内装潢之旅。大家说得抄经，她抄了一下，觉得对眼睛大概不好，没经过心理斗争，轻轻松松就算了算了不抄了。

二

　　我管姥姥这种态度叫选择派生活，对那些无法视而不见的困难在战略上重视，战术上若无其事绕着走。譬如这两三年，年过 80 以后，我姥姥开始耳背。我大姨和我妈都向我反映了这个现象："听不见了，我们说话她都听不见了，看电视好像还听得清，电视音效好。"

　　给姥姥打电话时，据我判断此人好像听力甚为敏锐，反应甚为敏捷啊。

　　过段时间，那些妇女都发现了，"她是想听就听见，不想听就听不见。"但凡说她坏话，她隔一个房间都能听见。这人还挺狡猾，那些妇女们问她"妈，您听见了吗"这种问题，她就木然以报，坚决听不见。

　　我想那我去正面质询质询吧，就问她："是真听不见，还是假听不见啊？"

姥姥不屑地说："她们说话没什么好听的，你大姨净说狗，你妈净说瑜伽。"

我问："那我小姨呢？"

她回答："你小姨净胡说。"

实用主义者当然不爱假客气，碰到世间玫瑰色的面纱就当成蜘蛛网，伸指头戳。我跟姥姥说："你最漂亮了。"她说："哪里，哪里，老毛猴儿。"

三

姥姥这人平素爱吃零食，尤其爱吃甜的。困难年代，姥姥的话梅糖啊蛋糕啊供应不足，真痛苦。幸亏这时，老天开眼，她"喜"获肝炎，能买病号点心吃。她讲起这个意外的肝炎事件，一副好人终究有福报啊的神气。

她把她那些蛋糕点心藏在柜子顶上。那时我大舅还是个小不点儿，趁姥姥上班，踩凳子上柜顶够点心。姥姥下班急着回家吃零食，进门正撞上犯罪一幕！这边她欲冲而夺之，那边大舅看左右也露馅了，干脆站凳子上不下来，胳膊跟吸盘似的扒住柜顶，把脚踮成筷子，胳膊举高，急着吃上一口算一口，在她抢走之前赶紧把已经拿到手里的塞嘴里。据说姥姥站在地上，牢牢抱住大舅的腿，拽也拽不下来，她眼看甜点心就要进儿子的嘴，一声哀吼："放下我的沙琪玛！"

吃是吃上了，大舅挨了一顿揍，愤恨表示："妈，我总有一天会长大的。"

后来她果然年事未高就得了糖尿病，不然老天也不能容啊。查出糖尿病是在她单位年度体检，拿到报告那天她提前下班，垂头丧气回来了。那时家里帮忙的小阿姨叫燕子，十七八岁的小姑娘，我叫她燕子姐姐。

姥姥在餐桌前坐定，手按心窝挣气，缓了好一会儿，下定决心，把燕子姐姐叫过来，非常悲恸，"零食都是你的了。"

前年姥姥来美国看我，我早就计划好带她去一个甜品店吃她喜欢的意式冰激凌。看着姥姥用小勺一层一层地刮冰激凌球，望见她抿着冰激凌安恬的模样，我突然有恍如酒醉的感觉，我希望这一刻永远都别结束。

坐在收银台旁边的桌子，我听见收银员问顾客偏好的巧克力口味："您喜欢偏苦的还是带酸味的呢？"

顾客是位穿三件套米黄褐色西装格子背心、戴领结、头发全白的老绅士，我回头看见他沉吟，然后说："是礼物，我还不了解对方的口味。"

然后老人捧着一盒巧克力走到我们桌前送给姥姥，对她说："希望它给你带来快乐。"

可惜姥姥年轻时没有好好学英语，否则现在能迎来人生第二春！但最给劲的是，老绅士走后，姥姥咬了一口巧克力，说："太硬，咬不动，不好吃。"我决定，要学的不是提高被搭讪率的方法，而是大咖这种睥睨天下的气度。

四

去年夏天特别热，电话里姥姥说："天热，太热。"以前她跟我描述自己的生活节律时曾说："最喜欢阴天，外边下雨下雪，我就躺在床上看小说。"当时感到十分穿越，差点问："姥姥，你是看亦舒吗？"

这回天热，她没法躲屋子里看小说了。电话里她叹了口气，说："活着太困难了。"然后这位糖尿病老年人顿了一下，说："天热也有好处，可以随便吃雪糕。"

我跟姥姥确实挺腻歪的，家人中，我也是打给姥姥的电话最多，而姥姥就喜好不露痕迹地炫耀我俩的亲密关系。某天她低调提起我又给她打电话了，两个人唠了很久。我妈酸溜溜地说，有什么好说的啊，你们能有什么话题啊，都聊什么啊。

姥姥神色自若地回答："我们就说，我想你啊，我爱你啊。"我妈气得胡子都要长出来了。

今年我妹结婚，姥姥特高兴，又逛街又约裁缝，连买带做打造了六身新衣服，套装西装唐装。我说："原来伴娘是你啊？"

到婚礼前夕，她没挺住对群众舆论的恐慌，担心人家议论她这么老了还打扮成老妖婆，最后穿了身旧衣服去了。

我妹结完婚，姥姥表示对剩男我哥的担心，"小某出去了，小某眼看就要砸手里了。"

她倒是不怕我砸手里，因为姥姥一直嫌我脾气不好，她觉得我跟谁谈恋爱就等于坑谁。我上大学时，看我成年了，她说："咱家也没什么仇人，不然以后把你嫁过去多好。"

假如有一天我举办婚礼，那一定是因为你，姥姥，让你能吃到我的蛋糕，看着我慢慢地能变得有点像你。

文 / 青　空

告　别

一

告别分两种，有的会再见，有的却是永别。

每次，我与奶奶告别，总觉得，我们都是要再见的。

而每次再见，她都老了些。

她油黑的发髻，不知何时已然取下，取而代之的，是稀疏的丝丝银发。她一手拄拐，一手撑着椅子，在家里慢慢地挪来挪去，做饭、热菜、叠衣服……而从什么时候开始，她竟然坐也坐不稳，躺在床上，连翻身也需旁人帮助。她说的话，也由原来抑扬顿挫的絮叨，渐变为虚弱无力的寒暄，成为重复无数次却无人可解的呓语，再是彻夜病痛的呻吟，直到说不出话来。

这十几年来，奶奶像一个洋葱，一年剥落一层。我曾经熟悉亲切的奶奶啊，那从小把我抱在怀里走上楼梯的奶奶，那睡觉时帮我掖好棉被的奶奶，那牵着我的手，细细碎碎走在洒满阳光的街道上的奶奶，用了这么多年的时间，向我们告别。我又是如何抱着侥幸的心态，一次一次地告别她的呢?

也许，这一切都要由初中时的一本日记开始。彼时，奶奶身体还很康健，某日，肩膀却不灵光了，上下抬举时有些困难。老人家躺在床上长吁短叹，说着真是老了，说不定再过几年就要如何如何的话。她躺在那儿渐渐沉入梦乡，却忽然提醒了我，奶奶与我，毕竟有六七十年的差距，她是不可能陪着我走完一生的。我听着奶奶轻轻的鼾声，一滴泪，打湿了日记本。

很多年以后，翻阅旧物，又见那本日记本。那一页的角落，一枚指甲大的褶皱，好像一个印记，成为离别的序曲。

那时，奶奶的身体虽有微恙，总体还是很好的，她神志清醒，手脚也算麻利。某个周日，她随着爸爸和我去爬山。小小的丘陵，不陡峭，但年轻如我，也要喘息，奶奶却能慢慢地跟着我们。她很高兴，大声地说:"这可能是我最后一次爬山咯!"下山时，奶奶和我沿着大路往山下散步回去。草地在春风吹拂下齐整而多姿，春天和煦的阳光照在我们身上，奶奶和我，就像周围啾啾啼鸣的鸟儿一样年轻。

到我上了高中，去县城外婆家住宿，奶奶也来县城走亲戚。我牵着奶奶的手，穿过县城最繁华的主街，穿过嘈杂的农贸市场，沿着河边两排稀疏的小柳树，慢慢摇到外婆家去。夕阳下，我才发觉，已比我矮一个多头的奶奶，两只小脚慢慢悠悠，攥在我手心的手也比我的小了一圈。

都以为奶奶身体是很好的，顶多肩膀关节有些问题，不承想，最终是腿脚上出了差池。那已经是我大二的时候了，隔着电脑视频，那头的奶奶，满脸皱纹，泛着泪光。她叹着气，说也许自己再也不能行路了，一边盯着屏幕上的我流下泪来。我安慰着她，心里则抱着侥幸的希望。

但这侥幸的希望终究是不能成真的，奶奶还是不能依靠自己的力量行走了，从此她没有自己离开家门一步。在家里头，她右手挂着拐杖，左手撑着板凳，以极慢的速度挪行。到了厨房，她将拐杖靠边，坐在板凳上，照样地淘米、炒菜。只是，不可能再张罗出一大桌的饭菜来。尽管如此，在我回家时，她仍会坚持给我炒两个鸡蛋。

二

大学毕业后，我到了远离故乡的地方工作，每一年，基本只有春节才能回去，而此时，奶奶越发衰老了。每一次告别，对于我们，都不是容易的事。

每每到了要走的那天，我捉着她的手，听她第一千次说，要我把自己喂饱，要我给自己添衣，听她说"唉，又要过年才能回来"。说到这里，她要长叹一声，眼圈微红，我便只能岔开话题，也是第一千次说，要她照顾好自己，要她吃得好睡得香。她喏喏地点头，却又幽然叹道："我怕是也不知道还有多久……"她的眼泪，又凝集在那皱纹深陷的眼眶里。

那次说完了再见，出外等车，许久车未至，我便偷了空，忙忙地又跑回家中。一推开门，她还像十分钟前一样，安静地坐在客厅的沙发里，双手叠在拐杖上，没有变过姿势。她听见声响，回头一望，见我回来，露出极其欣喜的神色："怎么回来了呢？""车还没到呢。"我挨着她坐下，握住她的手，然而还没等我们又把老话重复一轮，车来了，我急急抱她一下，就出门去，她在后头喊："到那里要给我电话哦。"

电话，是挂一次少一次的。然而我还是没有预料到，究竟哪一次会是诀别。我拿着手机，录下了三次与奶奶的对话。

"你吃了吗？""我吃过了，你呢？"

"你冷不冷？""不冷。"

"你身体还好吗？""一样呀。"……

这对话，是数年不变的，变的只是奶奶。到后来她已经基本听不见别人说话，需要对方极大声方有些感应。到了今年，有一天，我打电话回去，伯伯扯着嗓子在电话那头对奶奶说："听，是阿贤的电话。""谁？"奶奶有气无力。"是阿贤呀。"伯伯继续大声说。奶奶似乎想起了我，重复了我的名字，然而拿过话筒，却是不明所以的"好……好"。

彼时，奶奶已近语无伦次，除了简单的"好"、"要喝水"，疼痛时的"好疼"，竟说不出其他完整的词句来。她再也无法跟我絮絮叨叨人情长短，再也无法喊我起床吃饭，再也无法听到我呼唤她的声音了。

后来有一天，她无法说话了，再隔了十来天，她就去世了。

接到妈妈电话的时候，我正在工作。妈妈才寒暄了两句，我便猜到，这就是结尾了。我的奶奶，九十多岁，在老家去世。

我平静地挂了电话，平静地继续对着电脑工作。可是不期然地，我就丢了鼠标和键盘，捂着脸，无声地哽咽起来。

这世上又少了一个我深爱的，深爱我的人。

三

想起最后的告别，是今年的春节，奶奶已回到老家伯伯家住下。初春福建的山城，下着冻雨，夹着小雪，寒冷彻骨。爸爸载着我，在寒风中回到老家。

远远就见，那棵老树，秃了枝杈，裸着树根，沉默地站在阴沉沉的天空下。树下是破旧的老屋，这座她生活了数十年的房子，这座她看着自己子女孙儿长大，老伴先她而去的房子，最终还是静静地等来了她。房间暗潮，散落着药瓶、棉花、卫生纸。在角落，床上几铺棉被裹着的银发老人，就是我亲爱的奶奶了。

爸爸带了梨子，让我削了皮，一刀一刀切碎了，盛在碗里头。爸爸把奶奶轻轻扶起来，她翕动着嘴唇，微微睁开了眼。爸爸在她耳边说，这是我给她切的梨子，问她吃不吃。她恍惚着点头。我伸过勺子，将小小的梨肉送到奶奶干瘪的嘴内，奶奶吸溜着把它咽下，一勺，又一勺。

我何尝不知，这梨子的意义？幼年时奶奶是如何一勺米汤一勺饭地把我喂大，我现在就要如何一勺一勺地还了去。只是，我怎么还得尽……怎么还得尽……

到了下午，爸爸催我往回走了，我杵在奶奶的床边不肯动。爸爸再催我，我的眼泪就簌簌地掉了下来。爸爸看着我，叹了一口气，出去了。奶奶背对着我，背上的疼痛让她已不能平躺下。她佝偻着的双腿，缩在棉被下面。我在棉被下，最后一次握住她的双手，端详那张我最爱的慈祥的脸。

"阿嬷……"我呼唤着她，像我这二十七年来千万次呼唤过的一样。可她沉沉睡着，只有鼻翼微微翕动，没有回复我。我俯下身去，轻轻吻在了奶奶的面颊上。

这就是我们最后的告别。

可我当时仍然侥幸地希望着，这不是最后。

就像奶奶去世的第二天，醒来时，我还是想着，再一个春节，最寒冷也是最温暖的时候，我回家，我的奶奶，依然坐在那里，等着我。我握着她的手，好像我们不曾告别过。

文/周　伟

声　响

我一回去，母亲就跟我说，你奶奶不知怎么了，一到夜里，总要生出好多好多无由无端的声响来，一整夜一整夜地不歇。

那一晚，我就睡在奶奶卧房的隔壁。房子中间只隔一扇木板墙，木板也许是年代久远了，单薄陈旧，木板之间的缝隙大开着。奶奶不吃夜饭，早早地就上床睡了，灯也不开。我也熄了灯，躺在床上，我能感觉到奶奶的鼻息和哈气，还有夜空中弥漫着米汤、南瓜粥和烤红薯的气息。我想，今夜，我会拥有难得的温馨与酣睡了。

不一会儿，窸窸窣窣，窸窸窣窣。是不是我睡的房子里有老鼠？我一向怕老鼠，我一下坐了起来，忙扯亮了灯，什么都没有。我下意识地感觉到是奶奶那边弄出的声响。我侧耳细听，猜测奶奶是在整理爷爷早年留给她的信件。为了不让奶奶察觉，我熄了灯，借着手机的微光从墙缝看过去，果然不错。

今夜，无灯寂静的深夜，无声漂浮的夜色之海上，奶奶看得见那些信吗？看得见过去那些莺飞草长的日子吗？看得见那字里行间涌动的情感波涛吗？窸窸窣窣、窸窸窣窣的响声，在黑沉沉的漫漫长夜里，是那样的近，又是那样的远……

小时候，奶奶说我胆子像老鼠，要历练！不历练怎么行？你一生要走的路长得很，还要走山路和夜路呢。

我第一次一个人走夜路，是上初中那一年。中学离家很远，6里路有4里山路，山路的一边是岩坎，几丈多深，看一眼，令人不寒而栗。我每天5点起床，天刚蒙蒙亮就出发了。我们村子里3个人结伴，大人们把我们送到山那边。乡里的中学放学早，下午3点，我们3个人就蹦蹦跳跳走在回家的路上了。

可是有一天我参加学校的地区数学选拔赛，村子里另外两个人没有资格参加，他们那天不用上学。那天早晨，奶奶特意为我打了两个荷包蛋，还有一个肥肥的大鸡腿。我吃了饭早早出发，奶奶一直把我送到了山那边。下午正式考试，题目很多，考试时间3个小时。但看看其他同学一个个咬着笔头，我还是觉得胜券在握。我以往总是早早交卷，落下一些遗憾。这回我吸取教训，一直检查到交卷钟响，才满意地踏出教室。

走在回家的路上，我很是得意。满山的野杜鹃竞相盛开着，远远看去如花的海洋。我奔走在花丛中，想象自己也成了万千蝴蝶中的一只，从一朵花到另一朵花，追逐着醉人芳香。

天渐渐暗下来，我丝毫没有留意。一直暗到头顶时，我才清醒过来。脑袋里嗡的一声：天黑了，我还要回家！我几乎哭出声来：天黑了，我怎么回家？我不知是在问自己，还是在问我的奶奶。但奶奶没有来，我只能一个人回家了……一路上，我几乎边跑边哭，大束大束鲜艳的杜鹃花，被我丢在了地上。

走着走着，走进了山路深处，夜的黑幕里，我一个人，整个山路上只有我一个人，满山的鸟雀走兽没有弄出丝毫的声响，只有我的哭音、我轻轻的脚步声，还有我心跳的咚咚声。

　　我不时地回过头去，怕有人追上我，猛兽、强盗、怪物、厉鬼……反正，此时所有怕人的东西我都想到了。但也就在此刻，我想到了奶奶说过的话。我一遍遍对自己说：生出声响来……我要生出声响来！我开始大声地说话，跟奶奶说、跟妈妈说、跟老师说、跟同学说、自个儿跟自个儿说。我不知道自己在说什么，但我晓得自己的嘴巴一直在不停地说着。我大声地唱着歌，唱《我爱北京天安门》，唱《丢手绢》，唱《我在马路边捡到一分钱》……我拍胸脯拍得嘭嘭响，浑身长了胆似的。我又把手甩得哗啦啦响，一路狂跑，我的脚拍打着每一寸山路，两脚用力地跺地，啪啪响个不停。我还把手紧紧地握成拳头，握得手心流汗，捏得指骨头一节一节响，我知道我的力量还在……

　　一路走着，我始终有一个信念：走、走、走，走过去就是家了！家里有奶奶，家里有红彤彤的煤油灯，家里有烤得喷香的红薯，间或还有两个荷包蛋，浮在油汪汪热腾腾的汤碗里。

　　我走到山那边的大路上，奶奶提着一盏马灯屹立在路口，笑吟吟地看着我。我本该一路狂奔扑向奶奶，却和奶奶距一丈远，远远地站住了，如船桅立在夜色之海上。奶奶打量着我，眼里闪过一丝不易察觉的东西。

　　以后，这样的夜路，我走过了很多次。

　　路走得多了，对于声响，我有了更多的认识和思考。

　　放眼看看，看看我们的乡村，看看我们的乡民吧。那大碗喝酒的场面，最让人激动的是几只大瓷碗响亮地碰在一起，碰出亲情友爱的火花。就是那爱情胜火的农家小两口，也要时不时摔个锅碗瓢盆响，来为生活添味。一塘死水里，哪个小孩子丢下一颗小石子的声响，立即荡开一片童趣。那春气弥漫时谷种发芽拱出一两片新绿时的声音，还有那斥牛的长鞭在空中噼啪爆响，那都是生命的声音和力量……

　　你只要见过这样的场面，听过这样的声响，就一定会感到：声响是最动人的旋律，是最令人振奋的力量，是我们的乡村和乡民，是我们的童年，给了我们这样最朴素最本真的哲理。

如果有一天我们听不到令人心动的声响，或者我们已懒得生出一丝声响的时候，无疑，那时我们的乡村正在消逝，消逝的还有给我们温暖让我们怀念的东西。但那些消逝的宝贵的东西只要还留在我们心里，我们的世界里就不怕有黑夜。

声响，声响。

声响是不败的花，绽放在每个人的生命深处，有声有色，多彩多姿。

文 / 任 杰

沉香手串

沉香手串是我外婆给我的。

彼时，外婆已经年近 70 岁了，严重的眼疾令她看不清文字，多的时候总是一个人捧着一台信号干扰严重的收音机，听嘈杂的小说连播和各种卖药的广告。我在外地工作，每月回家两次，每次回家都会拿下她的收音机，给她读一些我喜欢的短篇小说。

那天，我给外婆读张爱玲的《沉香屑·第一炉香》，我轻轻念道：请您寻出家传的霉绿斑斓的铜香炉，点上一炉沉香屑，听我说一支战前香港的故事。您这一炉沉香屑点完了，我的故事也该完了。

外婆转过头问：沉香？是沉重的沉、香草的香吗？

我说：是的。

外婆叹了口气说：沉香，都是有故事的。

那天，我没有读小说，而是听了一支关于外婆的和沉香有关的故事。

每一个生命都曾经有过美好的年华，外婆年轻时，是个美丽好学、活力四射的女孩，那时的她还有一个光荣的背景——工人加农民，这样一个红色又高尚的烘托，让她成为学校里受人瞩目的女生，引来无数男孩子的追求。

　　但外婆爱上的是她不该爱的人，她的语文老师。师生恋本就不被人接受，更何况这个大她6岁的冯老师，爸爸当时的身份是特务，妈妈是走资派家的小姐。

　　70岁的外婆对我描述她初恋的爱人时这样说：他身材那样笔直，围着白色围巾，像阳光一样照得我睁不开眼睛。他是我见过的最博学的人，给我讲古文、说历史的时候，信手拈来，熟稔于心。我则像个无知的孩子，被他引领到一个广阔的世界去了。

　　我从外婆患了眼疾的眼睛中看到了烁烁的光亮，爱情，从来都不会死的，哪怕它没有一个终成眷属的结局。

　　我当然知道结局，因为我的外公是一个沉默、脾气倔强但善良的工人，从不读书。

　　外婆沉浸在回忆里不愿走出来，她浅浅地移动着嘴角，露出了一丝笑意。我终究还是残忍地问了一句：后来呢？

　　外婆摸索着从床头的抽屉里拿出一只锦盒，盒子里躺着一串黑色的手串。手串上的珠子很小很密，每隔一段就有一粒黄色的蜜蜡，整体的珠子穿得有些紧，一看便知道是生手自己穿的。

　　外婆眼睛里的光黯淡下来：我们偷偷好了一阵，结果还是被发现了，我被我爹锁在了家里，辍了学，他也被学校开除了。我们之间的通信是靠我的一个好姐妹，像电影里的地下工作者一样塞在衣襟里、帽子里传递。那时觉得爱情那么美，却又那么苦。再后来，我们约定一起私奔，我好不容易逃了出来，那么不容易见到了他，他瘦了，也憔悴了，我想以后，我们再也不会受这样的相思之苦了，我们以后要永远在一起了。可他没有带我走。他说，如果带我走，就等于毁了我。他那样的家庭成分，一辈子也无法翻身的。他送了我这个手串，沉香木，一共208颗，是他从他家祖传的项链上拆下来自己穿的，我们一共在一起208天。

外婆的眼角闪着泪光，我握住她干枯的手不知道该说些什么。性格温和的外婆无微不至地照顾着性格有些古怪的外公，直至他5年前去世，我不曾想过，她竟有着这样凄美的爱情故事。

半晌，我问：你们再也没有见过？

外婆说：80年代初吧，他来找过我。那时，世道已经变了，他家平反了。他来找我的时候，你妈妈已经十几岁了，他也结婚了。我们在东关的公园里见了一面，他说：若知有今日，那时必不肯放手。我说：放手是因为爱，我明白这个，其实也够了，能不能在一起，是命。

爱情，在什么年代其实都是一样的。

那天，外婆把这个手串送给了我，我一直把它戴在手腕上，我想外婆的爱情会守护着我。

一年后，外婆去世了，去世前的两个月，她收到一封信，是她初恋男人的儿子写来的，告知他父亲去世的消息。

文/王　欢

奶奶的温暖

　　奶奶生于 1911 年，因为父母开明，她很幸运的没有裹脚。

　　小时候爹妈做生意，白天不在家，我就被放养到奶奶家。印象最深的是她做的麻食，不到 6 岁的我一下就能吃三碗。伯伯家的众兄妹也会在她那儿蹭饭，每次我都吃得很快：当我开始吃第二碗时，他们还没吃完第一碗……

　　每年端午节，奶奶会给我做个"项链"，就是用线把一截截黄亮黄亮的麦秸秆与小布花交替穿起来的挂饰，下面再缝一个胖布娃娃。收麦时节，我就戴着那个"项链"去田地给大人送水，村里人看见就故意逗我："多大了还戴那个？"我立刻昂起头道："我婆爱我还咋了！"然后高冷地扭过头继续赶路。

　　三个姑姑个把月就会来看奶奶一次，洗洗衣服，最让我眼馋的，是她们带来的罐头、饼干、点心等。奶奶会把它们锁进柜子，或放在篮子里挂在门后。每次去奶奶那里，聊着聊着话题总扯到门后的篮子上，她总是说啥都没有，却总能变戏法似的拿出一些好吃的东西。很多时候都是一些变硬的饼干或变味的花生，估计什么时候放进去的她都忘了。这又有什么关系呢？现在一想起来，脑子里立刻浮现的还是她那咧着上下只有两颗牙的嘴，还有那张眯着眼睛温暖的笑脸。

也有不懂事做错事的时候。记得有一年我们村过庙会，我跟在她后面逛街，发现有人卖变形金刚，特别想要，她说不买。我哭着对她说我要买，她还是说不买。后来，我直接撒泼了，张着嘴喊着"瓜老婆、瓜老婆"这样的浑话。几个路过的村人乐呵呵地看看我，又扭头看看奶奶……那有多尴尬啊！

一个炎热的下午，奶奶家盖水缸的木板上放着午饭，我没移开木板，直接去缸里舀水喝，盛饭的盆掉进水缸……大水缸放的是爷爷奶奶好几天的生活用水，被我搞得不能用了。当时直接吓蒙，冲向门外，逃之夭夭，真不知道他们俩后来怎样收拾残局。

关中的冬天很冷，晚上必须烧炕。爹妈做生意，晚上回来迟，奶奶每天就来帮我和哥哥们烧炕。很多时候，炕洞里冒出的浓烟熏得她又揉眼睛又咳嗽。把柴火塞进炕洞，烧到合适的程度，她才塞上炕门，缓缓站起来回家，有时也陪着我们等爹妈。三个毛孩子、一个老太太忙忙碌碌烧炕的情景，多么温馨。

后来我们搬家，离奶奶有点远，她来的次数也就少了。爸爸过几天就会提醒妈妈做搅团或拌汤，因为奶奶爱吃，到时候，我们就会接奶奶过来吃饭。奶奶的牙掉了好多，一块块搅团塞到嘴里不加咀嚼就直接咽了下去。吃完饭，我们会聊天，然后她打个盹儿，醒来后我们再把她送回去。

家里发生变故之后，我对奶奶有了更多依赖。每次去，她见我的第一句话就是："吃饭了没有？"然后总是不等回答就给我弄吃的。

上了初中，学校离家远了，去奶奶家就少多了。周五一放学，我会骑车到她那里，聊东扯西。有时她出去串门，见不到她，就悻悻而归。

暑假，她来我家多一些，挂着拐棍缓缓而来。年龄大了，脚又不好，每次看见我就赶紧跑过去扶她。她的几个儿子里面，我家光景最差，离她最远，她却来得次数最多。夏天收麦子，她过来帮忙，我们都不让，她还是来。秋天收玉米，她又过来剥玉米，中午到了，她干脆不回去，硬是给大家擀面条吃。80多岁的人了，拿着擀面杖不撒手。吃完饭我收拾厨房，完了她还要过来看看，碗没放好，案板没洗干净，她边指边唠叨。

平常日子，天气好的话，她来跟我们说几句话，就又回去。现在想想，其实她就是想看看我们都好着没。有时候聊一会儿，她就看看周围，小心翼翼地从衣服里面掏出一个手帕，一层层揭开，里面是几张十元或五元钞票，她递给我说："我娃念书花钱呢，给，把钱拿着。"

只要奶奶在，我就会有个温暖的去处，我觉得应该照顾她，抽更多时间跟她在一起。上了高中，离家更远了，必须住校，但是只要回家我就去她那里。夏天，我给她洗衣服、被罩，泡脚，贴药。我发现门后只有一条毛巾，就问洗脸的毛巾呢，她指指那条毛巾。我再问，抹布呢？她又指指那条毛巾。我只能给她再找条新毛巾，但是等到下次再去看她时，门后面又剩一条毛巾了。她太节俭了。

大伯家买了台卡拉OK机，侄子拿着话筒唱《小燕子》，奶奶悄悄走过去从他手里拿过话筒唱了起来，惹得毫无防备的侄子大哭。还有一次我拿着一盘磁带，她问我那是干什么的，等我回来时就看见她把磁带举到耳边努力听着，还问："怎么没声啊？"

后来，她的思维开始有点混乱，说起过去的事情，完全超出了我的心理承受能力。她说："那几年闹饥荒，好多人都饿死在路上，撂的人多了，政府就派人在路边挖两个大坑，把他们埋了。到了晚上，那个红蛋蛋、绿蛋蛋全跑出来了。"后来才知道，那是磷火。更瘆人的是，一天早上她对我说："哎，我侄子昨晚在我旁边睡着。"我当时就吓傻了。他们俩关系很亲，侄子去世好几年了。她给我唠叨最多的是年轻时候的事情，每次我要绞尽脑汁问几个问题，她还兴致勃勃地解答。白天，她一个人默默在炕上做针线活，给孙子做鞋垫，给重孙做花鞋。大家起先都不让她做，怕她累着，后来干脆不管了。我穿了她做的三双鞋垫，上面还绣着花。她的针线活做得很好，经常有小伙伴请教，她总是面带笑意，耐心解答。

冬天，农村老人一定得睡热炕。寒假，我帮她烧炕，结果多数时候她都烧好了，聊几句我就回家。烧炕就得有柴火，爸怕她的柴火不够用，总是从干活的地方驮。回来晚了也不进屋，直接把柴火放在窗外，再跟奶奶搭个话："娘，我把柴放窗子外头了。"听到答应一声，他才回家。

有一年冬天，晚上八点，爸说："走，给你婆弄点柴！"那晚挺冷的，我们走了很长一段田间小路，在一堆玉米秆跟前停下来。装满车往回走时都快九点了，爸在前边拉着，我在后边推着。我和爸之间是高高的玉米秆，一路低着头使劲推车子，但总臆想着有人在后面跟着，浑身哆嗦。拉到奶奶窗外时，发现她睡着了，我们悄悄把柴火放在大伯家门口，然后就回家了。

大家尽其所能，就是想好好"供"着奶奶，希望她永远在我们视野里。但是，人总会有那么一天，就像树叶终究要落到地上，再慢慢分解到土壤里那样。那一年我高二，奶奶86岁。

奶奶勤劳、贤惠，性格温和、心灵手巧、待人诚恳。这么多年来，奶奶给我留下最深的印记其实就是两个字——温暖，让我每每想起她总是鼻酸眼湿，心情久久不能平复。奶奶只是一个关中乡村老太太，身上拥有的能量却是一般人远远达不到的。她生活在我前17年的生命里，却让我用一辈子的时间去想念。

伍

母亲的传家宝

文 / 李　娟

我妈藏钱记

　　突然有一天我妈开始写日记了。她老人家的第一篇日记记录了下面这件事：话说她出远门回家，包里还剩 800 块。农村生活花不了什么钱，这笔钱天天揣在口袋里不方便，又懒得去银行存，她便把这笔钱藏了起来。

　　事后我骂她："自己家里藏什么钱？防谁呢？"

　　她说："万一有小偷呢？"

　　我说："有点出息的小偷都跑大城市混了，红墩乡三大队四小队有什么好偷的？"

　　她不服："万一有强盗呢？"

　　我："你醒醒吧！"

　　她："万一有逃犯呢？听说这种人专往偏地儿走，走投无路撞进来……"

　　我："那就赶紧把钱给他，就当八百块钱买了条命。你想想看，你把钱藏死了，让人家一分钱没落着，小心他恼羞成怒……"

　　她悲哀极了："我也宁可把这八百块钱送出去呀，就算给了逃犯，好歹落个人情，万一二十年后人家来报恩……"

我："你醒醒吧！"

总之当时她把钱藏了起来。

在藏东西这方面，我妈本领高强，简直可以干地下党。说到这里，顺便插播一件往事。

当年我在地委上班时，有一天接到我妈的电话，电话那头有气无力。原来她病了，而且病得不轻，都开始交代后事了。

她说："要是我有什么三长两短，你回到家，推门往左转，门背后架着麻袋垛的木板下有一只破纸箱，上面是几件旧衣服，下面有 8000 块钱……然后你继续往里走，仓库尽头通向鸡窝的门背后有一个放破钉子烂螺帽的锈铁盆，你扒开，里面有个塑料袋装着 2000 块……你再推开门往里走，鸡圈西墙角的铁皮炉子后有一个灰坑，你扒开，里面有一大包零钱……你再出门向东……"

我火了："给我说这个干吗！赶紧把钱搜罗搜罗去治病吧！"后来教育她："你也不怕老鼠给啃了？"

她很有信心："不会，我只往粮食旁边藏。老鼠可不傻，钱哪有粮食好吃！"

我又说："那你不怕藏丢了？还分成几拨儿！"

她还是有信心："万一小偷上门，他找到其中一拨儿钱肯定就撤了，哪里想到后面还有机关！"

"藏哪儿了你能一直记着？"

她更有信心了："能！"

结果，这一次忘得精光。

她说："每天一闲下来我就到处找，在门边找的时候就抱着门哭，在炉子后面找的时候就抱着炉子哭……每天哭好几遍。晚上睡觉前还要仔细地回想一遍，边想边哭……一点线索也没有。"

尤其是到了该用钱的时候，她跑到城里银行排队取钱，边排边哭。她哭着说："我还用排吗我？我有那么多钱……怎么就找不到了……"

终于有一天，老人家一觉睡醒，电路接通，火光一闪：藏垃圾筐里了！农村生活里产生的垃圾不多，食物残渣都喂鸡喂鸭了，包装袋纸盒子什么的填炉子烧掉，牛粪鸡粪沤过了冬天铺菜地里，因此客厅里那个塑料垃圾筐相当于一个装饰品，永远装着一点点上半年的瓜子壳和几片碎玻璃。

老人家把钱用破报纸裹巴裹巴，塞在筐底，低调极了。等想起来的时候，已经过去了一个月。

这一个月里，发生了很多事情，首先，她把垃圾倒了……

说到这里，还得描绘一番我家特有的垃圾堆。

我家西边小房边有一个菜窖，又宽又深。我家人少，从来不用窖藏过冬菜，便一直空着。菜窖口半敞着，害得我家的猫狗鸡三天两头掉下去，时不时地组织营救，非常烦心。加上地窖旁的砖房地基有下沉的趋势，我妈便决定把它填了。

用什么填呢？

是的，垃圾。

前面说了，我家垃圾不多，最大宗的项目就是煤灰，还有偶尔一点点瓜子皮玻璃碴……要是我妈能及时想起来，那800块钱绝对有救。

没几天就刮大风了。

时值晚秋，无边落木簌簌而下，大风一起，远远近近的枯叶挤地铁一样涌进我家院子，堆积在迎风面的墙根拐角处。风停的时候我妈出去一看，西边小房都快被埋了一小半。

遇到这种情况，一般人家会拢成堆点火烧了，可我妈心血来潮，扫起来直接往地窖里填。

填完一看：不好！这个预计得使用 5 年的垃圾坑眼看就满了，于是，顺手扔进去几块烧红的煤……

这把火烧得很有效，直到第二天地窖口还在冒青烟。原本满当当的地窖果然腾空了一大半。

而我妈的电路，就是这时给接通的……

哭也没用了，我妈扛起半副竹梯子就往地窖跑。

事后我说："都烧了一整天了，还能掏着个什么？"

她说："万一没烧透呢？再说扔进去钱以后，不是又倒了几天煤灰嘛，我想着煤灰层应该能防火吧？"

于是她怀着认罪的心，开始了更为艰巨的寻钱之旅。说起那副竹梯子，又轻巧又结实，是我妈的心头爱。只可惜春天化雪时给屋顶上滑塌的冰块拦腰砸断了（我们不敢上屋顶，冬天从没扫过上面的雪），所以说是"半副"。

她把梯子从地窖口伸进去一比画：糟了，太短，上下都够不着。我家另外还有一副梯子，长度应该是够了，可惜是生铁焊的，死沉，两个人才能扛动。

那段时间我不在家，她老人家生拉硬拽，硬是把铁梯子拖到地窖边，然后竖起来，手一松，梯子笔直掉下去。底端陷进灰渣一米深，上端还是够不着窖口……

事后她说："没想到那么松！"

我说："刚烧过的草灰有紧的吗？再说梯子重，下端的铁棍尖，你不知道什么叫'压强'？"

然后我妈又开始拯救梯子，她把一只抓钩系在粗麻绳上，探到窖里钩住梯子上端，拼了老命才拽上窖口，又拼了老命才将其拖出菜窖。

她说："我边拖边想，这要卖废铁的话，能赚多少钱！"

两个梯子都用不了，怎么下去呢?

我妈不是一般人，她把家里所有的麻绳搜出来，开始结绳梯……因为没有亲眼看到，我不知此绳梯具体构造如何，总之这次成功了，她下到了窖底。

她说："脚一落地，鞋子就陷没了。"

总之她在坑底稳住身形，用铁锨挖啊挖啊挖啊……她说："幸好戴着口罩！"

好吧，800 块钱的事至此结束，她已经尽力了。

之后有半年时间，她老人家一惹我生气，我就搬出这件事来打击她，非常奏效。

文 / 嘉　倩

送客请止步

　　每年八月中，各大机场就要上演年度家庭大戏：伤别离。

　　一个朋友告诉我："爸妈每次到机场送我，我们三个就特别难受，都哭得舍不得分开。"我瞪大了眼睛："你这开玩笑吧？全家都那么琼瑶！"周围的几个朋友点点头认真地说："那是真的，我们的爸妈也哭过。"

　　后来我才理解，不是所有父母都如我爸妈那般坚强（被摧残出来的）。

　　有一回，和一个男生朋友回他的家乡玩，临走时，他父母送的飞机。一路上他母亲一直在念叨，"以后开车要小心"，"你多穿透气的衣服"，"回去赶紧理发，都长得刺眼了"。朋友接近一米九的大男子汉，居然此刻在母亲面前还像个小孩。

　　朋友觉得有些丢脸，低低抱怨了句："好了好了，我知道了，不用一遍遍说。"

　　他母亲这时候不假思索地跟上一句话来："谁叫你是我儿子，没办法啊！别人我才不会这样说，也懒得说。"听得我亲切，简直就是拷贝我妈。

　　到了机场，他父亲停好了车。朋友背上登山包，母亲走到他身后，踮起脚尖，伸出手帮他把领子抚平。

这时，他父亲说："就不送了吧，我留下来看着车子，怕被人划。"边说着，边偷偷用力看着儿子，好似要记住什么，又好似在悄悄进行一场内心仪式。

女人不耐烦地说："别管了，划就划，送儿子要紧。"

一直到了排着长队的安检口，为了让他们一家人无顾忌说话，不用特意招呼我，我就排在前面假装打电话。偶然间，听到后面的他们一家说着琐碎的小事，还有朋友时不时的小反抗和他母亲可爱的"没办法啊"！

快轮到我们了，朋友让父母回去，但我回头，发现两人依然在那儿站着，目光直直地看着儿子。直到安检结束，朋友回过头向父母招招手，他俩也才摆摆手，转过身一点点消失在人群里。

看着父母的背影，朋友惆怅地叹了口气。

这一切，以另一个人角度看的时候，却也不轻松。

我父母没有因为我离开而哭过，倒是我自己哭过鼻子，不是因为和他们分别，而是"自私"地恐慌于未知的未来。

每次到了"送客请止步"的地方，我总是让他们两个先走，目送他们的背影渐渐消失，偶尔由衷感慨一句：爸妈越来越有老人样子了，头发白了，步子也慢了，该多多运动啊。

有时候久一点的分别礼，也没有西班牙式的拥抱亲吻，只是母亲习惯性唠叨几句"好好吃饭"，"多穿点别着凉"，父亲不发言语慈祥地看着我笑，我嘴里念叨着"晓得了，你们也记得好好吃饭好好照顾自己"，然后头也不回地潇洒离开。

前些天飞去北京出差，安检口排队时，前面有个女人穿得俗气，头发很油，马尾胡乱一扎，就站在队伍外面，一副凶狠样子，对着里面大喊家乡话。

　　我好奇，伸出头往安检处望去，正有个穿得差不多风格的中年男人，头发凌乱，工作人员要检查包，他手忙脚乱，里面破塑料袋包着的搪瓷碗"哐当"一声落地上，后面的人全都听到了。

　　女人继续很凶地喊着，我还是没听懂什么意思，只见男人傻笑了一下，做手势说："没事。"

　　那男人终于过关，队伍往前一挪，女人离我更近了。

　　她不再喊，只是死死盯着前方，眼睛闪闪发亮，竟是泪水。

　　最深的爱，是这样的吧。不让你看到我的悲伤，反而硬是推你走。

　　多少家庭的父母哭成泪人，那一道写着"送客请止步"的门像是生死关口一样，谁又不是"其实不想走，其实我想留"呢？

　　对着父母摆摆手让他们先走，儿女也丝毫不拖沓转身潇洒离开，双方演一出不掉泪的好戏。各自为彼此好好活着，下次楼下抵达大厅见面，一对健康开朗，一个学有所成，完美谢幕。

文 / 杨恒均

母亲的传家宝

2006 年 11 月 11 日 11 点 11 分，母亲一面看着手里拎的挂钟，一面慌张地把我的车门关上，喊了声，快走哟！

我只是临时到香港和广州一个多星期，但心里却有一种生离死别的感觉。我知道和母亲在一起的日子越来越少，心里很难过，但更难过的却是不能随便表达出心中的难过。母亲病重以来，我在她面前一直装得很轻松，其实，母亲又何尝不是如此？

听说我要离开一个多星期，母亲表面上说我应该去办正事，其实却无法掩饰内心那舍不得我走的感情。我本来决定 9 号就动身，母亲知道后查了老皇历，说那个日子不适合出行，然后郑重其事地告诉我，11 月 11 日是很好的日子。我心里想笑，母亲知道，11 月 11 日是我最晚得动身的日子。

到了 11 日，我起身后想赶个大早，可是母亲已经准备了豆浆、蒸鸡蛋和我最喜欢吃的家乡火烧馍。等母亲陪我吃过早餐，我又准备出发时，母亲突然说，等一下，不如 11 点 11 分再走。她像个小孩子一样兴高采烈地说，那么多笔直的 "1" 字，预示着你的旅途一路平安。于是，在

11 月 11 日的 11 点 11 分，母亲准时把我的车门关上了。

就在我走的前两天，母亲从她的床底下拽出了一个木盒子，那是母亲一直珍藏的传家宝，我们也不知道有些什么，大概是存折和房契之类的吧。但即使母亲把所有的财产都放进去，也应该值不了几个钱，所以看到母亲郑重其事、小心翼翼的样子，我觉得有些好笑。

母亲用袖口擦了擦盒子，又掏出了一把钥匙，打开了木盒子。我惊奇地发现，里面除了几张老照片和几本台历外，什么也没有。那老照片是我爷爷、奶奶和外婆的，就那么几张，所以母亲把它们当珍宝一样保存，生怕放在外面弄丢了、弄脏了。台历就是很普通的那种，手掌大，四四方方，有 365 页，放在桌子上或者挂在墙上，每天撕一张下来。

母亲从里面拿出两本台历，小心地吹了吹上面并不存在的灰尘，递给我说，你一定要好好保管，保证不要弄丢了。

我接过来，发现一本是 1992 年的台历，一本是 1999 年的，那正是我两个儿子出生的年份。两本台历都保存完好，我翻开有些发黄的内页，看到好多页上都写有密密麻麻的小字。再翻到儿子出生的那天，整页都写满了。母亲在这一页上记录了儿子出生的时辰，阴历阳历清清楚楚，出生时的重量以及各种我当时打电话告诉她的细节。

母亲的声音响起来：这上面我记录了你两个儿子出生后的一些情况，包括他们哪一天生病了，生的什么病，什么时候打了预防针，今后需要注意什么。我不和他们在一起，都是从你那里知道的，我怕你们忘记了，就记了下来……有些东西只有记下来才不会忘记，不要太相信医院的记录，医院现在都用电脑了，经常丢三落四……这两本台历你拿去，保管好，孩子们会用得着的……

这就是母亲从自己最珍视的箱子里拿出来留给我的。母亲说得没错，我自己几乎都已经忘记了大儿子出生的时辰，以及出生那天的各种情况，更不用说他哪一天打了哪一种预防针，对什么药物有过敏反应，以及哪个月得了感冒，什么时候小肚子着凉了……365 页台历上，母亲用歪歪扭扭的字迹为我们保留下了清清楚楚的记忆。

我还记得，当我参加工作离开家时，母亲曾经送了一个小本本给我，那上面记录了我小时候的一些情况，包括生病住院、药物过敏等。我一直没有看，就丢在抽屉里，反正遇上什么事，我可以打电话问母亲。可是，一旦母亲去了很远、很远的地方，我还能随时接通电话问她吗？谁又能告诉我那年 3 岁时住院动手术的情况？……

我会把母亲给我的两本台历，还有那本小笔记本，像传家宝一样保存起来，而且，我也会从今天开始把儿子的一切都记录在一个小本子上，到时作为传家宝传给他们。

母亲留给我的传家宝，是多少金钱也无法买到的……

文 / 南在南方

父亲有点儿"反动派"

　　自打从电影上看过"反动派"之后，他立刻跟父亲对上号了，父亲像所有"反动派"！几乎所有的电影里，"反动派"都被打倒了，如同一句名言，一切反动派都是纸老虎。可是，父亲却岿然不动，说一不二，这让他有些不甘心，不过，后来他离开了父亲，虽说离井离乡，却有种想撒欢的感觉。

　　他在城里成家立业，父亲在老家慢慢老掉。"时间像个推子，一不小心把头发畔儿向后推了半尺！"父亲摸着光秃秃的脑袋说。他笑了，心头忽然一软。按他的想法，要接父亲和母亲到城里，不说享福，至少在身边有个照应。父亲说不，以他的身体，再劳动 10 年不成问题，与其上城里拿个木剑练太极，不如拿个锄头种点儿地。他想再劝，父亲来一句人挪活树挪死，自己如今就是一棵树！言下之意，到城里等于要他的命。

　　一晃 10 年过去，除了偶尔来城里小住，父亲和母亲生活在老家，将院子收拾得整齐，喂几只鸡，酿酒，日子看起来有滋有味，他回家，如同度假。父亲走在前面，他走在后面，走过地头，看看庄稼。有一次他们坐在山脚上，父亲指着一片地说，百年之后，将他葬在这里。听到这一句，他没怎么吃惊，附近还葬着他的祖父祖母，父亲选了这个地方，大约是想着团圆。

他想安慰父亲，却找不到一句合适的话，于是，他表了决心说："等我将来死了，睡在你边上。"父亲愣了一下说："等你成了老骨头，得留给儿子！"他们笑了起来。

他说起一首美国歌曲，不要在我墓前哭泣，我不在这里，我不曾离去。父亲笑了说，尘归尘，土归土，不在这里，又在哪里？父亲又说，你出头之日还早着呢，我还要再活上 10 年。

生死的话匣，自从这次打开之后，再也没有合上。父亲送别了许多同龄人，感慨多起来，但并不悲观。之前总是不肯请木匠做棺，最终还是默默请人做了，说是怕措手不及，人死了不装起来，看着怪吓人的。说完，还幽了一默说，"死时，进棺之前，得挠挠我的脚板心，看还笑不笑！"

一晃又是几年过去，他平均每年回家陪父母两回，夏天一回，过年一回，虽说来回奔波很疲惫，但心情总是好的。

去年冬天，父亲忽然来电话，要来城里过年，他简直是欢天喜地。他驱车千里回家，父亲母亲已经收拾好了行李。临行之前，请左邻右舍来家里喝酒，喝酒之前父亲说了几句话，说是回头要在城里待着，满足儿子的心愿，几间老房还有劳照看……

年饭，他要在饭店订，母亲不同意，母亲有一手好厨艺，父亲支持他订一桌，并且要喝瓶好酒！年饭，父亲吃得尽兴，甚至还唱了几句小曲。母亲最先发现父亲的反常，从酒店回家，父亲冲进卫生间，剧烈呕吐。他以为父亲喝醉了，母亲悄悄跟他说，像这样的呕吐有一段时间了。

他一下紧张了，问父亲，父亲指着养胃丸说，这药管用。他没怎么在意，春节过后，上班下班，转眼春天来了。

那天深夜，他在书房，父亲走进来说，他在街边看着花圈店，上头写着殡葬一条龙服务，摸藤摸瓜去墓地看了，墓地真大。他愣在那里，父亲像个孩子似的说："我一下喜欢上那个地方，好多树，那么多花，城市到底是好，我想着回头死了，当一回城里人，你看行不行？"他惊在那里没吱声，父亲又说："花不了多少钱，有一种树葬，感觉挺好的，没事去看一眼，那树就像是我，长高，长粗了……"他认认真真地点头，赞美父亲的心思！

父亲央着母亲做了一桌子好菜，等着他和妻儿回来。吃完饭，父亲咳嗽了两声，看着他们说："我怕是不行了。"父亲说，他的病跟村里去世的几个人一样……父亲拉了拉他的手说："你妈就交给你了。"又把他的手放在念高中的孙子的手里说："我把儿子交给你啦！"

父亲去了医院。如他所说，已是胃癌晚期。父亲放弃治疗，原因是治与不治是一样的，拿村里的患者对比，理由很充分。他不坚持，因为医生也建议不动手术。

虽然常常要吐，父亲依然努力吃饭，分明是吃不下去了，他请医生来注射营养液，父亲日渐消瘦，真的如同"纸老虎"了。

父亲进入倒计时，都说落叶归根，他问父亲回不回。父亲摇头，母亲欲言又止……按照父亲的遗愿，父亲在一棵松树下长眠。

很多周末，他和母亲去墓园坐一会儿，松树还小，父亲的名字刻在小石块上，只有三个字，没有生平，但父亲分明在那里，这让他踏踏实实。

他问母亲，父亲怎么突然想当个"城里人"，舍得他还一口好棺？母亲流着眼泪说，"你爸想着让你安心，说是你在城里没根儿，他在城里，你就有了。又说，回老家扫墓太远，他来了，就近了……"

他没哭，还是觉得父亲是个"反动派"，打倒他是不可能的，他自己倒下之前，还想着要撑你一把。

文 / 安　黎

伤感的格局

临行前的三四天，妈妈在电话里问我："给你带点什么呢？"

这是个因时而异的问题。如果是春天，她会说，有摘好了晒干的槐花，别人送来的现磨的莜面。如果是冬天，有萝卜缨，有腌好了的辣椒……我们在电话里论来论去，最后敲定的几样，就被裹上里三层外三层的塑料袋，跟着我妈，不远千里，落户到北京的冰箱里。

它们的到来，改变了冰箱里的格局，面包、三明治、果酱从核心位置被挪到了最下面一层；不知道放了多久的土豆被洗干净切丝，当天晚上就上了餐桌；至于那些犄角旮旯的老住户，比如吃了半包的牛肉，过期的牛奶，直接就进了垃圾桶。

打开冰箱，我妈有足够的线索可以掌握女儿的生活。比如，过期三个礼拜还能悄无声息地藏在冰箱里的牛奶，说明你们根本不是"一天一包奶"；除了土豆，冰箱里见不着绿叶蔬菜，说明你们在外面吃得多；冷冻抽屉里一包一包的速冻食品，说明你们吃饭总是凑凑合合，图省事。

我可以在电话的这头保证这个保证那个，但是，只要拉开冰箱门，我妈就掌握了"拆穿"谎言的证据。

　　老公有些不好意思，搪塞了两句，说"您一来，我们就有口福了"。可是，对大部分时候每天只在家吃晚饭的我们来说，口福更像是一种甜蜜的负担。

　　家乡饭菜以面食为主，显然不适合晚餐。晚上吃不多，我妈带来的槐花，哪怕只是拌一小把，也常常变成第二天的早餐。

　　好不容易等到周末，我妈就开始精心摆弄那些家乡菜，恨不得每顿饭都要统筹安排。她要在这里住多久，莜面有多少，萝卜缨有多少，在她回去之前，怎么安排才能全吃完。

　　每顿饭都郑重其事。比如，有的面要拿热水和，有的要先把菜煮到七八分熟才拌面，还有的得控干水才能下锅，我在旁边看着，慨叹程序太过繁琐，无意为了一顿饭这么劳心费力。

　　我们宁愿出去吃，简单省事，营养均衡。我妈有一堆反对的理由，但我们不想把好不容易盼来的周末都浪费在吃上。这周去逛街，下周去郊区，时间就这样悄悄溜走，我妈带来的那些东西还静静地躺在冰箱里。

　　眼看返程时间临近，她有些着急，"再不吃就安排不开了"。

　　我们的餐桌，不由分说地成了家乡小馆。只是，老公嗜肉不吃辣，看到我们素得就剩辣椒的家乡菜，直皱眉头。没办法，肉食动物只能另外开小灶。而结果就是，不等剩菜吃完，新的又变成旧的，冰箱越来越满，全是裹着保鲜膜的小碗小盘子。

　　我妈临走前，各种叮咛，我如小鸡啄米般点头。晚上下班回家，拉开冰箱门，里面只有几袋牛奶，一包红肠，那些小盘子小碗却不见了。

　　我突然鼻子一酸，掉下泪来。

文 / 黑王辉

父亲的春运

　　父亲为了生计，老早就去了南方沿海。拉丝厂、皮件厂、电子厂、雪糕厂，听父亲说他干过很多工作，哪里挣钱多，就去哪儿干。我问他一天干十几个小时，熬人不？父亲说，多干一个小时得一个小时的钱，一点都不熬人，虽然辛苦，可心里是喜悦的。最熬人的是回家过年。

　　过年时招工紧张，可以比平时拿更多的钱。可是家里有妻子念着，孩子盼着，怎么也得回去啊！不过，父亲订的票一般都是阴历二十八、二十九的，因为可以多干几天，拿到更多的钱。等干完活，让老板结完工资，简单地把宿舍的行李一收拾，父亲就匆忙地往火车站赶。其实也没什么行李，大部分都是父亲平时在商场里买的打折衣服，这些衣服可够全家人穿一年的啊！

　　火车站已经人满为患，父亲想找个地方歇歇脚都不行，所有的座位都被像他一样的农民工给占满了。编织袋、包裹、行李箱，一个人带几大包，锅碗瓢勺、涂料桶、鞋刷子什么的都随身带着，不舍得扔掉。城市人不要的垃圾，他们都当成宝贝。父亲不敢嘲笑他们，因为他和他们是一样的心理。

　　火车站熙熙攘攘的，弥漫着汗臭、脚臭、方便面味等混合在一块儿的复杂气息。父亲在厕所旁找了一片空地，摊张报纸坐下来，开始想接下来二十多个小时的旅途。想着你挤我、我挤你的场面，父亲都有些害怕。但是，想到一年没见的故乡，还有相思已久的母亲和我们，想到全家团聚的温馨场面，父亲稍稍有些安慰。

检票铃声响了，大家从座位上站起来，开始往进站口挤。这么多人，这么拥挤的人群，要想让他们排队是不太可能的。本来好端端的一队，就变作两队，后来就横横竖竖，找不到队了，密密麻麻围满了人。父亲在人群中觉得有些燥热，想擦一把汗，一来手里拎着行李，二来根本就动不了，前后左右都是人。父亲没有办法，只有任汗水在脸上流淌，汗津津地湿了新换的衣服。

开始检票了，父亲被人流推搡着、拥挤着往前走。父亲想停下来让检票员给他检一下票，可是还没等他停下，很快就被人群推向前了。前面的人已经把火车塞得满满当当，有票也上不去火车。父亲看见火车开着窗户，就跟坐窗户边上的老乡说了好话，让他把行李扔进车厢，他则直接扒着窗户爬了进去。下面的人觉得父亲的方法好，也想如法炮制，结果窗户就被人关上了。

父亲的脚刚沾着地，火车就缓缓开动了。父亲在心里暗暗叫道，好险啊！要不就错过了这一班火车。

车厢里满是人，父亲一只脚金鸡独立地站着，站时间长了腿就没有了知觉。父亲慢慢抬起腿，换另一只脚。有人嚷嚷着要去厕所，其他人说，还去厕所呢，动都动不了，就地解决吧！父亲有经验，知道这时坐火车上厕所比较困难，一天都没敢喝水，就啃了两个面包，其他什么都不敢吃。

在火车上的 20 多个小时里，父亲一动不动，渐渐有些麻木。但在他心里，只有一个信念，那就是早点回家。家，已经香气扑鼻，在强烈召唤着他。

幸好，父亲每年都能够平安到家。

文 / 汪微微

所有的相遇，都是久别重逢

那是我第一次以旅行的名义带她外出，那座江城，离她很近，她也曾多次路过，却从未真正深入腹地。她的世界，安稳地停留在自己的一亩三分地上。

我们在晨光熹微时分出发，道路两旁的栾树上，一串串的圆锥形灯笼果挂满树冠，在风中曼舞，欢快又喜庆。她坐在我身边，倚窗眺望着，眼里涨满了少女般的兴奋与期待。

路边有看门护院的狗一闪而过，她回过头来说："还记得吗，你小时候很喜欢狗狗，吃饭时要从自己碗里拨出一半和它分享，睡觉时要搂着它一起钻被窝。"

我记得那只狗吃饭用的都是废弃的钵碗，终日无人洗刷，更显得脏污不堪。我数次向她抗议，想为心爱的狗狗争取一个青花瓷碗。那碗细腻精致，是她的最爱，只有逢年过节或来了客人，才肯拿出来用。小小的我，哪里懂得她勤俭持家的艰辛，只觉得她粗糙、吝啬又虚荣。现在想起，在并不富裕的日子里，她努力地维持着生活的体面，为家人营造着萤火之光，实在费心费力。

　　看到路边人家的院落里，有树一样的栀子，她拉拉我的衣角，指着窗外说："看，那是你喜欢的调调。"

　　是的，我一直喜欢房前栽花、屋后种菜的生活，踏实下来，沉静下来，不急不躁，不追不赶，拥有自己的主张，对世界抱有天真向往和美好期盼。而不是像现在，像所有的成年人那样整齐划一，被物质和世故所裹挟，对抗世界，忍受悲伤，一边无坚不摧百炼成钢，一边隐姓埋名拼命藏起自己和梦想。她倒是做到了一半，在被钢筋水泥压缩得越来越小的院落里，一直守护着一块菜地，一年四季青葱肥沃，像她一脸热热闹闹、沟沟壑壑的笑。

　　途中休憩，见一小孩手持苍耳，做势扔向身边的人。她再次拉拉我的衣角，笑着说："你上小学那阵，有个男生总爱往你身上扔这玩意儿！"

　　我想起来了，好像是有那么一个总爱捉弄我的男生，个子不高不低，成绩不好不坏，扎进人堆里就倏忽不见。只是一个路过的人，却被她牢牢记在了心里。

　　车过一座山坡后很久，她仍在频频回望，目光像天涯般悠远，一脸时光追不上想念的回忆状。沉默一阵，她开口了："这里，我和你爸曾搭棚住过。"

　　父亲是个养蜂人，她追随着他，四海为家。偏僻的山间地头，一个帐篷，便撑起了她所有关于家的幻想。

　　这座满是黄土的山，在某个风雨大作的夜晚，突然遭遇滑坡。50箱蜜蜂，连同他们栖身的帐篷，都被冲走，还好，他们幸运地逃出来了。那时我已大学毕业，每个月领着不足千元的薪水，在城市里颠沛流离。那天夜里，她突然给我打来电话，气喘吁吁，语气里有大雨倾盆的凌乱与慌张。听到我的声音，她笑着说："没事，刚做了一个噩梦。"然后很快收了线。

那是她唯一一通在夜间打给我的电话，直到这天我才明白，原来他们遭了那么大的劫难，原来我差点失去他们。在她最不堪的时候，她只要知道我安好，自己就觉得安心。

说起这段时，她语气平静，没有波澜。于她而言，不过是一段往事，所有的悲苦与不堪，都逐一消融在她当下的满足之中。

到达目的地，我枕在她肩上，赤脚坐在江边，看白云悠悠，江水滚滚，落日熠熠，听她絮絮叨叨说些陈年旧事。那些被遗忘在身后的岁月，带着久别重逢的欢喜，笑吟吟、亮晶晶地打量着远道而来的我们。我心里涌起的暖意，像中药，像棉衣，像一碗小米粥。抬头看她，她笑起来的样子十分宽厚，像一只熊猫，软绵绵的。

自成年后，我们一直聚少离多，这一次旅行，让过去迷了路的相依相伴，找到了回家的路。而她，我的母亲，依然像一棵树，用自己的明媚，渲染了我的四季。

文 / 郭建光

父亲的尊严

前几天，我和两个老哥吃饭。突然一老哥哽咽着说，他的母亲去世了，大年初二，"你回家还可以看到父母，我回家看谁去？"

我的泪哗地就流了下来，我想起了父母，尤其是父亲。

他已经老了，日子已经开始倒计时。春节在家时，常看到父亲裹一件中式棉袄，佝偻着身子，围在火炉边，一句话不说。发小叫我去吃饭，父子二人对视几眼，我最终跟着发小出门了。隔着窗玻璃，父亲在看我。现在想想，好心酸。我在家待的日子不多，真应该好好陪陪父亲。

父亲出生时，正赶上兵荒马乱，家里的日子不好过。队伍过来的时候，奶奶就让队伍把父亲带走了。回到家乡后，父亲赶过马车，干过电工，折腾过小四轮拖拉机，修过自行车。

再后来，他开了一个小卖铺，一干就是 20 年。小卖铺的生意很冷清，母亲有时抱怨几句"没生意"，父亲则说："有个营生，不让孩子们操心就行了。"

我对父亲的记忆，是从折腾小四轮拖拉机开始的。父亲联系生意，哥哥开车，母亲则主要装车。一家人起早贪黑，生活逐渐有了起色，成了村里的"万元户"。父亲买回电唱机，一有空，就摆弄这个能发出声音的东西。他喜欢听戏，碰上不能出车的日子，家里的电唱机从早唱到晚，父亲偶尔也跟着唱上一段。

村里有人买了黑白电视机，父亲也托关系买了一台，一到晚上，家里就挤满了人。母亲也满足于自己家成为村里的中心，可在收拾满地的烟头、瓜子皮和痰迹时，总会牢骚一阵。父亲总是说，要是咱家穷，叫都叫不来人。那个时候，我觉得父亲是个真正的男子汉。

父亲说得对，那时，走到哪儿，都有人和我打招呼。可小四轮车生意渐渐不好做了，村里人也都各显神通赚钱，来家里听戏看电视的人几乎没了。父亲不再得意，身体也不那么挺拔了，他戒酒戒烟，甚至低三下四求人。

逢年过节，父亲总要我带上东西，送给我的一个远房堂兄。堂兄是村长，掌管着这个村子的几乎一切。我不愿意去，父亲就骂我一阵。我大哭，父亲没辙，又让我母亲去送。

时隔多年，我才理解父亲的深谋远虑。他求侄子，只为能在马路边批上一块宅基地。他已经想好了，以后就在马路边做个小生意，供我哥成家，供我读大学。

在我读大学之前，家里的日子甚至有些拮据。父亲每天到马路边，靠修理自行车赚点买油盐的钱。我在家偶尔也跟着去，学了一手修自行车的手艺。

那时我不开心，以往的日子是那么风光，现在沦落到摆小摊的地步。我抱怨过父亲，甚至抵触父亲。是他，让我不再体面。周末我经常不回家，可父亲如故，尤其在冬天的周末，他总是给我烤几个香喷喷的红薯，等着我回去大快朵颐。但即使回去，我也几乎不吃。父亲常常一阵叹息。

宅基地终于批了下来，父母每天待在工地上操劳，总算盖起了一院房子，父亲就在自己家继续摆修理自行车的小摊。夏天，他还卖西瓜、凉粉等。没生意时，他就和人下象棋。母亲总免不了抱怨，一生气就把象棋子儿扔掉，父亲再一颗颗捡回来。

前几年在一次和父亲的谈话中，我才知道，那几年，父亲承受了多少压力，不仅是家里的生活，还有他作为男人的尊严。那次谈话，我学会了隐忍。

回到家乡后，他电工干得很好，十里八乡的人，都会守在家门口等着他去架线。家里买了黑白电视机那几年，每天家里人来人往，当这一切风光都不再来的时候，当时那个中年男人的心理，我完全可以理解。我也是逐渐在理解中，感受父亲的。

等我考上北京的一所大学后，父亲再次活跃起来。他逢人就说儿子如何如何，在别人的赞叹声中，他笑得合不拢嘴。

我上大学走后，父亲开店，批发方便面。那时，父亲已过花甲之年，每天要和母亲搬数百箱，甚至上千箱方便面到三轮车上。晚上，他和母亲还要一遍遍盘货算账。父亲没上过学，跟着队伍时，认识了几个字儿，生意做起来时，他重新捡了起来。

收入自然也不少，每天赚上百元不成问题。村里人也说，父亲会做生意，一个老人比几个年轻小伙子都能赚钱。

父亲的笑多了，母亲也经常将白发染黑。小卖铺的桌子上，时常放着打开的香烟，有人进来，父亲就递上一根。母亲不舍得，总想换成廉价一点的，父亲坚持不换："舍得了，才能维住人。"

我工作以后，父亲的生意冷清下来，身体也开始出毛病。有一年春节我没回家，姐姐打电话给我，说父亲可能得了癌症。我流着眼泪赶到家，一路上眼前浮现出父亲的点点滴滴。我第一次全面审视父亲，才知道他对我的影响，已深深地刻在我的骨子里。

后来，我带父亲在北京做了一次全面检查，结果虚惊一场。在看病期间，父亲每天乐呵呵的。他说他知道自己可能是什么病，就是现在走了，他也不遗憾。

回到家后，父亲开始锻炼身体，每天坚持走路。不少人劝父亲，孩子们都赚钱了，就把小卖铺关了吧。父亲坚决不同意，他说习惯每天有人说说话，孩子们都不在身边，日子太寂寞了。

今年春节，母亲唠叨说，你爸每天吃药，一天要花不少钱。父亲听到了，很不高兴："我自己挣钱自己花，和孩子说什么。"

我突然明白，父亲不放弃生意，另有一层含义，他不想年迈的他和母亲，成为儿女的累赘。

每次回家，我给他钱，他从来不收，总说自己有钱，不愁吃不愁穿，什么也不缺。那时，我从未想到，这位80多岁的男人，始终在维护他作为男人的尊严。

听老哥讲他母亲故事的第二天，我给父亲打了一个电话。电话响了一声，父亲的声音就传过来。我问了一下他和母亲的身体状况，他说没问题，都好。我还没问完，父亲就把电话让给了一旁的母亲。

父亲他总是这样，和我交流不多。

文 / 秦湄毳

爸爸的胳膊长

第一次在婆婆家吃饭，长方形的餐桌，婆婆把公公的餐具放老远，说，你爸胳膊长，远一点也不妨事。

我不禁笑了，想起来，自己的爸爸也是胳膊长呢。

小时候，一家人团团围坐，长方形的餐桌旁，爸爸总是坐在最远的地方，有什么样的好菜佳肴，也都搁在我们兄妹的眼皮底下脸跟前。

我们吧唧吧唧吃得香甜，从没意识到有什么不妥，有什么不爽快。

直到有一天，哥哥读了大学，那一年他第一次从省外回家，带了爸爸爱喝的铁观音回来，他沏好茶，茶香飘飘，飘向坐在餐桌角落里的爸爸。爸爸欣慰地笑，哥哥说，爸，你坐中间来吧，这会儿可不用体现你的优势了。

爸爸依然跟平时一样，唠叨一句，爸的胳膊长，坐在那里不动。妈妈在一旁看了，推推他，你这老头子，总是仗势胳膊长咋的?！快，往前凑凑。

从此以后，只要哥哥在家，必然要跟爸爸争抢那最遥远的餐位，哥哥的理由很充分，我个儿比爸高，当然胳膊也比爸长，爸的宝座让我也占占。哥哥是不由分说的样子，爸爸也不再争夺，幸福地被他推拥到中间的位置。想来是胳膊总是长，一时缩起来不适应，我们发现爸爸夹菜时总是伸长手臂的样子，不禁笑他：爸爸，菜够得到了，不用总是伸胳膊。爸爸不好意思地笑，习惯了，你们还是把我的宝座还给我吧！

其实也就是哥哥上大学那几年，爸爸总被哥哥拥着坐在中间，等后来，哥哥带了女朋友回来，不用说，连我这个小妹也得往边儿靠。妈妈在摆放碗筷的时候，依然把爸爸的位置安排得最远，荤的素的香的甜的，妈妈总是堆在哥哥和他的女朋友眼前头。直到我嫂子进了门，爸爸依然是因为"胳膊长"而坐得离菜们汤们远远的。

等到我也带了男朋友回家，那时又有了小侄儿，爸爸的胳膊变得更长，坐在最远的角落里，任凭谁劝，他也不换地方。有时，妈妈干脆就专门拿个菜碟，各样菜给他夹一些。"独享"的时候，他时常停下来笑眯眯地看看这个，看看那个，"新人"总是不好意思，要跟爸爸交换场地。不等爸爸答话，妈妈总是抢先道："你爸胳膊长！"爸爸总是笑，点着头。

直到有一天，我听到他在厨房跟正在洗碗的妈妈抱怨："我的胳膊咋就那么长呢！你总是说我胳膊长——"妈妈数落他："你这老头子，你胳膊不长，还想让谁的胳膊长？"看到我进去，他们不争论了。我说："爸爸，你的胳膊原来是妈妈给你说长的哦！"爸爸像个孩子，竖起他的食指，"嘘——"他制止我，然后学着2012年春晚小品里那个保安的样子，一边走出厨房，一边神气地喊："爸爸胳膊长，爸爸骄傲！"

看着爸爸的样子，我悄悄和妈妈商量，要给侄儿们做个榜样，不能总是因为爸爸胳膊长，就总让他坐边上。妈妈说，你爸自己也不会乐意坐中间。

后来，爸爸比妈妈先离休了，他天天上早市采购各样食材，烹调各种美味，把香喷喷的饭菜端上桌。以"神厨"自居的爸爸，总是坐着偏席，看着儿孙们饕餮，他的眉毛里洋溢着喜悦："幸福的人都胳膊长，爸这辈子都胳膊长哩！"

唉，亲爱的老爸，哪里是您的胳膊长，分明是您和妈妈对我们的爱无边呢！

如今，小儿都 10 岁了，婆婆还是在说公公的胳膊长；侄儿都读中学了，妈妈也没改变地说爸爸的胳膊长。是不是天底下的爸爸，他们的胳膊都长呢？

天下的父母，一样的心呀！

文 / 汤小小

你给过父母多少承诺

那天，母亲指着电视上的飞机说："你小时候说，长大了，要为我买一架飞机，想怎么飞就怎么飞。"

"我怎么不记得说过这么豪情万丈的话？"我怀疑母亲忽悠人，那么久的事，她怎么可能还记着？

母亲却如数家珍般，一口气说出十几个我曾经许下的诺言。

8 岁时，隔壁小丫在母亲面前炫耀比我考的分数高，气得老妈一个劲儿对我翻白眼，我愤愤地发誓："以后，我一定次次考第一，让你抬头挺胸做人！"

18 岁时，我要到南方去读大学，母亲帮我收拾行李时嘱咐我，上大学要好好读书，可不能学人家谈恋爱，耽误正事。我斩钉截铁地说："你放心，我保证上学期间不恋爱！"

大学毕业，留在了南方，回家的次数少得可怜。母亲的电话每周都会准时追过来，生怕我照顾不好自己。每次，我都对母亲说："妈，放假我就回去看你。"

母亲这么一说，我又想起最近给出的一些承诺。

一个月前，我对母亲说："妈，有时间我带你出去看祖国的大好河山，你可要把身体锻炼好啊！"

半个月前，我对母亲说："妈，我在网上看到一件衣服特别适合你，等着收货吧！"

就在昨天，我还对母亲说："我一定学会做糖醋排骨，等你老了，天天做给你吃！"

这些话，我说得多么顺溜啊，可是结果呢？我从来没有考过第一名，大学时谈了一场无疾而终的恋爱，很多次放假，我也没有回去看母亲。母亲每天锻炼身体，我却连带她到哪里旅游都没想好。网上看中的衣服，因为不知道母亲穿的尺寸，也一直没有下单。至于做糖醋排骨，那就是随口说说而已。

跟姐姐提起这些，她也忽然想起自己的那些承诺。

有年暑假，她对正在费力刮胡子的父亲说："爸，把你那个老古董剃须刀扔了，以后我给你买个名牌的！"

父亲送她上大学，路过肯德基店，父亲不停地张望，喃喃地说："肯德基是啥鸡？"姐姐笑道："以后我挣钱了，天天请你吃肯德基！"

姐姐生孩子，父亲去看她，等她坐完月子，父亲也要回家了，姐姐很是愧疚，说："爸，回头找时间专门接你来转转！"

可是，姐姐给姐夫买了无数个剃须刀，却把父亲的那一份忘记了。她请过泛泛之交的人吃肯德基，却一次也没有请过父亲。她陪过很多人在她生活的城市乱逛，却从来没有陪过父亲！

我们总是如此轻而易举地给父母承诺，却从来没放在心上，更没有想过要认真兑现，我们给了他们期望，却又残忍地让他们失望。

每个儿女，都应该认真检视自己，你给过父母多少承诺，又兑现了多少承诺。

文 / 刘　同

妈妈的钱都花在哪儿了

我妈天秤座，那时候，没人懂星座。

和她沟通总要经历一番"不经一番寒彻骨，哪得梅花扑鼻香"的苦难。我说的任何事情，只要和她预想的不一样，她就拒绝。

我问她要 10 块零花钱，她同意之后，只会给我 8 块。我问她要 500 块学费，她会给我 480。一开始，我很困惑，学校要 500，我妈只给我 480，还有 20 我怎么办？最后我会哭着找我爸，头几次，我爸都会帮我解决问题。

后来我爸也烦了，去找我妈理论：你不要每一次都少给他钱好不好，全家的工资都在你那儿，我自己零花钱都不够，你还要让我补差价，那你以后多一点零花钱给我啊。我对我爸充满了同情……

被我爸一揭穿，我妈的脸就挂不住了，从上下五千年我们家如何建立开始，说到他俩结婚多不容易，亲戚没给赞助，生病没人照顾。自己说动了感情，就开始流泪，等她哭一阵，我就会轻扯她的衣角，说：妈，别哭了，爸爸也不是有意的。

她不会理我，继续哭个 5 分钟，然后拿出钱包，把剩下的钱补齐给我，然后多给我两块——权当我配戏的价码。

读小学的时候，我很爱看《七龙珠》、《圣斗士》、《阿拉蕾》的漫画书，一套 5 本，不到 10 块钱。我跟我妈提了几次，她也不接茬儿。我就只能跟在同学后面，和他们混成好哥们儿，然后才能领号轮流看。

一天，我实在受不了跟在别人后面当马仔的压抑，回家大哭一场。我妈问我怎么了，我说别人都有零花钱买漫画书，只有我要蹭书看。我妈默默地叹了一口气，走进自己的卧室。

我每次都认为她是走进卧室拿钱包，等待剧情反转的我每次都是抹干眼泪跟了进去。然后她从抽屉里拿出一把工资条，然后和我坐在床边，跟我说起她和爸爸的工资来。

我瞄了一眼，她和我爸的工资加起来还不到 2000 块。妈妈说：一家三口，你有学费，我们有伙食费，家里还有很多亲戚，一个月家里只能存三五百块。不是妈妈不愿意给你买，确实是怕万一有个突发状况啊。

我突然就不想要漫画书了，我觉得我妈都给我摊牌了，拿出了那么私密的工资单，就是把我当大人看待，我不能做这么幼稚的事儿。

从小学，到初中，到高中，近 10 年，每次我想买点儿好东西，她都会拿出她和爸爸的工资条给我看，工资加在一起永远都不过 2000。所以成长期的我多多少少有一点儿懊恼，觉得自己家真是……波澜不惊一潭死水……

那时以我的智商压根儿就想不到，我妈给我展示的工资条永远都是他们 20 世纪 90 年代的工资条……从 1 月到 12 月反复地使用……

我是一个不关心国家经济的人，不知道国家 GDP 增长，工资也要相应增长。正因为我不知道的事情有很多，所以我妈给我穿过我小姨的衣服——节约钱呗，她也不管是不是镶着金线蕾丝边，有没有人会嘲笑我，搞得我至今都有点儿怪娘怪娘的。

我有时觉得我妈做一名护士真是可惜了，她应该被聘为国家的特级导游，因为同样的话不管她说了多少次都能声情并茂，一副情窦初开的模样。

"你看，我和你爸的工资加在一起都不到 2000 块，我们一家三口，你要读书，我和你爸还要生活，家里那么多亲戚，一个月根本存不到什么钱，将来你读大学的生活费怎么办？将来你结婚怎么办？"

我妈对我的未来规划得很远，她说男孩子结个婚要给女方很多钱，没个 10 万不行。现在一个月只能存 500 块，一年才一万，得存 10 年。万一有个突发状况，我就不用成家了。

她真把我当废物了。

事实证明，把我当废物可能也是对的。从小学起，我的成绩就一路折戟沉沙，毫无意外。读初中时交了小几千建校费，读高中时交了大几千建校费。考大学时，因为分数不够进入补录档，要交好几万额外费用。

我在家里多浪费一滴水，我妈就要骂人。开了空调出房间一分钟，她就要把空调关了。客厅的灯几乎不开，只放个小台灯在茶几上……想着想着，我自尊心全无，枉为人子，我对自己的未来完全绝望。

我妈问：你真的想读师范大学吗？我点点头。

我跟着她去了银行，柜台上我妈从包包里拿出几个存折，把钱都取了出来，然后把挎包贴身带着，领着我坐上火车，直奔大学招生办吭哧吭哧把钱交完。然后扭头对惊魂未定的我说：你真走运，交钱还能读大学，很多人交钱都读不了呢。我含着泪，猛点头。

那个数字，对家里来说很多很多，她应该存了不少年。我要零花的时候，10 块钱都像要了她的命，可一旦要帮我的时候，她取钱的速度就变成了抗洪抢险的解放军。

后来我在北京找到了一份工作，跟她炫耀工资居然有 6000 块耶。她掐指一算，给我下了一个命令——请每个月给我和你爸寄 4000 块回来。我还没有开口，她噼里啪啦地又给我洗脑：你知道我和你爸每个月工资多少钱吗？你读书花了那么多钱，还向亲戚借了不少，现在不节约，到时你结婚怎么办啊？我帮你算了一下，你的房租 900 块，伙食 500 块，再留 600 零花，剩下的给我。噢，我揣着一颗颓废到死的心挂了电话。

我对钱概念不多，我只是知道家里随时都缺钱，所以从工作开始就没大手大脚过，30 岁之前没有出过国，只旅游过一次。

2006 年春节，我领了一万块奖金。决定给我妈和我爸每人 5000。我妈说：你给我 6000 吧，给你爸 4000，反正你爸的钱就是拿去打牌。我说随便你吧，然后就把一万块给了我妈。然后我妈转身就给了我爸 3000，自己留了 7000。

那个春节，我过得非常糟糕。不允许客厅开吊顶灯，不允许用电暖炉，不能买矿泉水喝，只能烧开水喝……我实在受不了了，和我妈大吵一架：你知道我从来没有出去旅游过吗？你知道我住的房子是旧民宅吗？你知道每次我回家都坐火车吗？这些我都能理解，但你不能让我活在古代！

我妈被气得一句话都说不出来，大过年一个人在房间里抹眼泪。我有点儿后悔，就过去劝她，然后她果然又说了：你知道家里这几年怎么过来的吗？你读书花那么多钱，又希望你能在北京买个房子付个首付，我和你爸……行了行了，你别说了。我不开灯了，我不待在家里总行了吧。

春节 7 天假，我在外面玩了 5 天，临走回北京，我妈站在客厅看我收拾行李，问我回北京够不够钱用？我说够了。我妈说：如果不够你就告诉妈妈。我说哦。

回到北京，收拾行李，发现行李箱里多了一个信封，我好奇地打开，里面厚厚一沓钱，数了数，两万。还有一张纸条，上面写：同同，对不起，妈妈没有想到你一个人在北京过得那么辛苦。请原谅妈妈的节省，我其实只想为你存些钱，但是我不希望你过得不开心。这些钱你先改善一下生活，不够妈妈再给你。

顿时泪流满面。两个原因，一是觉得妈妈真的很爱我，二是觉得自己那么多年活得像一个傻子。嗯，就是一个傻子。

现在的我已经学会了如何让她妥协了，比如买了新衣服给她，她问多少钱，我就会说打一折买的，特别划算。我希望她喝矿泉水，就骗她说：把瓶盖搜集起来，我可以去找矿泉水公司报销，因为我们是合作关系。包括家里的电费，我也说你给我开电费的发票，公司有补助，我一个人根本用不完。只有这样的情况，她才会小心翼翼地开始使用。每个人的妈妈好像都这样，平时感觉花钱特别节省，可一到子女真的需要用钱的时候，她们一点都不含糊。

文 / （台湾）刘中薇

婚礼上，爸爸们的小抄

一

完了完了，这下该怎么办才好？我真的要办喜宴了，我有一种大难临头的感觉。

我小时候竟从来没想到，如今真的要结婚时，我只希望在平凡无奇的一个午后，和心爱的人手牵手，散着步去登记。不要提亲，不要喜宴，没有婚纱，没有捧花，不要浪漫梦幻！

因为，我的爸爸妈妈太多了……提亲，要向谁提？生我的，还是养我的？

两个爸爸，一个在台中，一个在台北，光想到提亲的场面我就头皮发麻，索性直接登记。但先斩后奏之后，父母亲仍殷切盼望着看女儿出嫁，举办一场喜宴以实现父母的心愿势在必行。

为办喜宴，双方家长因为沟通不良产生嫌隙的事，时有所闻。幸运的是，我的婆婆大人生性淡泊，无欲无求，对我关照有加。但老天是公平的，不用摆平这个，就要摆平那个。我要费心协调的"双方"，竟然不是婆家与娘家，而是老爸与老妈！

从主桌要坐谁开始，就让我一个头两个大。

老爸老妈都不甘示弱，吆喝着自己家人的重要性。他们打了一辈子的仗，看样子要在我的婚礼上拼个胜负。

刚办完喜宴的大学同学听闻我的状况，以过来人的经验友情提示："你不可能满足所有人，搞定最难搞的那个，其他人，虽不满意但尚能接受，就可喜可贺了！"他用一种"你自求多福吧"的眼神同情地看着我。

平常我与老妈住在一起，老妈情绪不稳，处世挑剔，但没想到，这次老爸才是最难搞的那一个！

老爸从高中开始，在部队待了25年。受军人思想熏陶，所以也按照"军人武德"中的"智、信、仁、勇、严"教育我。

小时候，我向老爸讨过一块钱，他以为我要把钱存到扑满里，却发现我买了一颗西瓜糖，抡起拖鞋就是一顿打，认为我完全背离了"亲、爱、精、诚"的黄埔校训。

老爸虽然人老心不老，玩转手机博客，但是，骨子里一些传统观念却根深蒂固。

因为有这样顽固的老爸，筹办婚礼的过程中，只要来电显示"阿爹"，我的肾上腺素就开始飙高，面对他的道道难题，我不得不过关斩将。

我本想轻松举办婚礼，他偏偏郑重其事，死抠每个细节。更可怕的是，有一天他竟想从台中专程上台北。"我要跟你妈坐下来好好谈一谈婚礼的细节。"他说道。

坐下来好好谈一谈？

老天，他们上回"坐下来谈一谈"，是在20多年前离婚的时候。

我吓得眼泪汪汪，求老妈去挡，我不敢想象这两位会如何乌烟瘴气地谈我的喜事。

当娘的心是软泥，老妈收敛了脾气，主动打电话给老爸，收起对他一贯的讥讽语气，四两拨千斤地说："结婚嘛，年轻人自己高兴就好，我一点意见也没有。聘金、迎娶通通都不用，喜宴当天直接坐下吃饭就好，女儿过得幸福最重要！"

老爸没辙，语气松动了不少。不过，当我后来提到，婚礼上，"除了我婆婆一定会上台，我还会邀请叔叔跟妈妈上台，阿姨跟你上台，大家一起向宾客举杯"。

"什么？"老爸打断我，语气错愕，好像挨了重重一击。

显然老爸压根没想过，台上除了他，还会有别人。老爸霸道地认为，婚礼是他的场子！他计划包一辆车，载上亲友到台北来祝贺。他的战友可以顺带把我的婚礼当同学会，他更要以主人的姿态上台大声宣布他终于嫁女儿了！但，明明结婚的是我啊！

这个婚礼上，我最大的心愿，就是当着亲友们的面，感谢养育了我20多年的叔叔。这么多年来，我从没有机会在一个正式的场合，认真地对叔叔说声"谢谢"。

所以，除了请老爸致辞，我同时热切地邀请叔叔："叮当，可不可以请你在我婚礼上致辞？"叮当是我惯常对叔叔的昵称。

"嗯……可是我不太习惯在那么多人面前说话耶！你爸口才比较好，让他讲就好了。"叔叔客气推让。

"你们都要讲啊！我的朋友都很想见你本人啊！"我撒娇。

"我不上台也没关系啦！"叔叔保持着低调。

我只好郑重其事地恳求："叮当，我真的很希望你能在我的婚礼上讲话，那样大家就都知道你对我最重要了！"

叔叔想了一会儿，终于大方地允诺了，"只要你觉得这样安排是你想要的，可以啊！"

叔叔就是这样，一直默默地支持我、配合我、纵容我。

从小到大，我每一个疯狂的念头，叔叔从来不觉得荒谬，他总是顺着我的性子，务实地帮我考虑那些妄想，在他可以帮助我的地方使力——即使很多时候，我只是一时兴起、随便说说而已。

老爸，这个婚礼不光是你的场子，也是叔叔的场子，他同样是怀着嫁女儿的心情出席，会和你一样戴着主婚人的胸花。

因为我有两个爸爸，新娘爸爸的光芒，也将由两个爸爸分享。

二

婚礼进展顺利，如我梦寐以求的，我终于在盛大的场合向叔叔道了谢。

站在台上，望着全场，我难掩内心的激动，这是我期待已久的时刻！

我缓缓开口："老天爷知道我是一个麻烦的小孩，所以派了三位天使来照顾我长大，我的妈妈教给我生活的艺术、坚毅面对人生的态度；我的爸爸传给我创作的天赋，教我做人做事的道理。"讲到这儿，我停了一下，把目光缓缓地转向叔叔，"但是，我觉得，在这个世界上，真正教会我什么是'爱'的人，是我叔叔。"

脑海中，那些与叔叔相处的画面开始翻飞。

13 岁，逃课，跳上公交车去找叔叔，叔叔开导我。

15 岁，患气胸开刀，叔叔站在病房外挥手为我打气。

16 岁，高中联考完，老妈劝我去念商职，早点工作，叔叔则认为我应该多念点书，因此我一路进了大学、研究所。

20 岁，老妈患癌症，叔叔不畏辛苦，陪着老妈一趟一趟去医院治疗，不离不弃。

　　在研究所，写论文的压力搞得我常常胃抽筋，叔叔在漆黑的深夜骑着摩托车载我去看急诊。

　　进入社会后，每当工作、爱情的低潮袭来，叔叔就陪我在运动场上散步，一圈又一圈……

　　泪水模糊中，我看见叔叔沉稳地走上台。

　　今天他特别梳了个绅士头，皮鞋擦得铮亮，胸花端端正正戴在胸前。叔叔接过麦克风，缓缓开口："我从小到大很少有机会知道什么是感动到想哭的感觉，今天我总算体会到了……第一次见到薇薇，是在 22 年又 6 个月前，那时候她还未满 14 岁，是一个懵懂的小孩……平常生活中，她叫我叮当、当当，不管她叫我什么，我们感觉就是一家人……"

　　22 年又 6 个月啊！叔叔已经陪伴了我超过我人生一半的岁月……

　　我一个箭步扑上前，紧紧拥抱叔叔，眼泪滚滚流淌。谢谢，谢谢你没有逃走，谢谢你没有嫌弃我是拖油瓶，谢谢你 20 多年来毫无怨言地照顾我们一家人……我内心更想说却说不出口的是："在我心中，你不光是我叔叔，你还是我爸爸！"

　　此时，我眼角的余光不经意瞄到了台下的老爸。

　　老爸的眼中，似乎闪过了一抹黯然。

　　好强的老爸啊，我……谢谢你，也对不起。

　　人生很难，也很美，我懂了。

三

　　第二天，我急着看照片，催促哥哥把他的相机接到电视上。喜宴的场景一幕幕重现……等等，这是什么？我按下暂停键，歪着头研究。画面上，是叔叔的侧脸，他正低着头认真地看着手上的小纸条。

　　我用手拍拍哥哥，问："你拍这张照片的时候，叮当在看什么啊？"

"小抄啊！"

我纳闷，随即脑筋一转，心头暖了起来。啊，竟然是小抄！

我以为叔叔是上台即兴发言，没想到拘谨的他竟然一丝不苟地拟了讲稿。

当晚我眯着眼，贼乎乎地追着叔叔确认，"叮当，听说你有做小抄哦，被我发现了！"

"对啊！"叔叔腼腆地承认了，"我之前在公司写好打印了出来，我怕一紧张就忘记了。"然后，叔叔接着说，"我在外面看小抄的时候，正好你老爸朝我走过来。"

"我老爸？"我紧张不已，"他在干吗？"

叔叔笑了出来，"他啊！我看见他手上也拿着小抄在看……"

我多想亲眼见证那一个画面。

两个爸爸，互相望着对方手中的小抄，错愕，停顿，然后忍俊不禁，一同扑哧笑出来。

画面开始往回倒。

我怎么会忘记，准备婚礼的时候，为了制作影片，我打电话给老爸，询问他当年离家时带走的照片里可有我。几天后，老爸寄来一个整理好的文件夹，从我呱呱坠地，到小学时跑接力摔伤，到大学毕业典礼……他将照片按顺序排列好，还清清楚楚写下说明，原来我一直都在他心里。

我怎么会忘记，出嫁前，我偕同小胡子到奶奶家给祖宗上香，老爸从房里走出来，亲手为我戴上一枚珍藏多年的玉佩。他紧紧握住我的手，郑重地把我交给小胡子，目光中含着深深的嘱托。"阿薇以后就交给你了。"老爸眼睛一红，哽咽起来。

我也绝对不可能忘记，婚礼上，我与小胡子步上舞台，主持人接着邀请双方家长上台举杯。在台上忐忑不安的我，清清楚楚地看见老爸第一个起身，带笑走向叔叔，毫不迟疑地伸出手，大方地邀请叔叔先上台。

我恍然大悟：

有些人的爱在身边。

有些人的爱说不出口。

我不知道老爸带着多少感谢伸出了这双手，欢迎另一个男人在女儿的大喜之日，与他一同分享"父亲"这个宝座；又有着多大的气度，看着女儿在台上激动地表达对另一位爸爸的无尽谢意。

我一直记得我有两个爸爸。

我却忘了，两个爸爸都只有我这唯一一个女儿。

倘若我无法把自己分成两半，就只能加倍努力当爸爸们的女儿。

老爸们，谢谢你们以我为傲，因为我也，深深地，以你们为荣！

文 / 岑　桑

两碗孝心

一

2009 年，老吕 53 岁，在小区里开了一家小饭桌，每到中午，就有一大帮放学的孩子赶过来吃饭。他不会做什么美味，只会做猪肉炖粉条、冻豆腐大白菜，热乎乎的一人一碗，不够再添。

老吕中年丧偶，膝下一子，名叫吕放，大学毕业后，进了一家国企。工厂分了宿舍，只有周末，他才有时间回来帮老吕打理一下被孩子们闹翻的家。

大家都说老吕总算熬出头了，辛辛苦苦把儿子供出来，就剩享福了，但老吕自己可不这么想。吕放已经 24 岁了，房子还没有，婚礼肯定也要不少钱。想一想，老吕就觉得愁。

吕放的女朋友叫小梅，父母一个是市环卫局的干部，一个是大学副教授。出身书香，家境殷实，老吕觉得儿子算是高攀了。

4 月的周末，吕放回来买了烤鸭。老吕炒了几道小菜，开了瓶酒。吕放随口讲着自己的近况，说："小梅最近老问我以后有什么打算，估计她爸妈那边催婚了。"

老吕问："那你准备咋办？"

"不知道，没钱能办什么啊，只能再让她等两年吧。"吕放忍不住叹了口气。

吕放总觉得自己特别愧对小梅。因为凭小梅的条件，可以找个比他更好的。如果不是见了小梅父母，吕放还没有这样真切地感到压力。

小梅妈妈说："让你买房也不实际，我们在市区还有套房，就给你们结婚用，但是装修、电器总要负责的。我们女儿从小宝贝到大，你总不能一分不出，就随便娶回去。"

小梅妈妈提出的条件，一点不苛刻。可是按照她的眼光品位，装修、家电至少也要 15 万。吕放算了一下，自己工资一个月 2900 块，不吃不喝也要 4 年才能攒够 15 万。

小梅说："别担心，还有我呢。"只是，小梅越是这样说，吕放就越感到内疚。

这一年的 9 月，老吕给孩子们做了最后一顿饭，送他们闹哄哄地上学去。"十一"长假之后，他开了 5 年的小饭桌，就要停了。

有小男生问："吕大爷为什么不做饭了呢？"

一个包打听的大女生答："大放哥结婚钱不够，吕大爷把房子卖了。"

老吕关起门来，看着满屋子的空饭碗，心里有一点酸。他喜欢这群孩子，不过，相比起来，他还是更希望吕放能尽快把小梅娶回来。

二

老吕卖了房子，才告诉吕放。吕放回来急了，问他："你把房子卖了，住哪儿啊？"

老吕说："我都安排好了。房款你拿 15 万去装修，剩下的我留着养老。我和老赵都商量了，他租给我一屋，我们俩正好搭个伴儿。"

吕放知道老赵，老吕的老工友，打了一辈子的光棍儿。吕放这才放下心。他说："这么大的事，怎么也该和我商量一下，老了老了，连个房也没了。"

老吕说："我要房干啥？早晚还不是你的。"

那天他们一起收拾东西。吕放从壁橱底下，找出一大箱子的插片模型，全都是初一的时候老吕买给他的。那一年，母亲病逝，吕放心情低落，学习一落千丈。老吕知道他喜欢模型，于是时不时地买给他。东西不贵，10块一套，老吕整整买了312套才换回吕放的笑容。那时候，老吕一个月只有800块。

2010年，吕放和小梅大婚，婚礼之后，还余下一点闲钱，俩人来了次马尔代夫蜜月游，回来还买了两只杧果木的大碗送给老吕。

小梅说："大放非要买这个给你，说一看见它，就想起了你的小饭桌。"

老吕笑得合不拢嘴，说："真是我儿子，知道我喜欢啥。"

房子卖了老吕没舍不得，真让他心疼的，就是他的小饭桌。他想念那些孩子们吵吵嚷嚷的叫声，总让老吕想起吕放小时候也是这么淘，这么能叫。

老吕和小梅说："他以后不听你话，就揍他，他皮结实着呢。"

小梅听着，挽着吕放的胳膊笑起来，她说："有爸给我撑腰，看你以后敢不敢欺负我。"

老吕看着眼前打情骂俏的小两口，心里的石头终于落地了。

2011年，吕放有了儿子，取名吕乐源。孩子放在了娘家寄养，每周老吕都蹬着自行车去看孙子。起初老吕会带点玩具去，拨浪鼓、小喇叭什么的，可是小梅妈妈不太喜欢。她抱着孩子说："亲家啊，你买的这些路边摊上的东西不行，小毛刺儿都没锉干净，塑料味还这么大。小孩拿着危险，还不健康。"

老吕忙点头说："好，好，我下回不买了，光带眼睛来看看孙子就行。"

他伸手来抱孩子，小梅妈妈却躲开了，她说："手洗了吗？"

老吕殷切地说："洗了，洗了。"

小梅妈妈把孩子小心地放在他怀里，说："抱歉啊，小孩子太磨人，对你招待不周。"

话说得客气，老吕还是听得明白，他来就是给人家添麻烦。那天回家的路上，他一边蹬车，一边想，以后还是少去吧，免得让吕放难做人。后来，他改成一个月去一次，剩下的时间看照片。

2013 年，吕乐源两岁了，听话、懂事、爱说话，不只会背诗，还会唱英文儿歌。不过，高标准的早教把小梅妈妈累出了心脏病。

吕放把儿子托给老吕，自己到医院忙前忙后，他觉得自己欠小梅家真是太多了。

那段日子，老吕和老赵的生活一下有了生气，两个老头儿，天天围着孩子转。老吕拿出看家美食，猪肉炖粉条、冻豆腐大白菜，还翻出吕放以前的模型，陪他一起插。

吕放周末来看他，问他累不累。老吕眼睛亮闪闪地说："你丈母娘住院，我不好这么说，但是真的，我等这天好久了。"

但是，这样美好的日子不太久。春节前的一个月，小梅妈妈出院了，把乐源接了回去。她见到孩子的第一眼，就怜惜说："唉，怎么吃得这么胖啊，太不健康了。"

老吕在一旁，"嘿嘿"干笑了两声，不知道说什么好。

三

2014 年的 5 月，天气暴热。老吕骑车看孙子的路上，突然脑出血，摔倒在地上。救护车来的时候，他已经神志不清了。吕放接到消息，赶到医院已经是晚上了。

吕放在他身边，一遍一遍叫他，老吕才恍惚醒过来。他看了吕放一眼，茫然地说："几点了？我还没洗菜呢，一会儿孩子们就放学了。"

吕放心里害怕地问："爸，说什么胡话呢？"

老吕却合上了眼，再也没有睁开。

老吕的葬礼很简单，就像他简单的一生。出殡的前一天，吕放去老赵那儿收拾遗物，一箱夏装，一箱秋冬装，一箱零碎的杂物，一箱插片模型和一箱不锈钢碗。

老赵倚在门口说："你爸啊，总念叨想把小饭桌再开起来，就不用没事想你和他孙子了。唉，都说养儿防老，可到头来，房子都没了，还不如我呢。"

那一刻，吕放才发现，他总是觉得亏欠了小梅，亏欠了儿子，亏欠了岳母，却从不知道自己最亏欠的，是为他操心一辈子的父亲。因为有种爱，总因为血缘的亲密而被当作理所当然。

吕放搬箱子出来的时候，老赵忽然喊住他，他拿出两只木碗说："快拿上，你爸的宝物，这可是他儿子送给他唯一的礼物。所有孝心，也就够装这两碗吧。"

吕放捧在手里，突然跪地不起，泪如雨下。

陆

穷人的遗嘱

文 /（台湾）小野

老妇人的半碟冷菠菜

　　我注意到那个刚刚走进餐厅一脸病容的老妇人，她好像刚从另外一个世界走进来，一脸的彷徨无助。

　　原本就因为人手不足忙得有些心浮气躁的女孩，走过来问她要点些什么，她茫然地望着女孩说："简单就好，我吃点青菜。"女孩耐着性子如机械般回答了几种菜，她点了菠菜。然后两人又讨论了许久，老妇人又点了一碗四神汤，女孩松了口气，转身向厨房念了两声，快速奔向别桌。

　　这个城市越来越容不下节奏太慢的老人了，尤其是在那些有年轻人当服务生的地方，像是快餐店或是超市。年轻的消费者通常都很清楚地点了东西，付了钱就迅速离开柜台，动作干净利落。老人总是问东问西举棋不定，掏钱的动作又很慢，对方找了零钱还会抓不稳掉了一地，如果再给张小小的贴纸恐怕会弄掉老人半条命。老人走进超市或快餐店，听到服务生嘴里咕咕哝哝地说着一些像机器人说的话时，会以为自己踏进了火星。

　　四神汤和菠菜端上来了，老妇人还是一脸茫然，她嫌菠菜太多了吃不完，她感到相当困扰，于是她向隔邻的中年男子求助："我把菠菜分你一半好吗？你看我都还没动筷子。"中年男子笑着摇头说他也点了青菜。被拒绝后的老妇人转而拜托另一桌的年轻人，四个刚下课的中学生也笑笑说不要，好像怕被老人沾染到什么般。

　　我想到吴念真写的《八岁，一个人去旅行》，故事中，八岁的阿钦在车上遇到一个卖完菜要回家的陌生老婆婆。其实阿钦不太敢看脸上抹了白粉的老婆婆，但是当老婆婆昏睡过去后，阿钦以为她死了，吓得大喊救人啊。救醒后，全车的人都以为阿钦是老婆婆的乖孙，阿钦也就扮演起老婆婆的孙子了。我的一位朋友说，他每看一次哭一次。

　　我望着自己满桌的菜想着，如果老婆婆来求我，我就欣然接受。果然她站起来走向了我，我说："好的，正好我没点青菜，谢谢你。"她如释重负般给了我半碟菠菜，还向我鞠躬说："谢谢你啊。"老妇人终于安心地回到座位上慢慢地喝着大概已经凉了的四神汤。

　　我吃着老妇人送给我的半碟菠菜，想着她的惜物和善意，对现代人而言反而是无法理解的事了。老妇人喝了汤吃了菠菜似乎有了点食欲，于是又加点了一碗卤肉饭。她去柜台结账时女孩要她摸个彩，她摸出一张食品兑换券，是一个卤蛋。为了这个卤蛋她们又讨论了很久，老妇人望着我思考着。

　　"她是不是又想问我，可不可以和她分半个蛋？"我摸着已经胀起来的肚子有点担心地想着。

文 / 彭　波

30 分钟的相见

那天，我坐机场大巴赶往首都机场。到第二站友谊宾馆时，车停，身边落座一位老妇，怀抱的大纸袋子碰了我的胳膊。她不好意思地笑了笑，我欠欠身体，腾了些地方。老人擦擦额上的汗，用的是手绢。

"这个手绢，我小时候也有。"我说。

老人一笑，尽管眼角多皱纹，却仍是干净利落，衣领整齐笔挺。

"您去哪里？自己坐飞机吗？"

"不是，去看女儿。女儿从日本去香港，在北京转机，能停半小时，我给她送两本德文字典。"原来是字典，怪不得袋子角这样坚硬。但是，不对啊，这国籍关系怎么这么混乱？

"女儿在德国留学，后来嫁了个德国人，这是先去日本开会再去香港出差，说上次回来忘记带字典了。"老母亲紧紧纸袋子的绳子，抱着袋子的手上有片片老年斑。哦，和我的妈妈一样，只要是孩子的一点需求，都积极得好似上了发条。

"孩子多大了？"

"35 了。"

"从读书就不在家里吗？"

"是呀，孩子忙学习、忙工作，我们都开明、都支持。中间也回来住过，和她丈夫一起。后来又回德国去了，女婿受不了咱这里的空气，得了鼻炎。"

"您舍得让孩子走啊？"

"不舍得，可也没办法。"她拢拢头发，"从她上学就离开家了，习惯了。我和老伴儿以前还去德国看孩子，这几年不行了，折腾一次缓不过来……不过，她每次来北京出差或者转机，我都能见上。"

"每次转机都去见吗？"

"每次啊，早点出门，不让孩子等。"

一路还聊了许多，都是围绕老人的女儿：小时候如何调皮、长大了如何优秀、德国的大房子和湛蓝的天空、每次去机场的雀跃。

可是，我一点也不高兴，为这个普通的中国母亲，68 岁的年纪，还抱着那么重的字典奔波着，只为 30 分钟的相见。

大巴到了机场，我抱着袋子送老人去了国际出口。那架从日本来的航班晚点了，老人说："我等孩子，比孩子等我好。"她硬塞给我随身带着当早餐的饼干："姑娘，快走吧，别误了飞机，谢谢你呢。"

我常常会想起这个母亲，以及这 30 分钟的相见。

文 / 鲁西西

愧对江湖陌生人

18 岁那年，我来到了深圳。因为工作原因，我需要买一台笔记本电脑。在许多人的印象里，深圳遍地都是骗子，像我这样对电脑一窍不通的小女孩，要去华强北电子市场买电脑，就很有可能被宰得鲜血淋漓。

我先上网，看到许多电脑销售员发的广告旁边还打着手机和 QQ 号，我想不如先了解了解行情。

我加了小林的 QQ，直接对他说：我想买手提电脑。

小林：好啊，你想买哪种？

我突然想起一句话，不想被别人骗，就要先骗别人。我就说：哥哥，我是被老乡叫到深圳来打工的，没想到来了以后，那家公司是皮包公司，白干了两个月，现在拿不到一毛钱。好在我还会写写东西，我想买台电脑就可以给人家做兼职……我身上就剩下买电脑的钱了，这是我最后的工作和希望……

不想，他就相信了，叫我把写的东西给他看看。

过了好一会儿他才问：你现在身上总共有多少钱？

我谨慎地打个埋伏：几千块，你就往又便宜又好的介绍吧。

他说：你有空过来看看，我不会卖水货给你，你放心好了。

下班以后，我坐车去了华强北。我跟在小林身后，七拐八弯走了不少路，最后走进一座大厦。走出电梯，经过那有些阴森的楼道的时候，我忍不住打了个寒噤。

我慌乱地走在他身后，不断地幻想电视上的场景，一会儿是他亮出一把刀，逼我把钱交出来。一会儿是麻袋扑在我头上，我眼前一黑。

直到走进小林公司的办公室，看见里面到处摆放着的手提电脑，我才松了一口气。他给我推荐了一台机子，确实很便宜，但是我看了以后不满意。

我对旁边的进口机倒是有点兴趣，小林说，你现在只有几千块钱，什么时候能赚到钱也不知道，暂时不要买那么好的，然而，太便宜的机子并不在我考虑的范围内。客气几句，我就想告辞走人了。他说：很晚了，你还没吃饭吧，一起去吃吧。

我心里想，这些销售人员真厉害呀，为了卖电脑连请顾客吃饭这招都用上了。

米粉店里，小林坐在我对面，有一搭没一搭地聊着。他突然说：我那里有一台台式的，你不嫌弃的话，可以先搬去用。

怎么这么好？我有点不相信地抬头看他。

小林看出我的疑惑，说：其实我也曾有过关于文学的梦想，也发表过文章，大学毕业以后，我在老家的中学当语文老师，后来辞了职，来到深圳做电脑销售。很多人不理解，可是我想我的生活不应该一成不变……深圳是个有梦想的地方，你不要怕！

我霎时被击中，我以为他不过是无商不奸、胸无大志的卖电脑的。我这个自作聪明的人，在他面前耍小聪明，还在心里看不起他。

小林一晚上为我介绍和挑选便宜机子，以及他请我吃的八元一碗的米粉，都被我当成他的生意手段了。他的那番话，才让我明白，我可能误会他了，我听懂了他的真诚。我将脸深深地埋在米粉碗里，眼眶突然就红了。

我终究没有在他那里买电脑，我心虚得不敢再面对他。那个周末我和我的好朋友，按他告诉我的价格，远远地绕过他工作的店，在另外的店里买了两台进口的手提电脑。

满载而归的时候，小林的短信发了过来：我看见你和你朋友在电子城买电脑了，你买了什么型号，多少钱？我心虚得没有回复他。

他又发：你不要觉得没有在我这边买电脑而不好意思，我这样问，只是怕你在其他地方买被别人骗了。

我只能继续充当骗子，我说，我是陪我朋友来买电脑的，以后可以用她的电脑，谢谢你。

这一次，我不知道他会不会轻易相信。

好几个月以后，小林又给我发短信：你现在在深圳好不好？我有一些担心你，我没有回。他拨我的电话号码，我又摁掉，没有接。

我这个虚伪怯懦的骗子，不配面对他的真诚。那一年，深圳的天空很蓝。我骗了一个我不想骗的人，因此无法成为他的朋友。

文 / 张羽

第一张处方是关爱

　　我在北京协和医院感染科实习的时候，老教授王老师跟我们谈过过度治疗的问题。

　　她非常严肃地警告我们这些马上要被撒到临床一线、开始执掌处方大权的预备役大夫说："当大夫的要记住，人吃五谷杂粮，没有不得病的，很多时候机体有着强大的自我修复和愈合能力，治疗的原则是能不吃药就别吃药。我有个老年病人，就是躺床上吃大丸药愣给噎死的，结果一问家属，说老太太消化不好长年吃山楂丸，这种万金油不吃又能耽误什么大病？！

　　"能吃药解决的问题就别打针，万一这一针扎到坐骨神经上病人就惨了；能打针解决的问题就别输液，输液那是把不属于身体的东西直接输注到血液里，就算输最简单的葡萄糖或者盐水都可能发生罕见的输液反应，抢救不及时的话是会死人的。当大夫重要的是知道自己有几斤几两，知道自己能干什么，不能干什么。很多病人不是被大夫治好的，只是没让大夫治死而已。"

　　最后一句，引得我们一群学生哄堂大笑。大家在嘻嘻哈哈之间就下课了，可能并没有太多人把老教授几十年行医生涯总结提炼出来的一番语重心长放在心上。

有时候，我们并不是学得太少，上了这么多年的医学教育课，细细回想，那些指导我们大是大非的方向性问题和关键性语句老师都有涉及，但是因为没有亲身的经历和体会，我们不见得会用心思索和琢磨。

大学毕业后，我回老家过最后一个暑假。东北的夜晚凉爽极了，我和爸妈看完电影牵手散步回家，路过人民医院时，听见一个妇女在号啕大哭。原来她的独生儿子已经念高二了，因为发烧来人民医院看病，医生说应该就是普通感冒，想快点好不耽误功课就打针吧。家长怕耽误孩子学习，于是很快就划价缴费从药房领回一针安痛定、一针地塞米松，还有一针青霉素。结果，主药还没用，一个极小剂量的青霉素皮试，就出现强烈的过敏反应，瞬间索走了高中生的命。

从我正式执业以来，每一次我的圆珠笔在中间垫着复印纸，一式两份薄薄的处方纸上龙飞凤舞之时，我都在心里反复问自己，这药是不是必须？有没有给病人过度治疗？不吃药是不是也可以？吃了药以后的副作用会不会得不偿失？有没有更好的办法？

老主任说：医生开给病人的第一张处方是关爱，对于初出茅庐的医生来说，除了关爱，应该还有一张更重要的处方需要时刻谨记在心，叫作"不要伤害"。

文／［美］鲍勃·布劳顿译／王文婷

最暖心的事

　　10 年前，我从得克萨斯州的乡村来到纽约开出租车谋生。开出租车会碰到形形色色的人，有的人幽默诙谐，有的人失意忧郁，还有的人自命不凡，但让我印象最深的莫过于一个老太太。

　　那是 5 月份第二个星期六的深夜，我接到城郊的一个叫车的电话。我想，也许是一些参加完晚会的人，或是某个刚赶到这个城市过母亲节的人。

　　我到达目的地时是 3 点 30 分，一栋破败的公寓楼黑黢黢地立在我的眼前，只有一楼有一个房间透出一点灯光。这种情况下，大多数司机顶多只会按一两声喇叭，稍等片刻，然后开车走人。

　　因为这个时间和地点时常会出现治安问题。然而，我也知道这个时间在这样的地方打车不易，再说也许这个客人有点困难需要我帮一把呢。于是，我走到亮灯的那户人家敲了敲门。

　　"等一会儿。"回答我的是一个苍老虚弱的声音，我听到屋内有什么东西在地上拖动。隔了好久，门开了，一个 80 多岁的瘦小的老太太吃力地拖着一个大包走了出来。她身穿一件印第安大花布上衣，头戴一顶圆桶形帽子，帽子上还罩了一条面纱，活脱脱是一个 20 世纪 40 年代好莱坞电影里走出来的人物。

"你能帮我拎一下包吗？"她说。我先将她的包拎上车子，然后又回头搀扶着她。她走得很慢，边走边对我感谢不尽。

"这没什么。"我说，"我这是为我的客人服务。再说，我希望我的妈妈在外面也能得到同样的服务。"

"你真是一个好人。"她说。进了车子，她给了我一个地址，问："能不能从城里走？我很想再看看这座城市……"

"能，不过这就不是最近的路了。"我答道。"这不要紧。"她说，"我不着急。我是菲奥娜小姐，不过人们都叫我菲奥娜太太，是去圣洛安敬老院。"

我从后视镜中看了她一眼。菲奥娜太太的眼窝里有一滴亮晶晶的东西。"我孤寡一人。"她继续说道，"医生说，我剩下的时间不多了，不然我不会去的。"

我悄悄地伸手关掉了计程表。经过城里的路程一刻钟就能走完，然而我们却花了足足有两个多小时，因为她一会儿让我慢行，一会儿让我停车，还不时地讲着话。菲奥娜太太指着一座大楼，告诉我她曾在这儿干过电梯操作员的工作。在经过一个居民区时，她说她和丈夫结婚的新房就是在这里。她要我将车子在一个商场前停了一会儿，她说这里曾是个舞厅，年轻时她在舞厅当过舞蹈指导老师。有时，她会让我在某一个地方放慢速度，然后默默凝视前方，一句话也不说。

当第一缕阳光露出地平线的时候，菲奥娜太太这才说："我累了，走吧。"

车子来到了她要去的圣洛安敬老院前，敬老院的两个工作人员正在等着我们，工作人员说："这位老太太一直不肯来敬老院，现在她患了肺癌，才同意来敬老院，而且必须在今年的母亲节来敬老院。"工作人员说着给她推来了轮椅。

"我应该付给你多少钱？"菲奥娜太太取出钱包问我。

"不要钱。"我答道。

"你也要养家啊。"菲奥娜太太说。

"还有其他客人呢。"我说，接着几乎是不假思索地弯下腰拥抱了她。她紧紧地抱住我说："你给了一个老太太一小会儿快乐的时光，谢谢你。"

我最后握了一握她的手，然后走向暗淡的晨曦。我的身后响起了关门的声音，这是一个即将结束的生命发出的声音。一路上，我在想，如果今天带菲奥娜太太的是一个脾气急躁没有耐心的司机，如果我在公寓楼前按一两声喇叭后就把车开走，又会是怎样一种情形呢？

我做的这件事情似乎微不足道，但是现在想起来，却是我一生中最暖心的一件事情。生活中，我们往往千辛万苦只为干成一件暖心的事情。然而，有时候我们干成了一件很了不起的暖心事，自己却毫无察觉，这是因为它裹在一件我们认为微不足道的小事情里。

文 /（台湾）履疆

鸽　子

　　每天清晨，总被隔壁人家的鸽子叫声吵醒，初搬来此地，颇有几分讨厌，后来，听惯了咕咕叫唱，倒觉得十分温柔。

　　鸽子是一种温柔美丽的鸟，妻从街市买了一只回来，每天细心照顾，它也懂得以最温柔的嗓音，取悦我们和正在牙牙学语的小彦斌。

　　隔壁人家的鸽子，对天气似乎格外敏感，每逢阴冷天，叫得分外起劲，我和妻猜测：人家养的鸽子大约是寒带地区的吧。

　　年初二那天，是嫁出去女儿回门的日子。我在后院莳花，墙那边的芳邻，传来盈耳的笑声。听说，他们家五千金都已出嫁，今日回了门，当然热闹了，难怪在她们的笑声里，还夹着咕咕咕咕鸽子叫声。小彦斌听了也学着咕咕叫起来，我们家的鸽子却无动于衷，兀自啄着羽毛。我有些恼火，拍了拍笼子，它才大梦初醒，咕咕地应着。小彦斌拍着手，墙那边芳邻五千金的笑声、温柔的鸽叫却一下子沉寂下来，我听到"砰"一声用力关门的碰响。

　　这就怪了！我心里有几分纳闷，难道她们只许自家鸽子吵，不准别家鸽子叫？

过了元宵，妻问我："怎么邻居鸽子不叫了？"

对啊，这几天没有鸽子叫了，飞走了吧！难怪我家鸽子也无精打采。

下班时，小隆刚好从巷子那头过来，我停下来，叫住他："小隆，你好！"

"叔叔好。"小家伙垂头丧气的。

"告诉我，是不是你们家鸽子飞走了，你不高兴？"

"鸽子？"小隆一脸迷惑。

我指着天空说："是啊，会飞的鸽子，那只每天一大早就咕咕叫的鸽子啊！"

小隆抬起头，忽然意会什么，捂着脸哇哇地哭了。

"没关系，你喜欢的话，叔叔可以送你一只。"我拍拍他的肩，他却恨恨地叫——不要！

隔天，妻告诉我，隔壁女主人病倒了，住进医院了。

我和妻在早上去医院探望她，一进病房，就听到熟悉的鸽子叫，非常温柔，我不禁有些兴奋。

病房里，没有鸽子。女主人躺在病床上，她患了严重的气喘病。在旁看护的五千金，向妻叙说着她们的妈妈早年怎样地含辛茹苦，以致坐月子时，自己洗一大堆衣服，染上气喘病久药不愈。

我决定让我家的鸽子远离鸟笼。

文 / 彭　湃

隔壁家的奶奶

昨天晚上，我又和隔壁家的老太太吵了一架。

我目前租住在一间老式民房里，外面看起来虽旧，但我那间房被房东重新装修过，条件还行，加之离公司近，我住了已有两年。我隔壁屋子住着一位 80 多岁的老太太，身体还算健朗，耳朵稍微有点背，总是一个人。每次房东过来收租，都会给她带点东西，他们曾是多年的邻居。

我是上班族，朝九晚五，跟她并无交集。每天下班回家，能隔着破旧的房门听到收音机的嘈杂声，一般是电台的花鼓戏。

昨晚，她愤怒地敲开我的房门，非说我偷了她的火钳。我十分冤枉，我住的地方没灶台，也不用煤，要她的火钳干吗呢？我把她请进屋，让她里里外外找一遍，她没找到，一口咬定是我藏起来了。

我们争执不下，引来了不少邻居，她当众胡搅蛮缠倚老卖老，说我年轻人欺负一个老太婆不要脸。到后来更是用方言骂我，都是些不堪入耳的脏话。我气得要命，摔上门不再理会，她在外面继续喋喋不休地骂了半小时。

晚上我气得都失眠了，今早一觉醒来上班迟到了，索性请了半天假。

11 点出门，在楼道间撞见老太太，她吃力地扛着一张旧饭桌，卡在楼道间进退两难，楼下附近有个垃圾站，每次看到还能用的生活用具她都会捡回家。

我生怕她闪到腰，忙帮她扛。

"哎哟，谢谢，小伙子啊，你人真好。"她完全忘了昨晚的事，笑得满脸皱纹。

我心头一酸，顿时还有点责备自己：昨晚干吗要跟一个老人较劲。

记得奶奶离世前两年，身体急速衰败，记性越来越差，常常说自己藏的钱不见了，接着骂我们偷了她的钱，又骂又闹。到后面更严重，不肯吃饭，说饭里有毒，我们想毒死她。那是我第一次感受到，衰老是一件多可怕的事，它不但摧毁着自己，更折磨着亲人间多年建立起来的温情。

再后来奶奶不哭也不闹，变得异常安静。每天搬着椅子在院子里晒太阳，天色暗了，再搬着椅子步履蹒跚地走回家，一步一步，要走上好久。我想扶她，她却笑着说不用。我想她只是放弃了挣扎和不安，坦然接受。

接到她病危的电话是在三年前的夏天，赶回家时她已陷入昏迷，医生说："就这一两天的事。"

我记得那天下午阳光很晒，有风，能听到前院风吹过樟树的摩挲声。我守在床边，自言自语地说起儿时的事，那时候奶奶身体还很好，家务活全揽，晚上还领着我们三姐弟去河边散步，奶奶最疼我，给我买的冰棍比姐姐们的都贵。我边说边哭，后来奶奶干枯的眼窝里也流出一滴浑浊的泪，没多久，她就断了气。

说也奇怪，现在每次想到奶奶都是温暖的，最后两年里的糟糕也变得不再糟糕。

我把桌子搬进家，给老太太擦干净，摆好。老太太给我端来一杯热茶，手一直抖。她又说起了自己的儿子，在当兵，镇守边疆，不能回家，还有一个女儿，嫁去了北京，工作忙，没时间看她。但是他们都很孝顺，惦记着她，经常给她寄东西。

我笑着说："婆婆您真有福气。"

脑中回想起刚住进来第一天，我问过房东，隔壁老太太为何一个人？房东只是叹了口气，摇摇头。

手中的茶冷了，我起身要走，发现窗户开着，外面飘着冷雨，凉风嗖嗖地刮进来。我上前关上，老太太忙阻止我说："别，别关。我呀，耳朵不好使，万一儿女回来了，叫门我听不见可怎么办啊。"

"是啊。"我蓦地收回了手。

晚上下班回家，我去五金店挑了一把旧点的火钳。回家时，悄悄放在了老太太门外，希望明天一早，她会惊喜地跑来敲开我的门，告诉我：火钳找到了，小伙子，我错怪你啦。当然，我知道这不可能，她早忘了。

就如世界忘了她。

文 / 顾晓蕊

欠你半袋苞谷面

　　1945 年的深秋，一个十四五岁的少年背着竹篓，沿着崎岖的小路走进山林。父亲去世得早，家里有多病的母亲，年纪尚小的妹妹，因而，他孱弱的肩上早早地扛起生活的重担。他在山林里转来转去，想找些可以果腹的食物。

　　然而，正赶上饥荒年，丛林中可充饥的野菜、草根，大都被村民们挖了去。在林子里转悠了半天，只采到很少的山野菜，他又累又饿，坐在一块大石头上歇息。

　　抬头向远处望去，薄雾笼罩的丛林中有一处山谷，当地人称空幽谷。据说四周危崖壁立，怪石嶙峋，且有凶猛的野兽出没，村里人都不敢进入那片山林。他脑子里突然冒出一个想法，那里或许能找到些吃的。

　　早上临出门时，妹妹拽住他的衣角哭，嘴里喃喃地说："哥哥，我饿。"她的头发乱蓬蓬的，身子瘦得像根细竹竿，走起路来直晃悠。想到这里，他不由得鼻子一酸。最终，饥饿战胜了恐惧，他站起来，向山林深处走去。

　　少年拖着疲惫的身子，走走歇歇，不知过了多久，他终于来到一片寂静的密林深处。

他边走边东张西望，用树枝胡乱地拨着草丛，忽见地上冒出来些蘑菇。少年心中大喜，忙走到跟前，弯下腰去采摘蘑菇。不料脚下一滑，他感到天旋地转，整个人向山坡下滚去，待回过神来时，身体已被一截树杈拦住。

只觉腿上一阵剧痛，他低头一看，血顺着裤腿淌出。少年咬牙忍着椎心的疼痛，脚步蹒跚地向上爬去，费了很大的劲才爬到坡上。

他倚在一棵树下，大口大口地喘着粗气。就在这时，不远处传来一声声嚎叫，那声音阴森诡异，听得人汗毛直竖。少年吓得面如土色，身体蜷作一团。

片刻后，更可怕的事情发生了，草丛里露出一双发着绿光的眼睛，凶狠的目光直直地盯着他，那是一匹毛发灰黑的野狼。少年眼中布满惊恐，想要逃跑，却浑身瘫软。

野狼猛地跃起向他扑来，他绝望地闭上了眼睛。在这危急时刻，只听"呼呼"两声枪响，待他再睁开眼时，狼已应声倒下。回头看去，树后站着一位老猎人，手里端着一支猎枪，是他及时扣动了扳机。

这位头戴毡帽、须发花白的老人，一脸惊奇地问道："你这个男娃子，胆子也忒大了点，怎么跑到这荒谷里来了？"少年仍惊魂未定，浑身直打哆嗦，结结巴巴地讲了他的经历。

那老人手捻着胡须，若有所思地说："这会儿天色已晚，你的腿又受了伤，今晚就去我那里暂住一晚吧。"他感激地应道："我听您的话，就是给您添麻烦了。"老人肩上扛着猎物，搀着受伤的少年，来到一间破旧的木屋里。

老人给他的腿上涂了些草药后，便到灶前烧火做饭，一股浓香从锅里飘出来，袅袅的香气直钻入少年的鼻孔。过了一会儿，一大碗冒着热气的肉汤摆到面前，少年眼睛一亮，端起碗来吃得满嘴流香。老人一脸慈爱地看着他吃完，又铺好床，让他安然地睡下了。

第二天吃过早餐后，老人装了半袋苞谷面，还包了一大块狼肉，让少年带回家当作过冬的食物，随后，又亲自将少年护送出山谷。老人站在一处土坡上，目送他离去，少年走出好远再回头看，老人如一尊身披霞光的雕像。

"儿啊！"母亲急急地迎上前说，"你昨晚去哪里了，娘担心得一宿没睡。"他讲了这一路的奇遇，母亲眼里闪着泪光说："你遇到了'活神仙'，咱们全家都要记得他的恩德！"

多亏了那些带回来的食物，少年与家人才能勉强度日糊口，熬过那个异常寒冷的冬天。

两年后的一个秋日，在母亲的催促下，少年背着新磨的半袋苞谷面，又一次走进了山林。他凭着记忆一路摸索，来到老人的木屋前，只是人去屋空，老人已不知去向。

几十年一晃就过去了，当年的莽撞少年，成了满头白发的老者。他的儿子走进一座大城市，成为一名机关干部，并已在城里娶妻生子。这位老者就是我的爷爷，少年遇狼的故事，是我从父亲口中听来的。

那几年，逢上村里集资建桥、重修校舍，爷爷打来电话，父亲在电话这头诺诺应道。没过几天，一张载满爱意的汇款单寄往山村，父亲说钱不在多少，只是为了尽一份心意。

村里有人到城里看病或办事，经常会按爷爷给的地址找上门，托父亲帮忙。父亲每每笑脸相迎，尽量抽出时间帮着张罗。我对此有些不解，父亲笑呵呵地说："都是乡里乡亲的，能帮上忙的尽量帮，更何况你爷爷一直有个遗憾，我这是为他偿还心中的那份亏欠。"

日子越过越好，父亲想把爷爷接到城里来享享清福，可爷爷却婉言回绝，说在乡下住惯了。两年后的一天，接到老家打来的电话，说爷爷得了重病，经查已是肺癌晚期。

我们一家人匆匆地赶回老家，躺在病床上的爷爷已气息奄奄。父亲俯在他床边轻声说："爹，你想吃点啥？"没想到爷爷说："我……想喝碗玉米糊糊。"

当满满一碗玉米粥端上来时，爷爷颤巍巍地伸出手来，忽又无力地垂了下去。众人齐齐地扑通跪倒在床前，顿时悲声四起。顺着爷爷手指的方向，家人忽然明白了，欠下的半袋苞谷面，成为老人一生未了的心愿。

文 / 李家同

穷人的遗嘱

　　我做律师已经快 30 年了，当然常要处理遗产的事，通常需要律师处理遗产的人，多半是有钱的人，可是我曾经处理一个案件，写遗嘱的人却是一个没有多少遗产的神父。

　　这是 20 年前的事，一位在南投县乡下的年轻神父写信给我，他说，他们那里的老神父病重，需要一位律师去见证他的遗嘱。我信天主教，他们请我去，当然希望我能免费服务。

　　身为天主教徒，我觉得这件事义不容辞，立刻就去了。老神父虽然病重，却不愿住院，住在教堂里。我去的时候，他很清醒，但非常虚弱，已经不能说话，遗嘱大概是他口述以后，别人写的。

　　这一份遗嘱的主要内容都是对那位新的年轻神父写的，老神父在遗嘱中叮嘱新神父好多事情，比方说，有一位教友最近失业了，情绪很不稳定，老神父请新神父一定要去帮助他找一份工作；某某人酗酒，老神父叮嘱新神父帮助他戒酒；某某国中学生不想念书，成天混，老神父希望新神父好好地管教这个小孩子；某某年轻人在台中打工，有参加帮派的可能，老神父请新神父务必要使这位年轻人不至误入歧途。我记得大概有 7 个案例，老神父一再叮嘱新神父一定要认真照顾他们。

遗嘱的最后一句话"我的财产全部遗给张神父"，张神父就是那位新来的年轻神父。

我将遗嘱念了一遍，问老神父是不是的确写了这份遗嘱，老神父点了点头，他已经无法签字了，我们拉着他的手指画了押，如此就完成了手续。

几天以后，张神父告诉我，老神父过世了，我告诉他遗嘱已经开始生效。我当时好奇，问他究竟老神父有多少财产。新神父告诉我说，他们发现他遗有现款 200 元新台币，还有一些旧衣物和书，即使在 20 年前，200 元实在不算什么，老神父显然是个不折不扣的穷人，新神父从老神父那里好像没有得到任何遗产。

我每年都会收到张神父的一份报告书，说明他如何处理那 7 个案子，看来他处理得不错，也都有好结果。4 年以后，我告诉他，他已经照神父的遗嘱做了，以后不需要再送报告过来了，这个案子就此结束。

20 年过去了，我的秘书在整理档案时发现了这个案件，也勾起了我再度去南投乡下的想法，我设法联络上那位当时年轻的张神父，他仍在那里，我说我想去看他，他十分地表示欢迎。

20 年前，我就觉得乡下这里好舒服，空气新鲜，风景好，又没有交通拥挤，现在这种好感更加强烈了，当时的年轻神父现在已经步入中年，他一方面招呼我坐下，一方面仍在应付许多事情，我感觉到这个小村落的每个人都是他要照顾的，他和我谈话不到几分钟，就会有人来找他。

我们谈了一阵子，我决定问张神父一个问题，以解我的心头疑问。我问他那位老神父明明知道他只有 200 元新台币，为什么要在遗嘱中说他要将财产遗给他？张神父说他当时也不懂，他以为老神父老来糊涂了。可是几年以后，他终于懂了。他说他当时才从美国念完硕士回国，他毕业于美国的明星大学，硕士学位是生物化学，总以为自己会被派到大学去辅导大学生，没有想到被派到山间的乡下，他说这里的教友根本对他的学问毫无兴趣，他因此有些不安，也有点失望。

可是他规规矩矩地照老神父的遗嘱做了，一旦开始，他就全心投入了关怀村民的工作，他发现有好多人需要他的帮助，他也就成天帮助他们。有一天，他忽然发现，他拥有一个特别的东西，就是心灵上的平安，而他知道，如果他没有爱人，他是不会有这种平安的。

老神父当年叮嘱他爱人，然后说将财产遗给他，老神父的财产就是心灵上的平安，心灵上的平安不是白白地能得到的，只有真心爱人的人，才能拥有它，老神父的意思是："年轻神父，你如能真正的爱人，就能得到心灵上的平安。"

神父告诉我，他仍和他的老同学、老朋友有联络，他们也都常常来看他，和他们比起来，他的确看上去一无所有，但是他所感到的平安，却不是他那些同学所能享受的。

我们天主教徒，个个想得平安，但真正心中有平安的人是很少的，为什么？无非是因为我们没有抓到秘诀，我们应该知道，平安绝非白白地能够得到的，没有爱人是不能享受这份珍贵宝物的。

我开车回台北的时候，决定要将那份遗嘱好好地保存起来，因为它所牵涉的是一份无比巨大的财产，最重要的是：写遗嘱的人过世的时候，"一无所有"，是个道道地地的穷人。

文／周宏翔

所有的不开心都是要付费的

我曾有过一段非常不开心的时光，或许是因为工作，或许是因为感情，又或许是些微不足道的小事，但总归打不起精神来，在办公室如坐针毡，走在路上也觉得愁云惨淡，根本没有任何心思看完一部剧，甚至连早上起床也会觉得非常生气，质疑生活，也质疑自己。

那时候我住在古北，周围都是日本人，邻居、上下楼，时时刻刻听到他们用日语问好道别，当时我所在的公司在徐汇，不远，地铁可以直达，从水城路到徐家汇，不过 20 来分钟，所以我上班从来不匆忙。

隔壁的日本男人总是西装革履提着公文包出门，看见我会情不自禁地说一声："哦哈哟。"他笑得很诚恳，但我总是苦大仇深地看着他，甚至连一点回应也没有，到第二天，他突然改说起了蹩脚的中文，向我问好。

"早伤（上）好。"

"你好。"虽然我还是要死不活的，但是确实被他的热情感染到了，不得不回应一句。

就这样，我们成了早上问候对方的朋友，有时候下班回家也会遇见，他说他叫藤井，我说我只知道藤井树，在岩井俊二的电影里，是柏原崇演的。或许他没听太懂，但是就一直笑，然后点头说，是呀是呀。我想你都没听懂，摇头晃脑地答应个啥，但是出于对国际友人的尊重和保持中国人应有的素质，我没有揭穿他。

有一天他来敲门，说："我太太和我，吃饭，和你，想。"

虽然这语序实在有点怪异，但是我想我听懂了，当时我已经烧好水在泡方便面，原本想就此拒绝，但看着他恳求的眼神，我硬是把拒绝的话咽了下去。

踏进他们家的瞬间，我突然不知道该把脚往哪里放，整个屋子整洁得如同样板房，她太太竟也用中文说："你好，请进。"我有些举手无措，显得格外不自然，或许原本就没有和日本人交往过，加上心情确实不够好，所以也只是木讷地坐在那里，甚至想干脆找个理由回家好了。

桌上都是典型的日本料理，精致小巧而且色泽鲜美。藤井说："朵作（请）。"然后做了一个吃饭的手势，我不好意思地点点头，然后听到他问："你一个人吗？"我点点头，他又不觉说了一句："sabishi 呢。"我当时气的差点跳起来，这时他太太似乎注意到我的脸色，立马解释说："sabishi 是寂寞的意思。"我似信非信地看着她，又不想表现得无知，也就没再表现出过多愠气。

他太太原来是和中国客户对接的产品经理，所以中文比较好，虽然不流利，但是交流基本上没问题。反倒是藤井，他说两三句，我就总是误解成别的意思，后来干脆埋头吃饭，这时藤井太太突然说，我觉得你好像总不是太开心。

我抬头望了她一眼，说："有吗？没有吧。"

那是我非常难熬的一段时期，工作上遭受瓶颈，不管怎么做，似乎都得不到上级的认可，即使别出心裁想要做出一些不一样的事情来，结果却适得其反，弄巧成拙。

有时候面对一堆工作，做到晚上九十点，办公室剩下自己一个人，回家的路上才注意到女朋友的未接电话和短信，回过去只能惹来更多的争吵，最后不欢而散。回家躺在沙发上，一动不动，郁郁寡欢，电视里还放着相亲节目，那些成功的男人站在台上等着女人们亮灯灭灯，而我这样的人，估计连站在那里被选的资格都没有。

我怎么会开心呢？

有一天下楼遇到藤井太太买菜回来，看见我，也是热情地打了招呼，我随意地点了点头，就听见藤井太太说："千万不要不开心，否则会花钱的。"当时我先是一愣，然后望着她，她嬉笑道："我没有开玩笑，所以赶快开心起来吧。"

我没把藤井太太的话当回事儿，结果当天就丢了钱包，我狼狈地拨打各个银行的电话去冻结账户，然后到派出所补办身份证，那一天特别累，回家的时候，女友打电话来，问我周末都干嘛了，我说没干嘛，她就追问为什么没给她打电话，我不想说，心情依旧够糟，索性挂断了电话。

她发信息来，说："你再这样，我真的没法跟你好了。"我淡淡地回复道，"那就分手吧。"大概过了半个小时，女友发信息过来，说："你这些日子变了很多，如果你真的觉得累了，那我们就分开吧，不过准备和你一起买房子的钱，我想拿回来。"

我望着手机屏幕发了很久的呆，最后回了一句，"好。"

那天夜里，我辗转难眠，突然想起藤井太太说的那句话，思来想去，决定第二天去找她。因为调休，我正巧有时间，敲了藤井家的门，她丈夫已经上班去了。她看见我站在她门口有些意外，我说："能和你聊聊吗？"

或许是因为上班的时间，咖啡厅人很少。藤井太太坐在我对面，她是非常端庄的女性，虽然不知道岁数，但看起来确实很年轻，那天她穿着一件雪白的纱织外套，一点不像已经结婚好几年的妇人。

"藤井太太您说不开心的人都是要花钱的，是什么意思？"

"啊，高先生您是一直在想这个问题吗？"

"起初我也没有放在心上，但最近确实发生了一些事情。"

"哦，这样子啊，我那天说的那句话，其实是我先生告诉我的。"

"怎么说？"我好奇地看着她。

她微微一笑，端着咖啡抿了一口，不急不忙地讲道："之前我和我先生住在福冈，那时候我们刚刚从大学毕业，虽然不是像早稻田或者东大这样的好大学，但是总的来说也不算差，可是毕业之后依旧很难找到合适的工作。

"那时候我和我先生可不好过，成天吃速食面，很辛苦，充满了抱怨。最主要是我当时已经快撑不下去了，我先生却说，不开心的话是要给上天交钱的。我开始以为他开玩笑，第二天火急火燎地去面试，结果不理想，回家就很烦躁，看着家里泡面没有了，就坐公交去附近的超市买，但是你知道吗，我出门竟然忘记锁门了，回家的时候，东西被盗了。"

"真糟糕。"

"对，就是那天，我提着一袋泡面站在门口，心里发麻，钱全没了，我先生回来的时候，我已经哭了快一个小时了。他没有骂我，只是和我说，看吧，不开心的话，就要给上天交钱的。"

"你先生好像哲学家。"

"不，他也是从别人那里听说的，但就是那天，他抱着我，说：'不如，就干脆不找工作，去上野公园看樱花吧。'"她微微一笑，"要说不想是不可能的，但是当我和他真正站在上野公园的时候，我突然觉得好像事情也没有那么糟了。"

"我先生讲，你要是继续不开心，就会交更多的钱，上天最喜欢找不开心的人收费了，或许我当时就真的信以为真了，总觉得要是继续这样不开心下去，就会发生更严重的事情，加上那天樱花真的很美，回去之后心情就不一样了。说起来很奇怪，可是真的就是这样改变了，原本投10封简历，就改投20封，原本被讨厌的地方，就尽量在下一次不要表现出来，没多久，我和我先生就都收到了公司的邀请信。"

"昨天我也丢钱了。"我低头说。

"是吧，果真是这样呢。我还有些朋友，他们不开心的时候就会忍不住买东西，或者伤害自己，最后终归都要花钱来解决，时间久了，就觉得这句话是有道理的。"

因为不开心，事情比原本预计的还要糟糕。不加薪，反而因为心情不好迟到而被扣钱；和女友计划好的未来，也立马被打乱；甚至不留神就丢东西，果真朝着非常不利的方向发展。

　　我打电话约了女友在人民广场见面，我们已经很久没有见面了，我差一点有些认不出她来，她黑着脸看着我说："叫我出来干什么？"我说："没什么，就坐坐吧。"

　　我递给她一杯买好的奶茶，她似乎没有那么生气了，然后我们聊了天，聊了我们似乎长久都没有聊过的对方，她又考了什么资格证，又去了什么地方，遇见了什么人，原来我已经漏掉了这么多东西。那天天气很好，可能就像藤井太太说的那样，我突然觉得心情也没有那么差了。

　　藤井夜里突然来敲我家的门，递给我一个像锦囊一样的东西，他说，这是御守，希望可以保佑我顺利起来，末尾就和她太太说的一样，用蹩脚的中文和我说："不开心，要花费钱的。"我瞬间就笑了。

　　说来也奇怪，从那天开始，我好像开始转运了，有人打电话说捡到了我的钱包，因为里面有我的名片，他干脆送到了公司楼下。而之前的领导去了菲律宾，新来的领导看了我之前被 pass 掉的方案，居然重新捡起来想要进行。女友和我重归于好，我们也决定了在年底结婚。

　　早上醒来的时候，突然听到隔壁轰隆的声响，我开门去看，发现藤井夫妇在搬东西，"你们这是？"

　　"啊，这么快？"

　　"是的，说来到中国也有一年多了，我先生工作调动，所以不能继续留下来了。"

　　"哎，才刚刚熟悉。"

　　这时藤井先生冲上来，说："你，是个好人，开心了。"

　　我冲着藤井先生笑，藤井先生说："你笑，很好看，不要，苦脸了。"

藤井太太紧跟着说："所有的开心都是免费的，不是吗？"

好长的日子，我都以为早上打开门可以看见藤井先生诚恳的微笑，和那句走音的"早上好"，但是楼梯间除了我，就只剩下从顶上圆窗投下来的阳光了。

柒

雪夜的故事

文／汪曾祺

钓鱼的医生

这个医生几乎每天钓鱼。河里鱼不少，是个钓鱼的好地方。你大概没有见过这样钓鱼的。

他搬了一把小竹椅，坐着。随身带着一个白泥小灰炉子，一口小锅，提盒里葱姜作料俱全，还有一瓶酒。他钓鱼很有经验。钓竿很短，鱼线也不长，而且不用漂子，就这样把钓线甩在水里，看到线头动了，提起来就是一条，都是三四寸长的鲫鱼。钓上来一条，刮刮鳞洗净了，就手就放到锅里。不大一会儿，鱼就熟了，他就一边吃鱼，一边喝酒，一边甩钩再钓。这种出水就烹制的鱼味美无比，叫作"起水鲜"。到听见女儿在门口喊："爸——"知道是有人来看病了，就把火盖上，把鱼竿插在岸边湿泥里，起身往家里走。

这位老兄姓王，字淡人。中国以淡人为字的好像特别多，而且多半姓王。他们大都是阴历九月生的，大名里一定还带一个菊字。古人的一句"人淡如菊"的诗，造就了多少人的名字。

王淡人的家很好认，门口倒没有特别的标志。大门总是开着的，往里一看，就看到通道里挂了好几块大匾，这是亲友或病家送给王淡人的祖父和父亲的。送给王淡人的只有一块，匾很新，漆地乌亮，匾字发光，是去年才送的。这块匾与医术无关，或关系不大，匾上写的是"急公好义"，字是颜体。

他的医室和别的医生的不一样，像一个小药铺。找他看病的多一半是乡下来的，即使是看内科，他们也不愿上药铺去抓药，希望先生开了方子就给配一副。王淡人看外科的时间比较多，一年也看不了几起痈疽重症，多半是生疮长疖子。

这些生疮长疖子的小病症，是不好意思多收钱的。而且本地规矩，熟人看病，很少当下交款，都得要等"三节算账"——端午、中秋、过年。忘倒不会忘的，多少可就"各凭良心"了。乡下来人看病，一般倒是当时付酬，但常常不是现钞，或是二十个鸡蛋，或一只鸡，或半布袋鹌鹑！遇有实在困难，什么也拿不出来的，就由病人的儿女趴下来磕一个头。王淡人有时看病人可怜就诊费免收，连药钱也白送了。

王淡人家吃饭不致断顿，穿衣可就很紧了。淡人夫妇，十多年没添置过衣裳。只有儿子女儿一年一年长高，不得不给他们换换季。有人说：王淡人很傻。

王淡人是有点傻。去年、今年，就办了两件傻事。

去年闹大水。连天暴雨，运河决了口，浊黄色的洪水倒灌下来，大街上成了大河。大水十多天未退，有很多人困在房顶、树顶和孤岛一样的高冈子上挨饿，还有许多人生病，上吐下泻，痢疾伤寒。王淡人就用了一根结结实实的撑船用的长竹篙拄着，在齐胸的大水里来往奔波，为人治病。他会水，在水特深的地方，就横执着这根竹篙，泅水过去。他听说泰山庙北边有一个被大水围着的孤村子，一村子人都病倒了。但是泰山庙那里正是洪水的出口，水流很急，不能容舟，过不去！他和四个水性极好的专在救生船上救人的水手商量，弄了一只船，在他的腰上系了四根铁链，每一根又分在一个水手的腰里，这样，即使是船翻了，他们之中也可能有一个人把他救起来。船开了，看着的人的眼睛里都蒙了一层眼泪，眼看这只船在惊涛骇浪里颠簸出没，终于靠到了那个孤村，大家发出了雷鸣一样的欢呼。这真是玩儿命的事！

水退之后，那个村里的人合送了他一块匾，就是那块"急公好义"。

拿一条命换一块匾，这是一件傻事。

另一件傻事是给汪炳治搭背，今年。

汪炳是和他小时候一块掏蛐蛐、放风筝的朋友。这人原先很阔，好家伙，吃喝嫖赌抽大烟，把家业败得精光，连一片瓦都没有，最后只好在几家亲戚家寄食。这一家住三个月，那一家住两个月。就这样，他还抽鸦片！他给人家熬大烟，报酬是烟灰和一点膏子。他一天夜里觉得背上疼痛，浑身发烧，早上歪歪倒倒地来找王淡人。

王淡人一看，这是个有名有姓的外症：搭背。说："你不用走了！"

王淡人把汪炳留在家里住，管吃、管喝，还管他抽鸦片，他把王淡人留着配药的一块云土抽去了一半，王淡人祖上传下来的麝香、冰片也为他用去了三分之一。一个多月以后，汪炳的搭背收口生肌，好了。

有人问王淡人："你干吗为他治病？"王淡人倒对这话有点不解，说："我不给他治，他会死的呀。"

汪炳没有一个钱。白吃，白喝，白治病。病好后，他只能写了很多鸣谢的帖子，贴在满城的街上，为王淡人传名。帖子上的言辞倒真是淋漓尽致，充满感情。

王淡人的老婆是很贤惠的，对王淡人所做的事没有说过一个不字。

但是她忍不住要问问淡人："你给汪炳用掉的麝香、冰片，值多少钱？"
王淡人笑一笑，说："没有多少钱，我还有。"他老婆也只好笑一笑，摇
摇头。

　　王淡人就是这样，给人看病，看"男女内外大小方脉"，做傻事，每
天钓鱼，一庭春雨，满架秋风。

　　你好，王淡人先生！

文 / 囧叔

快手刘五洲

一

刘五洲是我常去的饭馆里的服务员，估计也就十八九岁，此人眉清目秀、身材瘦削，脸色常常不好。

他爱说话，更爱笑，但他平时又总是一脸阴郁。他干活极有效率，且条理分明、前后有序，从不出错，所以总有比别人多得多的时间聊天，主要是跟我。

有一天晚上，刘五洲给我表演了他的绝技，当时大厅只剩我一个客人。"叔，我给你看个好玩儿的。"他说着，拿出四个塑料杯子，极熟练地扣在桌上，摆成一排。

"变戏法吗？"我斜眼看他。"嗯嗯！"他使劲点头。只见他十指张开，哗啦哗啦把杯子在桌上彼此换了几十次位置，末了，他抬头问我："叔，您猜，哪个里面没有花生？"

我乐了："你变这个，得先往里放一个好吗？"刘五洲说："叔，我放了，您就猜吧。"我掀起一个杯子，里面有一粒花生米。我又掀起一个，里面也有一粒花生米。刘五洲把另外两个掀开，也各有一粒。我真不知道他什么时候放了四粒花生米进去。他拂去三粒，只留一粒，又"啪啪啪"地换了数次杯子的位置。

他的手太慢了，连我这外行都能跟得上。我指了指留有花生的那个杯子，但杯子掀开，里面空空如也，我吃了一惊。刘五洲笑眯眯地把干瘦的小拳头伸到我面前张开，里面握着一粒花生。我摇头笑起来："你真不得了，哪儿学的？"

"火车站、立交桥底下，好多地方有人教。"他说，"给钱就能学，包教包会，剩下的，就靠练了。"我说："你学这个干吗？将来准备摆地摊还是上春晚啊？"

刘五洲摇了摇头，把桌面上一个扣着的杯子移到桌边，哗啦一翻，口朝上立在桌上，里面一杯清水，有一点洒在桌上。"我学这个只为打赌。"他说着，把手里的杯子推给我。一股酒味儿飘出来。

"打赌？什么赌？"

"人命关天的赌。"他说，"我跟我哥打了一场赌，赌的是抓阄。这场赌太大了，我必须赢。"看他的表情，似乎不太想说抓阄的内容。

"那，赌得赢吗，现在？"我问。刘五洲没说话。他把左手张开，翻过来掉过去地看。看着看着，手心多出个纸团。再一翻，没了。一会儿又出来两个。又一翻，没了。再一翻，出来三个。用手一抹，就都不见了。"我不知道，"他低着头，"一百次失手一次，但是我一次都不能失手。"

最后刘五洲抬头看了看我，笑了笑，拿起杯子往我面前那杯一撞，突然豪气地说道："没啥，叔，我能赢！"我看着他，举了举杯，喝了一口，还真是酒。

二

之后有一个月我没见着他，问店员，答说刘五洲病了一场，好像住院了。而几个礼拜之后，他又生龙活虎地出现在店里了，只是脸色有点苍白。

11 月的一天晚上，我裹紧衣服顶风去店里吃面，看见刘五洲正在给筷子消毒。他看见我，咧嘴一笑："叔，您来了，快进来，冷！"

我在常坐的桌边坐定，要了碗面。等我吃完，刘五洲就搬凳子坐在一旁跟我聊天。

"叔啊，今天再给您变个新鲜的，好不好？"他说。我点点头。"您先把账结了吧。"他神头鬼脑地说。我一皱眉头，摸出一张一百的给他。"您这也太大了，"他接过钱，"我给您破开。"他把这张大钞横着折了又折，成了一根纸卷，比直了藏在左手中指后，右手捏着一捋，接着双手展开，变成了一张五十的。

我看着他把这张钱变成十块的、五块的、一块的，最后揉成了一个小纸团，用手掌一压，再一打开，居然变成了一枚硬币。

"你小子生了场病，本事可大了，"我叹道，"往零碎了变算什么本事啊？你给我变回一百的来。"刘五洲低下头："我要能那么变，还打什么赌啊，叔。"

这是我最后一次见他，我一直不知道刘五洲去哪儿了，更不知道他跟他哥打的什么赌，一直到我知道他死了。

三

一个周六中午，我去吃面。过来个小胖子，也是十八九岁，穿着面馆的制服，弯下腰小声说："叔，您认识刘五洲吧？他出事啦。""出事？""唉！他死啦！"

小胖子是刘五洲的同村。他说，刘五洲兄弟两人，哥哥叫刘四海。爸爸早死，妈妈把俩儿子带大，还没看见儿媳妇的影子就去世了。好在哥哥成人了，能种地养鸡维持生计，弟弟就出来打工。去年春节，刘五洲回了趟家，关于他哥哥的病，他成了村里最后一个知道的人。

刘四海得了尿毒症。过完节，刘五洲带着哥哥去了市里的医院，终于把病问明白了，也明白治这个病需要多少钱了。刘五洲扶着哥哥从医院出来，才一出门，咣当一头就栽倒了。哥哥急了："你这是怎么了？"刘五洲说："我这半年老摔，走着走着眼前一黑就摔一跤。"哥哥一听："那可不行，走，回去看看去。"

这一查可了不得，刘五洲脑袋里长了个瘤子。

后来两人回了村，相对无言。几天之后，哥儿俩商议把院子卖了治病，但恐怕连治一个人的病都不够。于是哥儿俩为了治谁不治谁的问题吵了起来，街坊们好容易才把两人劝住。

最后，他们终于得出一个结果：抓阄。两人商定，写两张纸条，一张写"生"，一张写"死"。抽着"生"的，卖房子治病；抽着"死"的，听天由命。两人请村里的长辈写好纸条，扔进一个瓦罐里，突然相视凝噎，抱头大哭起来，哥哥把罐子扔井里了。

刘五洲决定回北京继续打工，尽量多挣钱，把哥哥托付给街坊之后，洒泪而别，回到北京。一下火车，刘五洲就打听变戏法、教牌技、出老千的师傅，好拜师学艺。中间过程，外人不知，一起打工的老乡可是眼看着刘五洲的手艺一天天地见长。

这往后，刘五洲在店里或宿舍，得闲时总会练上两手。猜豆子，掌心点火，变金鱼、变鸽子、变白兔，刘五洲都练过。但他练得最多的、每天必练的就是凭空抓纸团。他的手快极了，无论有多少个纸团，里面写上什么字，他都能抓出写着"生"字的纸团来。

所有人都知道，刘五洲名曰打工，实际上是出来练就一身绝艺，好回去应对人生最大的一场决战。所有人也都知道，以他的身手，已经没有失手的可能了。

四

"后来，他回家了，再后来家里人给我讲的，他输了。"

抓阄那天，刘家大门没关，可能是故意开着的，门外的人们围着，小声议论谁会输。两人冲着一个褐色的瓦罐，对坐无言。刘五洲道："哥，谁先来？"刘四海苦笑了一下："你先来吧。"刘五洲面无表情，把手张开，手心向下盖在罐子口上，虚一握拳。接着，他摊开手掌，纸团已经在手心里了，门外响起一片极复杂的嘈杂的人声。

刘四海长叹："好，好。"他一抬手，把罐子扫到地上，"啪"地摔碎了。然后扶着桌子，颤巍巍地站起来，转身走开。刘五洲叫住他："哥，我输了。"刘四海慢慢回过头，刘五洲手举一张皱巴巴的纸，上写一个大字——"死"。

小胖子说："刘五洲那个病来得真快，在井边提水，摇着摇着，往后一倒，就没了。"

小胖子感慨起来："想不到他练了这么久，没有一次失手，就这一次败了。"

"你觉得刘五洲是失手了吗？"我问。"是啊，这东西全凭手快。一

快起来，难免有个错漏嘛。"小胖子说。"你啊，"我用筷子指指他，
"白活。"

　　说完，我留下钱走了。一边走，一边唱《人说山西好风光》，感觉自
己一下子老了很多，老得心里激不起一丝波澜，老得足以让刘五洲那么
大的孩子叫我一声"叔"，我也不生气。

文 / 李家同

面包大师傅

我一直很喜欢好吃的面包，清大门口有好几家面包店，我每家都去过，哪一家有哪一种好吃的面包，我都知道。

最近几个月来，有不知名的人送面包给我。送的人是一位年轻人，我住的公寓管理员问他是谁，他不肯说，他说他的老板是李老师的忠实读者，风闻李老师喜欢吃面包，所以就送来了。

这些面包果真高级，就以法国面包为例，送来的法国面包非常软，可皮都是棕色的，看上去好看，吃起来好香好软。还有一种大型像蛋糕的面包，也是相当地软，口感奇佳，这种超软面包，有一层棕色的面包皮，上面撒满了糖粉，可以切成一片一片来吃，里面的葡萄干散布得非常均匀，切成厚片，或是薄片，都一样好吃，我在全台湾各个面包店去找，都没有找到这种面包。

有一天，我开车回家，看到那一位年轻人正要骑机车离开，我偷偷地尾随其后，好在他走的路没有什么车子，我居然一路上都盯住了他，也找到了那家面包店。

我停了车，走出车子，迎面就是扑鼻而来的法国面包的香味，当时是下午 5 点半，也是通常法国面包出炉的时候。我进了店，正好看到一位大师傅拿了一大盘才烤好的面包出来上架。我猜他是大师傅，因为他身穿白衣，头上还戴着一顶烘焙厨师专门戴的帽子，年纪很轻。

厨房门又打开了，这回送出来的，是法国面包，我看到有人将这些新烤好的面包，小心地包装进一家印有某某大饭店的纸袋里，显然这些是要送到那家大饭店去的。果真，店门口有一辆来自那家大饭店的车子，正在等着接收这批面包。

法国面包运走了，大师傅忽然注意到我。他问我是不是李老师，我说是的，他说老板关照，如果李老师来，就要接受特别照顾。他开了一扇门，叫我进去坐，我发现这间房间布置得好舒服，各种布娃娃散在各地，中间有一张小圆桌，桌子上铺了印有碎花的桌布，也有一瓶花，这位大师傅顺手将花拿开，叫我等一下。我坐在小圆桌旁边，看到外面一棵树的影子，正好斜斜地洒在窗子上，这扇窗是有格子的那一种，窗帘是瑞士白纱，看来这家店的老板很有品位。

大师傅拿了一个银盘子进来了，原来他准备了一套下午茶来招待我。茶是约克夏红茶，点心不是面包，就是饼干。茶壶、杯子和盘子都是欧洲来的瓷器，我真想拿起来看看是什么牌子的。大师傅陪我一起享受，因为这些食物才出炉，吃起来当然是满口留香，但是大师傅说，还有更精彩的在后面。

精彩的是什么呢？是一种烤过的薄饼，卷起来的，里面有馅，我一口咬下去，发现薄饼里有馅的汁进去了，馅已经很好吃，因为馅汁进入了薄饼里，饼本身也好吃得不得了，我问大师傅，这个馅究竟是什么？他忽然卖起关子来，他说这是要保密的。可是他透露一件事，他几乎每天都换馅，我虽然笨，也懂了，他用蔬菜和碎肉做馅，然后再放一些酱进去，我猜这些蔬菜，都是切得碎碎的，而且一定要有汁。他还告诉我一件事，他这一种饼是用炭烤的。他说不用炭烤，绝不会如此之香，烤的时间不能太长，以防太多馅汁浸入薄饼，这样饼就太软了。

当我在又吃又喝的时候，我听到外面人声嘈杂，原来大批食客也在享受每天出炉一次的烤卷饼。大师傅告诉他们，每天只出炉一次，现烤现卖，也不准外带，因为这种饼冷了就不好吃了，每人只能买两块，但是老板免费招待咖啡或红茶，我都不敢问价钱，我想凡是免费招待茶或咖啡的食物，一定不会便宜。我看了一下这些食客，都是新竹科学园区工程师样子的人，有一位还告诉别人，他吃了以后要赶回去加班，这些食客也很合作，吃了以后自动将店里恢复得干干净净。

我对这家店的老板感到十分好奇，就问大师傅能不能见到他，大师傅说他一定肯，叫我在一张沙发上休息一下，他去找老板来。

老板还没有来，却来了一个小伙子，他拿了一个大大的信封进来，说老板要我看一下。我拆开信封，里面全是算数的考卷，考的全是心算的题目，比方说，15×19，答案就写在后面，学生不可以经过一般的乘法过程，而必须经由心算，直接算出答案出来。

我想起来了，10 年前，我教过一个国小的学生，每一次教完了，他就要做心算习题，一开始他不太厉害，后来越来越厉害，数学成绩也一直保持在 95 分左右，可惜得很，他小学毕业以后，就离开了新竹，我再也教不到他了。他家境十分不好，我也陆陆续续地听到他不用功念书的消息。我虽然心急如焚，但鞭长莫及，毫无办法。我曾经去看过他一次，还请他到一家饭馆去饱餐一顿，那时他国一下学期。我劝他好好念书，至少不可以抽烟，不可以打架，不可以喝酒，不可以嚼槟榔。他都点点头，说实话，我只记得他当时叛逆得很厉害，一副对我不理不睬的模样。

这个孩子后来没有升学，我听到消息以后，曾经写过一封信给他，第一劝他无论如何不要去 KTV 做事，第二劝他一定要学一种技术，这样将来才能在社会立足。我虽然写了好几封信给他，他却都没回。

就在我回忆往事的时候，老板走进来了，原来大师傅就是老板，也是我当年教过的学生。他说他进入国中以后，因为家境非常不好，不仅没有钱补习，有时连学杂费和营养午餐费用都交不起，他知道他绝对考不上公立中学，也绝对念不起私立高中，只好放弃升学了。他很坦白地告诉我，他是很想念书的，但是家境不好，使他无法安心念书，有一次他跑进清华大学去玩，看见那些大学生，心里好生羡慕，回家居然在梦中梦见自己成了大学生，醒来大哭一场。

因为家境不好，后来又不想念书，他的确有一阵子很自暴自弃，还好他的导师一直很关心他，他才没有变得太坏。但是国三的时候，眼见其他同学都在准备考高中，他却丝毫不管。表面上他假装满不在乎，心里却沮丧得厉害。

就在这个时候，他收到我的信，他以为我会责备他放弃升学的，没有想到我一句责备的话都没有，我只是鼓励他要有一技之长，他想起我曾带他去一家饭馆吃饭，吃完以后在架子上买了一大批面包送他，他到现在还记得那批面包有多好吃。

国中还没有毕业，他就跑去那家餐厅找工作。也是运气好，他一下子就找到工作了，从此以后，除了当兵的几年以外，他就一心一意地学做面包，两年前，他自己创业，开了这家面包店。

他说他常常参加旅行团去国外旅游，除了游山玩水以外，他也注意外国人做面包的技巧。他在俄国发现了俄国人大而圆的面包实在好吃，也好看，可是不知向谁拜师。后来他灵机一动到哈尔滨去拜师，那里很多面包店专门卖那些又大又圆的俄国面包，那位大师傅知道他是远从台湾来的，决定倾囊以授，所以他学会了做俄国面包，前几天有几位俄国工程师来他的店，比手画脚地赞美他的手艺。他在哈尔滨也学会了不少俄国菜，他说他过一阵子会请我吃他做的真正的罗宋汤。

至于烤卷饼，是他在土耳其学来的，在土耳其，这是街上小店里供应的小吃，有钱人并不会对这种饼有什么兴趣，认为这种食味不登大雅之堂。他回来以后试做，发现中式的馅最适合国人的口味，有一次他用雪里蕻和碎肉放在饼上烤，吃过的人都赞不绝口。

他告诉我他今天的晚餐是法国面包夹雪里蕻肉丝，这也是他自己发明的，他带我去他的厨房看他烧的汤，羊腿洋葱汤，我当场弄了一碗喝掉，他说这是在新疆学来的，我从来没有想到羊腿汤如此好喝，一点膻味都没有。

我的学生虽然从来没有回过我的信，却始终对我未能忘情，他之所以不回信，是因为当时正好是青少年叛逆期。有一天他向他太太提起我，他太太建议他经常送面包去给我。他也一直有一种预感，总有一天，我们两人会见面的。

对我而言，这简直是恍如隔世了，自从他毕业以后，我就和他失去了联络。我当然一直记挂他，怕他因为没有念好书而三餐不继，没有想到他现在生活得如此之好。我当年劝他要学得一技随身，他现在岂止一技随身，他应该是绝技随身了。

在我要离开以前，我又考了他几题心算的题目，他都答对了。他送我上车的时候，问我："李老师，你有好多博士学生，我可只有国中毕业，你肯不肯承认我也是你的学生呢？"我告诉他，他当然是我的学生，而且将永远是我的得意高徒，我只担心他不把我当老师，毕竟我只是他的家教老师而已。

他知道我将他看成我的学生，露出一脸灿烂的笑容。这个笑容带给了我无比的温暖。我其实什么也没有教他，只教了他两件事，"不要学坏，总要有一技随身"，没有想到这两句话如此有用。

文 / ［日］太宰治

雪夜的故事

那天一早就下起了雪。

由于之前替侄女小鹤制作的裤裙已经完成，那天放学时，我便把它送到了中野的叔母家，叔母给了我两片鱿鱼干当礼物。等我在吉祥寺站下车时，天色已变暗，雪已积了一尺多深，而雪仍毫不停歇地静静落下。

一直到家里附近的邮筒，才发现腋下夹着的鱿鱼干纸包已经不见。我很泄气，本来还打算要把它送给嫂嫂的。

我的嫂嫂今年夏天要生小宝宝喔！听她说肚里有了小宝宝之后，常会觉得肚子饿。我一直无法忘记最近嫂嫂跟我一起清理晚餐残余时小声地叹着气说"嘴里好苦，好想吃鱿鱼干"的情景，所以那天偶然间从叔母那边拿到两片鱿鱼干后，便兴奋地想把它带回来准备偷偷拿给嫂嫂吃。可是，鱿鱼干丢了，我真不知如何是好。

众所周知，我与哥哥嫂嫂一同生活。哥哥是个脾气古怪的小说家，由于年到 40 还默默无闻，所以一直都很贫穷。他总会嚷着时运不济，却一点也不帮着做家事，使得嫂嫂连男人粗重的工作都得做，真是非常可怜。

有一天，我义愤填膺地说："哥哥偶尔也该背着背包去买菜，外面的先生大多都会这样做的喔！"他马上生气地骂道："混账！我又不是那样低贱的男人。我们一家就算是饿死，我也不会那样不知羞耻地出去买东西，那是我最后的骄傲！"

我的父母都是东京人，由于父亲长年在东北的山形办事处工作，所以哥哥和我都在山形出生。父亲在山形过世后，母子三人再度回到东京。前些年母亲过世后，现在就变成哥哥、嫂嫂及我的三人家庭。因为我们没有所谓的故乡，所以没办法像其他家庭那样，可以托乡下送来食物。一想到如果将那两片鱿鱼干拿给嫂嫂，她不知道会有多高兴，我就觉得自己很差劲。舍不得那两片鱿鱼干，我当下便掉头右转，慢慢地走在回来的路上仔细搜寻着，可是，一直都没有发现。

我叹着气，重新撑起伞，试着仰望阴暗的夜空，此时雪花就像百万只萤火虫一般，狂乱地飞舞。好漂亮啊！道路两旁的树木都覆盖着雪，沉重地垂着枝头，树身仿佛在叹息般，偶有微微地抖动。这一切简直就像童话世界一样，我内心突然有了一个奇想，想把这美丽的雪景带给嫂嫂，比起鱿鱼干，这说不定是更好的礼物。

哥哥告诉我，人的眼睛可以储存风景，他曾告诉我这么个短短的浪漫故事。

以前，丹麦有位医生在解剖船难失事的年轻水手尸体时，用显微镜察看他的眼球，发现眼睛的视网膜中竟然反射出一家团圆的美丽景象。医生把这件事告诉小说家朋友，小说家对这件不可思议的事做了下面的解说："那年轻的水手因船难而卷进怒涛里，之后又被打上岸，他拼命地紧紧抓住灯塔的窗边，想要大叫救命。猛然间窥见窗内，发现灯塔看守员一家人正在忙着准备开始快乐的晚餐。想到自己凄惨地大叫救命会打扰到这一家人的团聚，他攀爬在窗沿的手指力量便开始变得薄弱，就在此时，唰地一阵大浪袭来，水手的身体又被海浪给冲走了。是的，这水手是世界上最善良且最高贵的人。"听他这样解释，医生也表示赞成，于是两人就隆重地将水手的尸体埋葬了。

我愿相信这故事。在那雪夜里，我突然想到这故事，决定试着在眼底留下美丽的雪景，把它带回家给嫂嫂看。比起鱿鱼干这样的礼物，嫂嫂应该会更高兴好几倍、好几十倍。

我放弃鱿鱼干，在回家的路上，尽可能地眺望周围美丽的雪景，不只是在眼里，一直到胸口，都藏有纯白的美丽景色。回到家，马上对嫂嫂说："嫂嫂，快看我的眼睛，我的眼底藏有最漂亮的景色喔！"

"什么？怎么了？"嫂嫂笑着站在我的面前，把手放在我的肩上。

"眼睛到底怎么了？"

"哥哥曾告诉过我，在人的眼睛底下，会残留刚刚所看到的景象。"

"他的话别放在心上，都是骗人的。"

"不过，只有那事是真的喔！我只相信那个。快，快看我的眼睛，我看了很多很多美丽的雪景回来。快，快看我的眼睛，这样一定会生出有着雪般美丽肌肤的小宝宝喔！"

"喂！"就在这时，哥哥从隔壁房间出来，"与其看顺子那双无神的眼睛，看我的说不定会有百倍的效果！"

"为什么？为什么？"我突然很憎恶哥哥，好想揍他，"嫂嫂说过看哥哥的眼睛，胸口会不舒服。"

"才没那回事，我的眼睛可是看了 20 年美丽的雪景。我在山形一直住到 20 岁。顺子还没懂事时就来到东京，根本就不知道山形美丽的雪景，才看了东京这样的小雪景就激动，真是无聊。我的眼睛可是看了百倍、千倍甚至连自己都觉得看腻了的美丽雪景，说什么都会比顺子的来得更上等。"

我懊恼得想要哭泣。此时，嫂嫂救了我，她微笑着静静地说："但是，你的眼睛里除了有几百倍、几千倍的美丽风景，同时也有几百倍、几千倍肮脏的东西啊！"

"对啊！对啊！比起优点，缺点也很多呢！所以眼睛才会变得那么昏黄污浊，嘿嘿。"我说。

"胡说八道。"哥哥把脸一板，又钻回隔壁六张榻榻米大小的房间去了。

文 / 麦　子

周小胖，跟上

一个春日的黄昏，爷爷将周小胖带回了家。看到周小胖的第一眼，我和爸妈都吓了一跳，分不清它是狼还是狗：灰黑色的皮毛，瘦骨嶙峋的身材，身上长满发出恶臭的癣。

晚上，爷爷在柴房给周小胖搭了一个舒适的窝，第二天早上，我们却发现周小胖躺卧在爷爷的门前。

我们没有办法拒绝周小胖，除了它瘦得可以数清的一根又一根的肋骨外，还因为它怯怯而茫然的眼神。就这样，周小胖成了我们家的一员。

每次爷爷出门，周小胖都会目送他。它有时会将两条前腿搭在爷爷的胳膊上，想和他嬉玩，可是爷爷不喜欢和他亲昵。

经过大半年的调养，周小胖慢慢胖了起来，身上的癣疤渐次褪去，长满光亮的毛，眼睛变得清亮。爷爷很得意，常带着欣喜的目光，默不作声地看着周小胖。

第三个年头，周小胖的右眼突然蒙上了一层白翳。爷爷找来兽医，结果说已经太迟。就这样，本就有些难看的周小胖成了一只独眼狗。独眼的周小胖除了常在房前屋后转悠外，还常尾随爷爷，像保镖似的跟着他。

"周大爷，和孙子散步呢？"每当看到爷爷和周小胖一前一后行走在田边地垄，村里人就开始打趣。

"嗯，嗯。"爷爷也不反驳，总是笑嘻嘻地点着头，可我听了却很不舒服。"爷爷，你有俩孙子啦。"我满怀醋意。

"我有那么老的孙子吗？周小胖大概都 7 岁了。"对哦，听说狗的一年相当于人的 7 年，这么说周小胖已有 49 岁了。这么一想，我便原谅了周小胖。

随着年龄的增长，爷爷的记性变差了，一开始是忘带钥匙之类的小事，慢慢地连熟悉的路、人也开始模糊，但爷爷却拒绝去城里检查。那时，爸爸妈妈忙着镇上新开的饭店，而我要上学，家里就常常只剩爷爷和周小胖。

"小胖，要紧紧跟着爷爷哦。"每天早晨，爸爸和妈妈都要如此叮嘱周小胖。周小胖便轻轻摇着尾巴，用仍然清亮的独眼温和地看着他们。

"去吧，周小胖知道带我回家。"爷爷不以为然地挥着手。没想到，这话说了没几天，爷爷就不见了。

一个冬日的下午，我们回家后都没见着爷爷。"小胖，爷爷呢？"妈妈责问，周小胖茫然地看着妈妈。后来，李婆婆告诉我们，说看见爷爷在岭上将周小胖撵回了家。

我们四处找，可是都没找到。很晚的时候，我们才回到家里。"周小胖，爷爷不见啦！"回去后，我将周小胖狠狠地踹了一脚。

"汪——汪。"这一次，周小胖好像听懂了，呜咽两声，过了一会儿，周小胖就不见了。

"人不见了，连狗也跑了。"妈妈急得直掉泪。"是不是周小胖去找爹了？"爸爸猜测。于是，我们又拿上电筒，沿着大道，重新开始寻找。

　　我们一路走，一路叫着爷爷和周小胖。大概过了三个小时，我们借着月光、电筒光，突然发现对面的山坡上行来一人一狗，正是爷爷和周小胖！

　　原来，爷爷早上准备去亲戚家，没想到遇上熟人，唠叨了几句，就又迷路了，直到周小胖将他找到。

　　自从发生这事后，爷爷走到哪里，周小胖就跟到哪里，无论爷爷怎么吼它、赶它，都死乞白赖地跟着。

　　爷爷的记性越来越差，妈妈只好在家照看他。有时爷爷会突然跑掉，但幸亏有周小胖，每次它总能将爷爷领回家。

　　它来我们家已经 8 年了，有时在路上看到它和爷爷，看着这一人一狗，还有日暮远山，会突然感到在岁月的无情背后，还暗藏着许多东西，就像周小胖一开始就在追逐着爷爷，和他一起慢慢变老。

　　那年暑假，我们去爸爸开的饭店，因为客人多，我和妈妈忙着招呼客人，爷爷和周小胖在门口坐着。过了一阵，突然有人说爷爷上了一辆中巴车。

　　"周小胖呢？"我们问。"跟在车屁股后撵着。"有人说。

　　爸爸忙骑摩托车朝报信人说的方向追去，等追上周小胖时，它已经累得口吐白沫，看到爷爷下车的瞬间，居然一下趴在了地上。几天后，它恢复了过来，只是左后腿无缘无故瘸了。

　　但是，周小胖还是喜欢一瘸一拐地走在爷爷的前面。以前它总是跟在爷爷的后面，"追车事件"后周小胖就绕到了爷爷的前面。它领着爷爷去菜地，带着爷爷去村尾的樟树下乘凉，或是岭上晒太阳。不过，周小胖也有带错路的时候。一次，他们经过一处山路，久经雨水浸泡的路基被爷爷踩滑下去，"汪！"周小胖急叫了一声，忙衔着爷爷的一处衣角。可惜，它没有用牙齿拽住爷爷，倒是老牙被拽去了两颗。

爷爷住了几次院后卧床不起了，陪伴爷爷的除了电视、收音机，便是周小胖了。

爷爷睡觉的时候，周小胖就眯缝着眼，无精打采地趴在爷爷的门前打瞌睡，一旦听到爷爷的咳嗽声或起床声，年迈不堪的周小胖就会睁开唯一的眼，瘸着腿，精神地走到爷爷的床前。

"小胖啊，今天天气怎么样，很好吧？给你讲，我年轻时可厉害了……"爷爷总是絮絮叨叨地给周小胖讲些什么，而周小胖则安静地蹲着看爷爷。

爷爷是在一个栀子花开的清晨离去的。爸爸刚离开爷爷的床边几分钟，就听到周小胖一声长长的呜咽。爷爷去世后，周小胖在他的房里整整待了三天三夜，不吃不喝。

过了几天，周小胖终于"活"了过来，但变得更加木讷了。过了一段时间，周小胖不知怎么找到了山坡上爷爷的坟墓。从那以后，它就常常慢慢踱到那里，晒太阳，听鸟叫，或是呆呆地看着远处。偶尔它会站起来，用那只独眼，凝望着墓碑上爷爷的相片。"汪"，偶尔它会叫一声，仿佛在和爷爷说着什么。

周小胖走在一年后的金秋。它在我们家一共待了11年，我们一直不知道它真实的年龄，只是知道它寿终正寝。

文 / 石　鸣

冯老汉的儿子

　　冯老汉有三个儿子，大冯、二冯和小冯。三个儿子的母亲在生小冯的时候难产死了，冯老汉一人既当爹又当妈，辛辛苦苦拉扯着孩子，转眼间，小冯也要上小学了。一天冯老汉将三个儿子拉在一处对他们说，别人家的孩子有爹又有妈，就好比一间房子有门又有窗，但你们现在只有爹没有妈，就好比一间房子只剩下了门没有了窗，所以你们兄弟三人一定要抱作一团，互相照顾，才不会让人欺负轻瞧。三个孩子使劲点头，牢牢记住了父亲的话。

　　兄弟三人都做得很好。冯老汉在县运输队工作，有时候跑长途，要两三天才能走个来回，冯老汉就把钱拿给大冯。早上大冯把豆浆、油条买回家，同二冯、小冯一道吃了，然后一起去上学。中午和晚上，大冯领着二冯、小冯一道去街口的面馆，一人要一碗素面，吃完了，再领着他们回家做功课。冯老汉拿给大冯的钱，通常有一顿是可以吃炸酱面的，大冯同二冯、小冯商量，全部吃素面，省下的钱去买水果糖，能买 10 粒，兄弟三人一人分三粒，剩下一粒，留给冯老汉。

　　转眼新年到了，冯老汉带回单位分的一小筐橘子来。冯老汉挑出一些好的留下春节走亲戚，剩下的，兄弟三人一人分四个。大冯拿了自己的四个，挑出两个，一个给二冯，一个给小冯；二冯拿了自己的四个，挑出两个，一个给大冯，一个给小冯；小冯拿了自己的四个，挑出两个，一个给大冯，一个给二冯。兄弟三人看看自己面前的四个橘子，又看看兄弟面前的四个橘子，呵呵哈哈，开心地笑了起来。冯老汉看在眼里，宽慰在心里，冯老汉想，兄弟三人能这么互相体贴着，他就是死了，也不会有什么牵挂了。几个月后，冯老汉跑长途时果真就出事了，车子夜里滚下了山坡。

冯老汉死了，这个家就门和窗都没有了。大冯将二冯和小冯拉在一处，说，爹的话你们都还记着吧？二冯和小冯使劲点头。二冯和小冯说，咱们要抱作一团。

兄弟三人长大了，很快都有了工作、家庭和孩子。虽然没住一块儿，但像多年来一直做的那样，兄弟三人依旧互相惦记，互相照顾。日子继续如流水般过去，一晃，小冯的孩子也到了上学的年龄了，不料在开学前两天，却发生了让人意想不到的事。

因为三个孩子都上学了，所以这一年大冯、二冯和小冯给孩子买文具盒的时候，都买了三个。三人买的文具盒互不相同，但每人买的三个却图案式样一样，里面装的东西也一样。大冯、二冯和小冯希望孩子们能像他们小时候分橘子那样，将文具盒互相送出去。但是孩子们对要将文具盒在他们三人之间送来送去表示不理解和不情愿，也不愿意用和别人一模一样的文具盒。

大冯、二冯和小冯于是就给孩子们讲了分橘子的事，但孩子们并没有对他们的故事产生兴趣，反而发出了疑问和嘲笑。大冯的孩子说，你们起先每人四个橘子，给来给去后，每人还是四个橘子，等于啥都没做，还扬扬得意了？二冯和小冯的孩子也跟着说。三个孩子说完，呵呵哈哈，开心地笑了起来。大冯、二冯和小冯目瞪口呆，好一阵才对自己的孩子吼，你瞎说啥呢！

三个孩子的母亲就都说话了，吼什么吼？孩子说的也没错呀。有些话她们也想说，比如平常互相送东西，大家又不是一个模子倒出来的，哪可能口味都相同？有些东西送过来，不合自己的意，送给别人的东西，也不一定合他们的意，那又何苦再送来送去呢？孩子就要上学了，让孩子高兴才是要事。所以她们说，算了算了，孩子不喜欢就别换了，反正换来换去也是一样的。还不如带他们上街去，让他们自己挑，看中了哪个就买哪个。

三个妈妈领着孩子高高兴兴上街去了，留下大冯、二冯和小冯坐在屋子里抽烟。三个人默默无语，都在想刚才孩子和女人的话。他们都觉得这些话有一点道理，但又都觉得这些话里缺了一点什么东西。烟抽完了，兄弟三人都在心中说，是啊，给来给去后东西是一样多，可要是不那么给一圈，我们又怎能顺顺当当走到现在呢？

文 / 颜茹玉

小灰有一只毛毛虫

一

毛毛虫是小灰从工地上捡回来的一只狗。

灰色的，脸上花花的一片，像刚在泥浆里滚了一圈，却意外地很好看。

那年小灰刚上高二，每天放学的时候都会看见这条有些脏脏的狗。和所有流浪狗一样，它对人类保持着极高的戒备心，有时候中午打着盹，一感到有人靠近，就会飞速矫健地跑开。后来小灰路过了太多次，流浪狗有时候蓦地惊醒，抬起眼皮看到是她，就蹭蹭身子继续躺下。小灰把在学校门口买来吃剩的油炸小串儿扔到它面前，它也就津津有味地吃了起来。三两口就吃完了，它抬头看着小灰，小灰也看着它，这对视太过于戏剧化，以至于小灰都以为它要开口说话了。

那是小灰第一次看见它示好，和同学家那些为了食物会作揖，会耍宝，尾巴摇啊摇到天上的宠物犬不同。

后来几乎每天放学小灰都是第一个冲到炸鸡店，"老板，两个鸡排，一个不放盐！"

直到高三学校统一加了晚自习，小灰回家要经过一条深巷子，到晚上就黑漆漆的一片。那个时候下课已经没有鸡排了，但那只流浪狗却几乎每天都在巷子口等着，陪她一路走回家。到单元门口它就坐在那里不动了，看着小灰进入电梯。有几次小灰到家里想到《忠犬八公》的电影，就从阳台探头往下看，而它早就不在那里了。

之后连续有好几天小灰都没有再见到它，小灰每天都失魂落魄的，以为再也见不到它了。结果半个月之后的一天，小灰回家的时候它居然回来了，像什么也没有发生过一样，趴在工地的石板上睡着了，爪子上似乎凝着血结的痂。小灰没有过去叫它，径直跑回家，冲到还在厨房的妈妈身边，喘着粗气说："妈妈，我想养一条狗。"

小灰和妈妈把它接了回来，洗澡的时候小花狗湿漉漉地趴在地上，笔挺的身体埋在沐浴露的泡泡里，估计是地砖上滑滑的触感，它小心翼翼地扭着屁股，像在跳着伦巴。

小灰被它滑稽的样子逗笑了，"以后你就叫毛毛虫吧。"

有了这个名字，故事就有了开始。

活在这个世界里，我们原本都只是流水线上的产物，胖的人，可爱的人，坏脾气的人，是遇到了爱着我们的人，把我们从大的形容词里找出来，变成一个小小的名字。

二

毛毛虫和别的狗都不一样。它从不叫，不在家里上厕所，不对着客人龇牙咧嘴。它躺在阳台上，静静地看着家里的每个人，只有在小灰放学回家的时候，听到钥匙转动的声音才猛地冲到门口，然后在门边趴下，假装只是碰巧待在了门口。明明在家里一天的任务就是等她回来，却总是装作刚路过的样子。而小灰呢，上学一天最开心的就是放学赶回家的那一刻钟，带毛毛虫下楼去玩。它从来不用绳子，自由是它来的地方，流浪狗的忠诚不需要系在脖子上。

它从来不主动挑衅别的小狗，也很少扑来扑去地玩耍。小灰见过它抓老鼠，轻轻地靠拢，像只猫一样，然后猛地下口咬死，身上有野兽的天性。有段时间毛毛虫闹肚子，每次下楼都有些无精打采的，一只哈士奇一直闹着咬它的尾巴，它也无心恋战。四五次之后毛掉了一地，小灰看不下去了，拍拍手说：毛毛虫，咬它。刹那间，毛毛虫"嗖"的一下就扑倒了哈士奇，一口咬在它的脖子上。小灰也被这阵势怔住了，连忙拉开了毛毛虫。尽管没有什么大碍，但这个故事在遛弯儿界很快就传开了，没人再敢让狗狗和毛毛虫一起玩，哪怕它从来不会主动攻击任何伙伴。

正好，落得清闲，反正毛毛虫最好的朋友从来都不是别人。

小灰胆子很小，洗澡的时候毛毛虫就会守在门口，睡觉就趴在她脚边的地上。毛毛虫总是对什么都不感兴趣，也从来不害怕，小灰想它一定是在外面看到过太多的世界。陈升有一首老歌，他在里面唱"Don't talk to a dog at raining days"。说是行人在路上看到一只小黄狗，湿淋淋地走在大雨中，突然有股冲动想问它要不要一起撑伞，却见它脚步止住，仿佛回过头说："我淋我的雨，和你有什么关系。"所以下雨天不要去跟狗打招呼。我们别总觉得自己很丰富，别人很贫瘠，没必要，所有人都走在同一片大雨中。

又过一年小灰就出国了，去了美国，去机场的时候毛毛虫去送了，小灰没敢回头看。

在国外念书的时候，小灰几乎每天都打越洋电话回家，问毛毛虫的情况。妈妈每天都如实汇报，一开始不吃饭。后来小灰给妈妈发视频，毛毛虫听到 Pad 里小灰的声音，疯了一样从阳台跑进来，爪子扒在屏幕上划拉着，呜呜咽咽地叫着。妈妈也不忍心拦住它，任由它把屏幕划伤了好几条痕。小灰看到毛毛虫就哭了，那是她第一次听到毛毛虫的叫声。

四年的大学课程，小灰赶在三年修完了，然后急急忙忙地赶回国。一进家门，平时并不太爱小狗的爸爸也忍不住喜悦地冲阳台喊："毛毛虫毛毛虫！你看看是谁回来了呀？"

毛毛虫从午睡中懒洋洋地抬起头，小灰就站在大门口。毛毛虫一个激灵从地上爬起，脚滑了几次才站稳，近乎疯狂地冲过来，却重重地撞在没开的玻璃门上。看到总是冷酷模样的毛毛虫这样出糗，家里笑成一团。被撞得弹开的毛毛虫，又不顾一切地掉头绕到隔壁房间门跑了出来。

小灰回忆说，虽然长胖了很多，但跟第一次见到毛毛虫时身手没什么区别，我第一次在回家路上无意靠近它的时候，它也是像这样跳起来飞一般跑开。她顿了顿说："但这一次不一样，它在跑向我。"

三

毛毛虫走丢的那一年，小灰 23 岁。

有一天加班，来家里过年的爷爷带它下楼去遛弯，爷爷听到前方传来一声很大的炮仗声，赶过去的时候毛毛虫已经不在了。接到电话的小灰从公司飞奔回家，一整个通宵，在片区里挨家挨户地问啊找啊，只有零零碎碎的线索，"有一只土狗好像路过"，"身上穿个红背心"，"我还纳闷呢，谁给杂毛狗穿衣服了"，"好像被抓狗队带走了"，"花狗是吧，往那边跑了！"

从它走丢的那一刻，它又变回了一只没有名字的土狗，像午夜 12 点钟声响起，魔法退去，一切又变回最笨拙的样子。

但小灰没有放弃。

小灰请了一个月的假，满大街地找狗。她拿出存款悬赏所有提供消息的人，承诺每个看到它来提供线索的人都给一万元酬谢。找毛毛虫的消息登上了晚报的头条，毛毛虫巨大的照片印在每天发行量 25 万份的报纸上，静静地散布在每一个大街小巷。她注册了专门用来寻狗的微博，像走投无路的病人，发求助消息至厦门所有的官方账号。

她眼看着希望越来越渺茫，辞掉了工作，印了几千张传单，每天夜里出去贴传单，一个区一个区地找，一条街一条街地找。小灰说只能在半夜找，街上的人散去了，流浪狗才出来找食物。

其实这才是真正的童话吧，在午夜 12 点的钟声响起后，有人用强大的爱持续着整个魔法。

我问她："那你恨爷爷吗？"

小灰鼻子一下就红了："不恨，怎么会怪他。"她的声音变得异常温柔，"我没有资格怪任何人，从我把毛毛虫捡回来那一刻起，这个世界上就只有我对毛毛虫是有责任的。它生病，它吃得不好，它现在不能好好地睡在家里，都是我的责任。"

四

整整一年，毛毛虫杳无音信，公安局不让调出街道的录像，说因为丢失的不是人口。

小灰没有半点办法，咬咬牙继续去贴传单。

接下来只有漫长的等待，这样的碌碌终日中，朋友为了缓解她的难过，拉她一起开了一家公司，跟她说努力赚钱就可以建一个机构专门去收养全厦门的流浪狗，听到这个想法，小灰才强打起精神投入到工作里。但不论几点，只要接到电话那边的人说某条狗像毛毛虫，小灰都二话不说地赶过去，可它们都不是。小灰去了太多太多角角落落的地方，她把街上看起来像是走丢的狗随手拍下来，传到网上，希望能帮助同样焦虑的人们。一个又一个主人在她的帮助下找回了自己的狗，而毛毛虫却一直没有回来。

现在是第二年了，小灰的生活也好像回到了正轨，只是每次和她走在街上，遇到小狗闪过，她的眼神就会不自觉地追上去看，我们都知道她一刻也没有忘记过。

有时候我们会做很多无用功，比如爱一个不回来的人，比如等一只走丢的狗，心中那么执拗地盼望，你生命里的每一天我都想参与其中，无论悲伤喜悦，无论是沮丧成功，每一刻我都应该出现在你身边，为你付出一切。如果把这个称作愚蠢的话，那大概就是爱人的专利吧。

如果你在街上看到一只小花狗，请转告它，小灰还住在那儿。

文 / 张佳玮

收留太阳住宿的那一晚

入冬之后，天黑得便早，本该是黄昏时候，星辰已上来。我拿钥匙开门，发现太阳在屋里，看见我进来，他抬头"哟"了一声，"没打招呼就进来了，抱歉啊。"

"没事，"我说，"从窗口进来的？"

"天窗。"太阳说，"你没关天窗，我就顺势滑下来了。"

太阳会在下班后，随机歇宿到人家里，这还是前两天我跟朋友聊天时听说的。下班后的太阳跟我想象得不太一样，不太绚烂暖和，显得疲惫苍白。如果不是长得圆鼓鼓，周身还有金色的芒焰，说他是个大白汤团都有人信。

女朋友回来了，我指了指太阳，"有客人。"女朋友看了眼，咬我耳朵，"太阳还是月亮？"

"太阳啊，多明显。"

"可是他看上去挺苍白的。"

"冬天上班挺累的吧？"我问。太阳默默地点头，"这个季节，云的脾气很不好，我也想每天都灿烂微笑，可是又冷又累，所以有时候表现得也不好……加上近来又有点忙……"

"怎么呢？"女朋友俨然打听八卦似的。太阳挠了挠头，"我白天上班时，都偷空给月亮织一次性外套来着。"

"是怕她晚上黯淡无光吗？"

"不只这样。怕你们不信，其实月亮比我还怕冷，"太阳说，"所以得给她织暖和一点，好让她上夜班。每天我要下班时，就把织好的外套放在云上，等月亮上班时就能套上，可是云总是要扯一截给自己扮靓，就是晚霞啦，最好的颜色都被他抢走了……"

"我回家路上看到了呢，颜色和手艺都不错呀。"女朋友说。

"就是好奇，"我插了一句嘴，"你和月亮的关系，到底是……"

"其实没有啦。"太阳说，"我们就是工作伙伴，而且还是不同班次的。她上班时我下班，我上班时她下班，有时会彼此望一下。可是毕竟她一个女孩子，上夜班还挺冷的是吧……"

因为第二天要上班，太阳早早裹进了客厅沙发床的毯子里。

他一睡着，脸上仅余的一点光也熄灭了，芒焰垂落在床边。

我一晚上没睡稳，到凌晨时分，听见轻轻的叩窗声，往外看时，只见客厅窗口有一张白色的脸孔，是月亮。

"醒醒，上班了！"她说。

"我知道。"太阳揉着眼睛走去开了窗，"你先进来吧。"

"这家对你挺好啊。"月亮开始给太阳叠毯子。

"是啊。"太阳抚了抚月亮的头，"你回去休息吧，我上班了。"

"嗯，噢对了，昨天你织的外套挺暖和的。"月亮说。

月亮从窗口蹑手蹑脚地出去了。太阳想了想，低手从肩上拔下一束芒焰，搁在茶几上。他走到窗前，吸了一口气。苍白的脸色忽而变得橙红，随即转为金黄；垂在身侧的芒焰缓缓直立，燃烧起来；天风四合，云翳流动，他身上一轮轮光晕由暗而明，如波涛涌动，不断饱胀开来。猛然一道炫目的光闪过，太阳已不在窗前了，暗青色的东方天空，隐约有一缕光开始流动起来。

太阳留下的那束芒焰很有用：光亮暖和，像盏长明灯。之后的冬夜里，我们经常不开灯，就用这束芒焰照着，围炉吃火锅。有一天正吃着，听见敲窗户声。我走过去看，是月亮，手里捧着一大片阳光。"他给我织的满月外套，我说我今天是钩月，穿不尽，他就裁下这一片，托我送给你们了。"

"谢谢，代我问太阳好，让他下次还来。"

"他有些不好意思。"月亮说，"而且觉得骗了你们心里有愧。"

"骗了我们？"

"嗯，就我和他谈恋爱的事。"月亮大大方方地说，"他骗你们说我们没在一起。"

"我们其实知道啊……"我女朋友说，"他也太不会骗人了。"

"我知道他没骗到你们，你们知道他没骗到你们，就他不知道。"月亮笑了笑，"所以说他没心没肺的。"

"我觉得这是一腔热诚，没心眼子啊。"我说。

"嗯，我就喜欢他这点。"月亮说，"那回见了。这片阳光，你们可以当被子盖，很舒服的。"

"回见，回见。"

文 / 车宇佳

星星小镇

　　我刚离开的那座小镇，之前被叫作"星星镇"，因为很久以前，这里的星空很美很明亮。可是近些年不知什么原因，星星越来越稀疏，夜晚降临的时候，整片天空像是一块黑色的幕布。

　　我刚到这里就遇到一件大事，珠宝店老板的女儿要出嫁。珠宝店的老板是全镇首富，他店里的珠宝远近闻名，无论是小小的胸针，还是大串璀璨的项链，无一不在低调之中有一种神秘而遥远的光芒，越在黑暗之中，越能显出温和明亮的光华。没人知道其中的秘诀，竞争对手派出的商业间谍纷纷铩羽而归。

　　老板的妻子已去世多年，只剩下一个女儿，是他最最珍爱的宝贝。为给女儿打造一套世间绝无仅有的嫁妆，珠宝店已经关闭很久。所有人都对此津津乐道，想要知道以他的经验和手艺，这套嫁妆会有多美。

　　有一天，住我隔壁的小朋友神秘兮兮地拉着我跑到这家珠宝店的后门，眨着眼睛轻声说，"嘘，这里能看到好看的宝石！"我一边叹着气，觉得偷看不是男人该做的事情，一边也好奇地往里面看去。

　　哇！

我猜你看到里面的景象也一定会说"哇"的，尽管你可能是不喜欢珠宝的女孩，可即便是我，在看到满满一柜子那么美的珠宝时，也不由得发出赞叹。一人高的陈列柜上，闪闪发光的首饰那么宁静安详地放在那里，感觉不仅是美丽，更像是能看到浓浓的爱一样。只是那么远远的一眼，就能看出设计多么精致，搭配多么巧妙，能把一个女孩子衬托得多么娇艳圣洁。

我当时只是想，如果人间有星星，大概也就是这样吧。

我即将离开星星镇的时候，出了另外一件大事，珠宝店老板的女儿在夜里走丢了。

镇上的人找遍了每条街道和角落，连树林和山路也都没有放过，可是珠宝店老板的女儿就像凭空消失了一样。珠宝店老板悲恸欲绝，每天都茫然地在街上走着，脸上写满了焦急和担心。人们偷偷地议论着星星镇是不是受到了诅咒，再也没人敢在晚上出门。

有一天晚上，我睡不着，看着这里的天空，想念家乡的夜空，突然我意识到了什么，走到珠宝店后门。果然，老板颓唐地坐在里面，呆呆地看着那些首饰。

我敲门进去，和老板打了招呼之后，两个人都沉默了。我想了一会儿，开口问："你能告诉我这些珠宝究竟是怎么来的吗？"

老板没有抬头看我，苦笑了一下，说："终于还是有人猜到了。"

"如果我没猜错的话……"

"没错，它们就是星星，这个小镇上空的星星。"老板沙哑着嗓子说。尽管我之前已经有所怀疑，但是听到老板亲口说出来，还是非常震惊。

"我有一只捕星网。小镇的图书馆里有一本破烂到没人愿意翻的书，详细地介绍了捕星网的制作方法和捕星的技巧，别人或许觉得荒诞不经，但我把它做出来了。

"起初我都只捕捉那些偏远的、黯淡的、没有也不会被发觉的星星，而且严格地控制数量，直到我的孩子要嫁人，"老板的表情突然变得温存慈爱，"我一直看她从那么小一团长到现在的亭亭玉立，像她妈妈当年一样美丽又温柔。她妈妈嫁给我时，连一枚小小的戒指我都买不起，可现在我希望能给她最好的，让她像众星捧月一样风光地出嫁。我要挑最大、最明亮、最美丽的星星，因为无论多好，我的女儿都值得更好。

"我每天夜里都去捕捉星星做首饰，直到有一天我心满意足，觉得一切都完美了，却发现镇上的天空已经再没有一颗星星。起初我觉得没什么，可以出钱装路灯，可没想到，报应这么快就来了。"

老板无声地哭起来，泪水滑过他脸上的皱纹，滑进他的胡子里面。虽然那样的贪心是不对，可这样对女儿的爱还是让我很感动。

"我觉得有一个办法可以找回你的女儿。"

"什么办法？什么办法我都愿意去做！"老板立刻抬起头，眼睛里全都是期待。

"把星星还回去，我猜星星也愿意还回你女儿的。"

我本来以为知道星星可以做成首饰这件事，已经很不可思议，接下来我亲眼见证了更加不可思议的事情。

老板一个一个地拆掉首饰上面的宝石，把它们放进捕星网里，带到院子中。奇妙的事情发生了，那些宝石开始慢慢地动起来，先是试探性地蹦跳了几下，相互磕磕碰碰了一会儿，然后开始越跳越高。突然，其中一颗直直地冲向天空，留下一道细长的银色轨迹，接着所有的宝石争先恐后地飞上天。我在目不暇接的银光之中惊呆了，感觉简直在梦境里一样，最后，我见到了人生中最明亮的星空。

镇上的人被这突如其来的亮光惊醒，纷纷走出家门，欢呼雀跃，像是过节一样。

这时，有个纤长的身影从远处的山上走下来，越来越近，人们发现，那是珠宝店老板的女儿。虽然看起来有些憔悴和疲惫，可是依然健康美丽。珠宝店老板已经哭得说不出话，他快速地走上前去，紧紧地抱住了那个消失了这么久的姑娘，"我的女儿啊，我的女儿！"

姑娘在父亲的怀抱里微微地笑了，"我的爸爸呀，我的爸爸！"

周围的人们开心得要命，有的大婶还抹起了眼泪，也有人七嘴八舌地问她去了哪里，又是怎么回来的。"一开始太黑了，我找不到回家的路，后来我走着走着，一下子天就亮起来，有好多星星指引着我，我就看到家了。"

后来，珠宝店老板邀请我参加婚礼，但我急着赶路就离开了。据说婚礼很盛大也很幸福，珠宝店老板的女儿身上一件珠宝也没有，可婚礼举办的晚上，熊熊的篝火也没有两个新人的笑靥鲜艳动人。满天的星星是前所未有的灿烂和明亮，像是无数个最真挚的祝福。

我还听说珠宝店老板关掉了珠宝店，开始给小镇的每个角落安装明灯，他说希望每个孩子都能找到回家的路，最好是天上星河、人间灯火，一起给他们照耀前方的路。

文／颜巧霞

在光阴里渐行渐简的男人们

　　在初长成的时光里，女悦己者容，爱扮，男亦悦己者容，爱扮。从身边的他身上可见一斑，那会儿他还不是我的谁。他打扮得够招人眼，白皙的脸庞上架一副天蓝色框的眼镜，长长的碎发随风潇洒律动，穿宝蓝色或者鸡冠红的尖头大领的绸缎衬衫，下面配白色或者黑色微喇长裤，活脱脱一港台剧走下来的帅气小明星。我和闺蜜说起他的时候，竟然观点一致，觉得他够时尚和精致。当他的爱情小船向我驶过来，我简直是毫不犹豫就跳了上去。

　　比他打扮的更夸张的是我们单位旁边开照相馆的男孩子，顶上的发烫成蓬松状如一大朵花绽开，留几根弯弯的刘海，他还刷眼睫毛。他把自己的照片挂在外面的玻璃窗里招揽顾客。我们走过他的照相馆，瞟一瞟照片，吃吃地笑着照片上那妩媚的女相。我们些微的嘲笑他知道不知道呢？只见他仍一丝不苟打扮着，靓丽时髦的紧身衣裤，弯曲的刘海。

　　开照相馆的男孩子把小小的照相馆开成了大影楼的时候，我和他的婚姻也走过 10 年，光阴一寸一寸地从我们身边移过去，他的头发一寸一寸地短下来，从需要耐心打理的长碎发，到偶尔修理的板寸，如今只见青茬茬发根的圆头发型，却是光阴移，头发简了。

光阴还是一剂漂白剂，他曾爱的色，艳辣辣的宝蓝、鸡冠红逐渐被平淡的白、宽厚的灰、冷静的黑替代。他现在的衣服一律棉布上衣配宽松的休闲裤。那些华美的绸缎衣服压在箱底里像远去的青春年华存放在记忆深处，已过而立的他再不为引人侧目，只需简单舒适。

开影楼的男人，穿着老布鞋，纯棉的布衣，坐在硕大的泛着光泽的红褐色的檀木办公桌后面，喝茶看书，偶尔地瞧瞧前台年轻的摄影师们，年轻们在臂膀上套上一大圈金灿灿的链子，发型前卫是中间高，两边低的"贝克汉姆"式，听劲爆吵闹的音乐。

拜会小城里的著名诗人，他已过不惑，规矩的板寸头，格子衬衫，休闲牛仔裤，整个人给人的感觉像棉、像陶、像瓦，那样简单纯粹率真。说到从前，诗人说年轻时候的他留一头长发，穿着另类，抽烟喝酒，写诗，一个人去旅行……

原来男人们为了爱情、事业、梦想这几个艳丽丽的词，也曾全副披挂，姹紫嫣红，但与时光一场角斗下来，那些花俏、繁杂的装扮都且行且丢，最后终于在光阴里渐行渐简了！

捌

如果有一天，

她老无所依

口述 / 汪永忠 整理 / 海绵

候鸟爸爸

一

2006 年 2 月 4 日，我永远无法忘记这一天。正在上班的我接到了美国贝勒医学院发来的邮件，我的博士申请已获批！我欣喜若狂地拨通妻子的电话，还未及开口，电话那头却传来妻子沉重的声音："你先回家一趟吧，女儿的身体可能出了点问题。"我一愣，喜悦的心情悬在半空，一种不祥的预感让我顾不上多问，立刻赶回了家。

原来，女儿在学校摔了一跤，随即神志不清。医院做了简单的 CT 检查，并没有发现异常。看着女儿虚弱地躺在床上，我的心遽然一紧！

其实一个多月前我送女儿上学时，就发现了她的异常，她频繁跌倒，虽然从表象上看可能是腿抽筋，可我还是怀疑女儿的神经系统方面出了问题，这并非我多疑。

我 1979 年生于湖南株洲，在中南大学湘雅医学院读本科时，和妻子何妍相恋，2000 年本科毕业后结婚。2001 年 4 月，我们的女儿汪芯羽出生。聪慧可爱的女儿在绘画方面天赋过人，3 岁时就喜欢用彩笔画画，家里厚厚的画纸，张张有模有样。

我们将女儿送往昆明市人民医院进行全面检查，却始终无法确诊。周末去接女儿时，我发现她神情呆滞，跟她说话，回应也很慢。以前每次路过学校门口的西餐店，都会买她最爱的蓝莓蛋挞，这次我故意拉着她走过店门口，女儿的小手在轻轻用力，示意我停下来。她口齿不清地说："爸……挞……"作为一个医学专业人士，我太明白了：孩子思维是正常的，但已经吐词不清，她肯定患上了棘手的疾病，再不能抱有侥幸……

我开始向远在美国的导师和同学们求助。2006 年 11 月下旬，女儿出现失语、进食困难等症状，已经不能站立和抬头了！这时，导师卡尔森发来邮件，建议我查一下染色体。抱着最后一线希望，2006 年 12 月，我们带女儿来到北大妇儿医院，这次女儿终于被确诊：由于基因突变，她患上了尼曼匹克病。

尼曼匹克是一种代谢疾病，由基因突变所致，极其罕见，无法治愈！几乎没有孩子能活过 10 岁！我一个人跑到医院外号啕大哭。阳光温暖的午后，北京街头车水马龙，我却感到自己仿佛浸在福尔马林液中，冰冷绝望。

原本幸福美满的家庭一下子垮了。美国导师还在不断催我继续博士学位，虽然这是我梦寐以求的顶级医学殿堂，但此刻只能选择果断拒绝。我在悲痛中仍然坚信，自己是医学硕士，一定比普通父母有更多办法。

二

我将女儿送进了昆明市人民医院，因职业便利，我了解到比一般患者家属更多的治疗信息。首先，我给孩子进行了一系列抗氧化剂治疗。女儿血管细，连续 3 个月用药，手脚和头部全都扎青了，可半年过去了，效果并不明显。

2007 年 11 月底，女儿病得连床都起不来了。喂水喂饭时，常常呛出来。每次女儿被治疗折磨得难受时，会伸出小手去摸妈妈，有时因手抖得厉害而摸不到时就发出呜咽的喉声。因为实在无法进食，我们俩开始给她鼻饲，女儿挺着小小的身体，痛苦地配合着。医生走后，我以同行的身份去和主治医生商量下一步治疗方案。

可此时，女儿的情绪却出现抑郁，一向乖巧的她一连 3 天拒绝进食，第四天，女儿虚弱地睁开眼睛说："爸爸，放了我吧，我不治了！我……难受。"我心中一阵悸痛。最痛苦的是孩子啊，她被各种治疗和药物折磨。而我也非常清楚，目前这种遗传性基因突变引起的疾病是无法治愈的，过度治疗只会增加孩子的痛苦，让原本有限的生命更加黯淡无光……

我再次飞奔到主治医生病房，取消了自己的治疗建议。走出医生办公室，我泪如决堤。

我将决定告诉女儿时，她露出了久违的笑容。这天晚上，我看到女儿努力地伸手去够床头柜上的病历和笔，拿到笔后，她在病历上画着什么。我凑近去看，女儿画的是病房窗外一小方天空，电线错落交织成一张网，鸽子飞过去是忧伤的弧线。女儿痴迷地看着窗外渐渐黯淡下去的天空问我："我病好后，你带我去画画，行吗？去大森林、海边、雪山，有大树、有松鼠……我想画下世界。"我鼻子一酸差点哭出来。工作一直忙，从未带孩子出过远门，大海和森林在她脑海里还只是电视里的样子。

女儿睡下后，我和妻子守在她床前。她艰难地呼吸着，娇嫩的皮肤有些苍白，额角透出蓝色血管。时间越来越短了，到底还有多少个夜晚可以陪在她身边？

凌晨两点，我在医院冷清的走廊做了大胆的决定：出院，带她去好好描绘这个世界。

三

2007 年 12 月 22 日，我为女儿办理了出院手续。我问女儿："从今以后，咱再也不进医院了，爸爸带你去很多地方写生，高兴吗？"女儿不敢相信："我没法……走路。"我说："没关系，爸爸抱着你！"我将女儿紧紧搂在怀里，心里一片澄澈。

对生命的敬重不一定是竭尽所能地拯救，也可以是无法挽救时的平静相依。

经过慎重选择，由妻子工作，我全职带孩子上路。2008 年 1 月，我们卖掉住房，在郊区租了一间小房子。我收拾好东西，带着女儿开始了她的生命征程。

父女俩的第一站是长白山。女儿没见过森林，我要带着她从北向南走，做一只因爱而生的候鸟。我的大行囊里，背着很多医疗器械和药物，女儿的病历、各种化验单，也一项不落。背包是个移动医院，我就是女儿永远的移动医生。

我抱着女儿先坐火车奔赴长春，原本欢天喜地的女儿一上火车，忽然口吐白沫抽搐起来。周围乘客吓坏了，我立刻把她在座椅上放平，给她做心脏复苏按摩。约 40 秒后她终于缓过劲儿，半小时后完全清醒。我擦了一把头上的汗，把女儿紧紧搂在怀里……一路有惊无险，我们终于到达长春，随后，父女俩搭车来到长白山地下原始森林。

地下森林是由于火山活动，造成地层下塌形成的巨大山谷。一进去，大自然清新神秘的气息扑面而来。女儿攀紧我的脖子，兴致盎然。走到谷底，我为女儿支好画板。女儿的小手不自觉地抖动，我心疼地上去帮她握紧笔："你往那边动，轻轻动一下就好，我帮你捏着彩笔，咱俩肯定能配合好。"女儿脸上漾起笑容，画纸上也出现了美丽的绿色。

回到旅馆，我给女儿做康复理疗。我拿出血压仪，女儿马上伸出手臂。要知道以前她抬一下腿伸一下胳膊，都是非常艰难缓慢的。旅行不但令她精神状态好了很多，连运动障碍都有很大改善！欣喜若狂的我立刻打电话给妻子，妻子在电话里也喜极而泣。

由于女儿身体太过屠弱，我们父女俩无论去哪儿都要全程自助，非常耗时耗力。每天最多的时间是给女儿喂饭。由于肠胃功能退化，女儿进食困难，我要一点一点地喂流食。

一个月后，父女俩转战北京。我抱着女儿走过北京的大街小巷，买了个大糖葫芦后，女儿说："我自己画。"她不要我再握她的手，而是自己慢慢拿起笔，用一只手捉着另一只手减少抖动。画了很久终于完成，她举起画纸给我看。每一颗山楂在女儿笔下都是溜圆，在街角忧伤的胡琴声中，女儿的笑脸纯净灿烂……

西安、成都、上海、杭州、武汉、贵阳……我在中国地图上曲曲折折标出我们走过的路。女儿画了几百张画稿，我写下数万字旅行日志，怀抱屠弱的女儿，我用脚板一寸寸丈量着她眷恋的土地。

2011年年底，我带女儿来到厦门。站在跨海大桥上，女儿忽然问我："人死了，是不是会变成一滴水？"我点点头："对，每个人都会死，但他们并没有离开世界，只是离开了人间。他们和我们分享着同一个世界，用不同的生命模样，比如变成一棵树、一滴水。"女儿若有所悟，用她瘦骨嶙峋的小手轻轻抱了抱我。

在我的倾心照顾中，女儿精神状态一天天好起来。她和我一起感受着万物的死亡和复苏。海上生明月，长河落日圆，在大自然的循环中，她认识并接受了死亡。她开始觉得自己就是一棵树、一滴水，周而复始，循环往复，与自然的能量场相融合。

2012年1月，我带女儿来到丽江。这是我们近1460个日子走过的第22个城市，它宁静闲适，一推开窗户就可以看见玉龙雪山。女儿把画架支在窗边，画累了，就靠在我身上小憩。

查阅资料时，我惊喜地发现，女儿是全世界有文献记载的患者中坚持时间最长的一位！是对生活的这份热爱缔造了奇迹吗？我开始为女儿整理这一路的收获。我将女儿的千余张画稿、旅行日志寄给了几家出版社，此外，我在旅途中整理出了几百万字的护理笔记，将会对尼曼匹克罕见病研究提供宝贵的资料。也许我的女儿无法等到有特效药的那天，但它可能会给将来的患者带来生的希望。

今日，我仍不知道什么时候会和女儿真正告别，可我知道这告别将不再悲恸欲绝，因为彼此相携，努力走到了最远。作为候鸟爸爸，我将一路用温暖的翅膀拢住我的女儿……

文 / 张西蒙

许张氏：90 度的脊梁，360 度的母爱

　　1916 年，安徽亳县 (亳州市) 一个女婴呱呱坠地，父母看着襁褓中可爱的独女，取单名"娇"。17 年后，女孩嫁给了同村的许奎元。婚后随夫姓，再取父姓"张"，从此"张娇"成了"许张氏"。夫妇俩育有五女二子，平时种种田、打打零工，生活虽不富裕，但一家人其乐融融。

　　然而好景不长，小儿子许全意自 19 岁开始行为举止越来越不正常。有一次，他突然失踪，大家苦寻一番后在亳州 30 公里外的一个地方发现了他，家人把他送到医院，确诊为精神分裂。19 岁的青春年华，许全意在对抗病魔和别人异样的眼光中度过，只有母亲的关怀能让他感受片刻的安宁与温暖。

　　在许张氏的悉心照料下，许全意的病情还算稳定。但上天似乎并不垂怜这位母亲，儿子在忍受精神分裂的折磨 20 年后下肢突然瘫痪，此时丈夫许奎元已经去世，许张氏带着儿子跑遍了能想到的所有医院，但仍无法查出病因。彼时的许张氏，早已是古稀之年，面对上苍给的又一难题，她毅然选择了接受与坚强，继续挑起照顾儿子的重担，一挑又是 20 年。

照料儿子，几乎成了许张氏的全部生活。她每天料理家务、帮助儿子大小便、清洗身体、喂他吃饭，日复一日。在许张氏看来，儿子和常人无异，只不过像个贪睡的孩子。许全意卧床20多年，已年过花甲，在母亲的照顾下面色红润得不像个病人。

"我开荒、刨地，栽点小树，卖了钱给他瞧病。这是个慢性病，只能慢慢来，一次取三个月的药，吃完了再去拿。"一开始老人家自己去医院取药，后来医生看她带孩子辛苦，就往家里寄，一个月寄一回，七味中药，要熬一整天。"好在吃药有效果，吃饭好些了，也能听懂人说话。"说到这里，许张氏浑浊的双眼多了些许光彩。

因常年劳累，许张氏的脊背几乎90度弯曲。2013年以前老人还能做一整天家务，而现今多半时间躺在床上，儿子许全意就和她在同一个屋里隔床而居。有时候女儿们帮着她清洗许全意身上的疖子，"她怕洗不干净，还要自己再洗一遍"。几个子女想要照顾兄弟却都被老人拒绝，不仅仅是因为老人觉得自己照顾孩子更放心，更多的是怕给子女们添麻烦，"我照顾他是应该的，别人不该受这个罪。"

生前，提及百年之后，许张氏有些哽咽，这哽咽不是因为自己，而是放不下儿子，"我也不知道还能活几年，孩子到底还是要拜托他的姊妹们，姊妹三个可以一人一个月，交替着来。"这时老人总会用恳求的眼神望向女儿，得到肯定的答复才舒展开眉头。几年前身体还好的时候，她会推着儿子在外面晒太阳，弯曲的身体比轮椅中的许全意高不了多少，夕阳下两人的影子合而为一，仿佛她一个人经历着两个人的人生。

许张氏的事迹流传开后常有人来探望，每次老人都很奇怪——她压根不认为自己做了多么伟大的事情，"我一个老婆子有啥好看的？"

生前，除了一年720元的低保和国家的实物救济，她和儿子每月仅有600元的低保。但对于别人的善款，多至十万，少到几元，许张氏分文不取。三女儿说："每次有人要捐款，她都坚决不要，甚至有人在家坐了两个小时为了给她捐点钱，她都不收，并且不让我们收。"她觉得"国家给我的足够了，别人的钱都是别人自己挣的。只要有面吃，我就不困难"。老人朴素地认为能吃上面，就是莫大的幸福。

亳州政府曾提议老人进疗养院，但老人不肯，"我现在没有功劳，孩子躺在床上更是如此，受之有愧。要是能好了以后为国家出点力，那才叫功。"她总是站在他人的角度去考虑，认为自己去哪儿都是给别人添麻烦，极容易满足的心中感恩长存。

2013年12月23日，许张氏老人安详地离开，享年98岁。临终前，老人把小儿子托付给小女儿许长荣照料。她以中国母亲特有的质朴与包容，用90度的脊梁为儿子撑起360度的天空，点燃不灭的春晖之火。

文 / 三秋树　舒黎明

如果有一天，她老无所依

一瞬可能就是永恒。

上一秒，付宇的眼前还是一片困倦的灰色迷雾，下一秒，砰的响声让他整个人清醒过来。在乘客的惊叫声中，付宇慌乱地将大巴车靠边停下。

2010 年 9 月 17 日，大连市图书馆附近这场公交车撞死大学生的交通事故，预示着一场即将影响若干家庭的风暴到来。

悲伤、痛苦、绝望……没有任何办法能阻挡局中人注定的命运之轮。

2010 年 9 月 21 日，大连付宇家

被撞身亡的大学生韩湘是湖南安化人，来自农村。爸爸早已去世，妈妈负债将他送上大学。一个无依无靠的女人老来丧子，不找付宇和公交公司拼命才怪！

付宇和妻子许青青陷入焦虑中：他们都是普通工薪阶层，儿子刚上幼儿园。在市区买了套不到 50 平方米的旧楼，一家 5 口挤得不行。两个

人铆足了劲攒钱，想换一套大点的房子。这一下别说换房子，不赔到倾家荡产，大概是没办法取得对方谅解了。

9 月 21 日下午，付宇打电话给许青青："韩湘的妈妈罗瑛马上要到我们家来了，集团领导说，不管人家怎么闹，你都忍着。"

许青青蒙了。不是说公司已经安排了酒店房间？那个罗瑛为什么第一时间就要跑到家里来？对方肯定恨死他们了，要看看杀子仇人全家长啥样。

很快，付宇和公交公司代表簇拥着一个穿着黑衣裤、面色憔悴的 40 多岁村妇来了。许青青的心都提到了嗓子眼上。

罗瑛面无表情地走进付宇和许青青家，到处看了一圈。在众人的屏气凝神里蹦出了一句浓重的湖南话："你们城里人住的地方也太挤巴了。"

想到很可能连这个落脚地都要没了，许青青的眼泪一下子就涌了出来："都是普通工人，哪买得起好房子？一平方米一万多的房价，不吃不喝两辈子也买不上！"

罗瑛一呆："一万一平方米？就买这种比鸟笼子还小的楼房？"

许青青有点后悔。万一对方算算这房子值点钱，盯上了就麻烦了。

她赶紧改口："可不是。小付一个月两千不到，一个月只休三天，没白没黑地跑。从干上公交司机那天起，就从来没有睡到自然醒的时候，生生落下一个神经衰弱的毛病。这些年，他也没跟家里过过一个团圆的节日。这不，又出了这么大的事。"

"在城里混生活，不容易。"这是罗瑛说的第三句话。

从进门到走，关于儿子的死，罗瑛一个字没提。

她走后，付宇一家人越发觉得深不可测，这种不声不响、不哭不闹的，才是狠角色呢。

2010 年 9 月 22 日，韩湘所在学校

韩湘生前所在学校在出事之后就召集了强大的律师团，打算严惩肇事司机，并最大限度地为罗瑛争取经济赔偿。

罗瑛说想看看儿子生活过的地方，校方找来韩湘的好友领着罗瑛，把韩湘生前上课的教室、睡过的寝室、图书馆等，有过他足迹的地方都走了个遍。

那晚，罗瑛就住在了儿子的宿舍里。

第二天早上，罗瑛找到校方接待人员，说："湘儿给你们添麻烦了。我还得继续添个麻烦，帮我联系把湘儿的尸体早些火化了。再就是给湘儿的朋友请一天假，我想领着湘儿把大连好玩的、他没去过的地方都转转。"

那一天，西山殡仪馆，韩湘的老师同学几乎悉数到场。整个过程，罗瑛眼睛红红的，嘴角不停颤动，但就是忍着不肯滴一滴眼泪。

她坚持一个人、一点点地，将儿子的骨灰装进了骨灰盒，放进随身的背包，然后紧紧地抱在怀里，就像抱着一个婴儿。

她抱着就再也没有撒过手。

那一天她抱着儿子的骨灰，在韩湘生前好友的陪同下，把大连的滨海路、金石滩走了一遍。韩湘好友的眼睛都哭肿了，可是罗瑛一滴眼泪都没掉。

韩湘好友看见眼泪在罗瑛眼里打转，哭着对她说："阿姨，你就哭出来吧。"

罗瑛嘴唇颤抖着说："湘儿 15 岁没了爸爸，从那时开始我就没在湘儿面前掉过眼泪，孩子看见妈妈哭，那心要多疼啊。"

2010 年 9 月 23 日，公交集团

罗瑛一大早，没有通知想为她争取最大赔偿金额的校方，一个人去了公交集团。

对于罗瑛的到来，公交集团早就做好了各种准备。他们已经将公司赔偿的钱，以及肇事司机付宇赔付的钱装在了信封里。集团领导没让小付露面，几个领导带着律师来见罗瑛。

领导们严阵以待，做好了罗瑛撒泼放赖、哭天抢地的准备——从下车到如今，罗瑛表现得过于平静，他们觉得，这是暴风雨来临之前的平静。

没想到，罗瑛说："我请求你们两件事。第一，希望你们别处分小付。小付睡眠不好，帮我转告他一个偏方——把猪心切成片，再加 10 粒去核的红枣，拌上盐、油、姜煮熟，早晚热着吃一个月。第二，你们要赔湘儿的那些钱，能不能再添点儿，多雇几个司机，别让他们再疲劳驾驶了。"

说完，罗瑛拎起了行李。集团领导拼命地将赔偿金往罗瑛手里塞，罗瑛怎么也不肯留，"这钱我没法花。如果我拿了这钱，就相当于把儿子的命换了钱花。你们城里开车不容易，你们活好了，少一点死人的事情，我儿子的死才真正有价值，就当是我替我儿子捐给你们的吧！"

在一群大男人目瞪口呆的目送中，罗瑛坐上了开往火车站的公交车。

2010 年 9 月，湖南安化

听到列车广播员说，火车已经离开大连，罗瑛的眼泪终于哗啦啦地流了下来。

儿子死亡的消息，是学校辅导员打到邻居家电话上的。罗瑛当场崩

溃。从安化县高明村坐汽车到安化县，然后从安化县到长沙，再从长沙
到大连，将近 3000 公里的路途，罗瑛哭了 2000 多公里地。

儿子韩湘上初三那一年，丈夫因病去世，临走之前只说了一句话：
"再穷也得让孩子读书。"孤儿寡母，土里刨食，维持温饱尚且艰难，但
罗瑛一直坚持让韩湘读书。韩湘看到母亲劳累艰难的样子，不知道多少
次背着行李回到了家里——同村和他年纪相仿的孩子，很多都已经外出
打工，帮衬家里。可是每一次罗瑛都将儿子送回了学校。让儿子读书、
上大学，不仅是她对丈夫的承诺，也是她的希望。

朋友邻居看到罗瑛一个人带着儿子的骨灰回来了，半分钱都没收，
没一个人不骂她，都认为她肯定是精神受刺激了。

罗瑛把儿子安葬在丈夫的坟边，大哭一场安葬了儿子，像往常一样
日出而作日落而息。

儿子没了，债还在。罗瑛白天种地，上山采药材，晚上扒玉米，换
点钱就赶紧给债主们送去。

伟大仿佛注定凄凉。但因为她，悲剧中的一个家庭已经改变了注定
的命运。

而一个改变，会带来另一个改变。

2010 年 11 月，湖南安化

因为罗瑛的不追究，付宇保住了工作。11 月，他有了几天年假，他
决定带妻子去湖南看望罗瑛，并且以后每年都去。

公交集团领导知道后，决定买两卡车的米面粮油，组织 15 个人一
起去。

他们被那真实的贫穷惊呆了——罗瑛家是木楼，不小，但十分破旧，
摇摇欲倒，一日三餐，连点油星都见不到，她的贫穷使她的放弃更令人

肃然起敬。

看到公交集团的人，看到付宇，还有那两卡车的东西，罗瑛也很吃惊。她一而再、再而三地拒绝："这些东西自家都产的，不劳你们花钱的。"

这一次，公交集团的人没有听罗瑛的话。罗瑛犹豫了半天，说："那你们帮我个忙，挨家挨户给送点。湘儿能读到大学，没少了大家的帮衬。"

15 个人走的时候，除了留下路费，其他钱全拿了出来，恨不得把罗瑛一年的用度都给准备好。15 个大男人，一上车全都哭成了泪人。

从 2010 年 9 月到今天，3 年过去了。高明村与大连人之间的往来变得频繁，很多对此事知情的人，不光每年去看望年岁渐长的罗瑛，也为那个村庄做着力所能及的事——投资、修路、建新校舍……

故事本来的结局一个个被改写。罗瑛房屋翻新，老有所养；连火腿肠都没见过的孩子们有了新学校，会有更多的孩子跟韩湘一样，考上大学，去见识外面的世界……

命运的碾压从不留情，但齿轮之下也有希望生根发芽的缝隙。

文 / 张　渺

血连姐妹

　　妹妹柏翠云一动不动地躺在血细胞分离器旁，两支针头扎进了两只手臂的静脉血管。

　　她不停地把手里一个红色皮球攥紧又松开，鲜红的血液从左臂缓缓流进分离器，再从右臂回到身体中。两个小时后，50 毫升包含免疫细胞的血浆提取完毕。

　　一周后，这些免疫细胞在培养室里呈几何倍数地增长，再分 4 次、每隔一天地输入到姐姐柏翠霞的身体里。

　　13 年来，在北京 307 医院，这样的循环已经在这对姐妹身上发生了十多次，也正因为这样的循环，让患有白血病的姐姐活了下来。

　　如果有可能的话，柏翠云希望，这一切从来没发生过：姐姐没有被确诊为急性粒细胞白血病，也无须接受自己的造血干细胞移植，姐妹俩可以悠闲地安排退休生活，到全国各地去旅游。

　　第一次来北京，是 2001 年，姐姐的白血病被确诊了，唯一的生路是移植造血干细胞，柏翠云跟弟弟一起去医院做了配型。

　　"那是我姐姐，只要我能，我一定会救她啊。"柏翠云说。

在一家国企工作的姐姐比她大两岁，生活上，比一直打工的她优越得多，而小弟比她们小了将近一轮，平时家里的事，都是姐姐大包大揽。柏翠云已经习惯了，什么事都有大姐在前头顶着。

可这一次，轮到她"撑起天"了，她几乎是头一次看到，一向坚强的姐姐露出脆弱的表情。

接到医院通知的时候，柏翠云松了口气，她跟姐姐的配型结果是"全相合"，匹配指数高达 99.9%，那时候，她不知道造血干细胞移植是怎么回事，也不清楚会不会有什么后遗症。

柏翠云背着行李，独自踏上了去北京的火车，去给正在 307 医院住院的姐姐捐献造血干细胞。这一捐，就是 13 年。

2009 年的国庆节前夕，柏翠云得知，姐姐的白血病复发了。仅仅数日，曾经沉寂了 8 年的癌细胞，就从髓外侵入骨髓，这对已经移植过造血干细胞的姐姐来说，几乎是"被宣判了死刑"。

柏翠云和姐姐重新回到了北京 307 医院，那段时间，她经常会做噩梦，梦见姐姐没了，她会在漆黑的深夜中吓醒，赶紧下床看姐姐还有没有呼吸。

唯一的生路，同 8 年前一样，依然来自妹妹柏翠云的血液。

"我活着，就得一直折腾她。"姐姐盘着腿坐在日租房的小床上，低声说着，目光落在妹妹身上。妹妹手里正打着毛衣，眼睛专注地盯着手里的针线，仿佛没有听到姐姐的话，"对她，我有太多的负罪感。"

每一次，当姐姐病情反复，柏翠云就会陪着姐姐赶赴北京，躺在血细胞分离器旁，等着医生提取出足够的免疫细胞，再在医院附近租下一个小房间，守着住院的姐姐。

"没有伤害，"她拿从医生那里听来的话安慰姐姐，"也不疼，你放心。"

尽管据 307 医院细胞与基因治疗中心实验师张婧的介绍，这种简称为"细胞免疫治疗"的治疗方法，采血量少，对人体也没有什么伤害，姐妹俩的父母，还是觉得很"心疼"二女儿。但老父亲仍旧一边抹着泪，一边对柏翠云说："去救救你姐。"

实际上，并不需要父亲这句额外的叮嘱，"那是我姐，我当然得救她。"

"我妹从来不说什么豪言壮语，"柏翠霞看着妹妹，眼睛里闪着泪花，"她直接去做。"

柏翠霞专程从医院请了假，来日租房看妹妹，她顺手把楼下小摊上买的西瓜交给了妹妹，而柏翠云一句多的话没有，默契地回身去切西瓜。

她还记得自己 7 岁的时候，比自己大不了多少的姐姐，踩在小板凳上，为全家准备晚饭的画面。记忆中的画面现在翻转了过来，照顾人的成了自己。在 307 医院住院的白血病患者家属中，给一个病人长期做"提血库"的，"就我一个。"柏翠云低沉的声音中，隐隐有些自豪。

柏翠云甚至已经记不清，这究竟是第十几次来北京了。姐姐向她保证，等这次做完，自己要"再坚持 8 年、18 年不复发"。

"那就太好了。"姐妹俩一起笑着说。

文 / 舒黎明

有些恶总能被善解决

性教育再好，挡不住荷尔蒙增高

2013 年 4 月 4 日上午，一通陌生来电瞬间将 43 岁的姜秀梅推到危机四伏的关口。

来电者花了几秒钟自顾自介绍叫李悦，是姜秀梅儿子李开明同班同学梁艺佳的母亲后，爆发出难以抑制的尖锐哭嚷："你赶紧给我滚到妇产医院来！你儿子干的好事，让我女儿怀孕了！"

17 岁的儿子要做爸爸了？姜秀梅被这个消息震得晕头转向，赶紧请假赶到市妇产医院。她一去就被梁艺佳父母牢牢抓住，原来，梁艺佳不但怀孕了，还是恶性葡萄胎，正在手术室里做刮宫手术。手术结束后，等待这个高二女孩的将是痛苦的放化疗。

梁艺佳父母哭成一团，姜秀梅脑子也被震成一团糨糊，她手脚发抖地给老公李吉打电话，让他带足够的现金来医院。

姜秀梅一向对教育孩子还算自信，尤其是儿子进入青春期后，高大阳光，是校园各种活动的活跃分子，特受女生欢迎。她和老公专门挑选适合的时机对儿子做过性教育，但他还是做错了事情，而且还是以最低级的方式让对方身心俱受重创。

三小时后，梁艺佳被推出手术室，他们一家三口在病房里放声大哭。姜秀梅和李吉把带来的钱给梁艺佳预缴了医药费，忐忑不安地回家。一回到家，李吉二话没说关起门来将儿子一顿胖揍，知道自己做错事的儿子没做任何反抗。

第二天姜秀梅和李吉又赶去医院，想看看梁艺佳，表达歉意，再次被她父母指着鼻子痛骂。

第三天姜秀梅继续待在医院。这时，班主任打来电话，问她李开明是怎么了，为什么会突然辞去校文娱委员和班长的职务，任老师怎么挽留都沉默以对。

姜秀梅心乱如麻。她赶回家，儿子去上补习班了，她在儿子房间寻找他最近情绪变化的蛛丝马迹。在儿子最喜欢的《哈利·波特》全集里她发现一封只写了一个开头的信："亲爱的爸爸妈妈，我走了，把因我带给你们的耻辱一并带走……"

姜秀梅不寒而栗。她除了跑医院，还要盯着儿子，害怕他做傻事。这件事如果处理不好，会影响两个孩子一辈子，让两个家庭万劫不复。

责任让男孩成熟

姜秀梅决定让儿子去医院看望梁艺佳，尽管他并不具备解决问题的能力，却也不能在父母的庇护下把头埋进沙里，当作什么也没发生。

让儿子去探望梁艺佳之前，姜秀梅问了他一个问题："如果她的父母为难你，你怎么办？"

李开明茫然地摇摇头。

姜秀梅说："我也不知道该怎么办。但无论什么时候，都要做一个有教养的孩子。"

李开明自然没能见到梁艺佳。他顶着骂声，给梁艺佳的父母深深鞠了一躬，这让举起拳头准备揍他的梁爸爸愣住了。他又留下了那几天的课堂笔记。梁艺佳成绩不错，一直憧憬着能考上美术学院，所以李开明首先想到要弥补她的，就是帮助她这段时间不落下功课。

第二天的早餐桌上，姜秀梅说："明明，今天起你得更加努力地学习，因为你要替另外一个人听课。你们摔了一跤，但都不要掉队。"李开明紧紧咬着下唇，重重地点头。

爸爸出门上班后，李开明小声对姜秀梅说："妈，其实昨天我一直守在医院，乘着她爸妈不在，我看到她了。"之前被揍得鼻青脸肿却一声不吭的17岁男孩，眼眶里渐渐凝满了水汽，"妈，她会不会死？"

姜秀梅抚着儿子的肩膀安慰他说："佳佳不会死，但这种治疗真的很痛苦，妈妈知道你的痛苦不比她轻。经历了这件事，你就是一个男人了。要勇于承担责任，真诚地表达你的歉意。不管以后你和梁艺佳会是什么关系，至少要把她当作你的亲人，时时刻刻帮助她，保护她。做到这些的前提，是你足够强大足够勇敢足够坚持。明白吗，儿子？"

李开明一直点着头。而后他又问："为什么你不骂我？"

这句话让姜秀梅心里翻江倒海，她说："你看，有些错我们负担得起，比如一节课不认真听讲，可以课后补习；可是有些错一定不能犯，它几乎无法改正。人人都想活得随心所欲，但很多随心所欲，当时有多快乐，后来便会有多痛苦。人跟动物不一样，正是因为人懂得控制自己。"

那个清晨，17岁的少年眼睛里多了很多东西。

李开明接下来的行为让姜秀梅惊喜。他制订了一个计划，卖掉了自己很宝贝的一个汽车模型，买了MP4，将老师上课的内容和自己对当天作业的讲解录下来，每天趁午休或者放学后去医院给梁艺佳补习功课。

刚开始，梁艺佳的父母不准许李开明进病房，他便在病房门外一边写作业一边等。第四天，在梁爸爸的默许下，李开明终于得以进入病房。

姜秀梅很欣慰。

梦想能治愈自卑

梁艺佳的情况却不容乐观。心理医生说，梁艺佳除了身体上的创伤，更严重的是内心的自卑和情绪的低落。

姜秀梅如实向儿子告知梁艺佳的现状，希望以儿子对梁艺佳的了解，能够找到让她振作起来的那把钥匙。

李开明想了很久，告诉她："梁艺佳一直想做服装设计师，她画画儿很棒。"

马不停蹄地，姜秀梅让儿子收集所有他能收集到的梁艺佳的作品，趁周末她和儿子一起去省城，请自己的大学同学、美术学院的教授看了那些画儿。

教授给的评价是，有天赋，不过依然需要刻苦学习。李开明恳求教授把这些话写下来，甚至还请他走了一些流程，帮忙盖上了美院的印章。

李开明带回的教授点评让梁艺佳的父母放下了对他的剑拔弩张。李开明终于得到允许，坐在梁艺佳床前跟她说话了。李开明给梁艺佳讲校园里最近的新闻，又把那封美院教授的亲笔信，还有他拍的美院校园照片拿给梁艺佳，两个孩子聊得很开心。

一个多钟头后，李开明走出了病房，他对病房外的四位父母哽咽着道歉："叔叔阿姨，爸爸妈妈，这段时间让你们操心了。请你们放心，我和佳佳谈过了，她觉得目前一切以学业为重。我们都有自己的梦想，佳佳希望以后成为服装设计师，做出自己的品牌，我希望能成为桥梁设计师，设计出很棒的作品。无论以后我们走的路会有多不同，我都一定会好好照顾佳佳。"

梁妈妈瞪着他，眼神慢慢地柔和了，梁爸爸说："小孩子说话我从来不信，不过这一个多月来，你们一家人的表现，在我看来还是靠谱的，我暂时接受你们的道歉。先不管那么多了，现在最重要的是你一定要帮助佳佳重新树立自信，至少一年后的高考，你们都必须考好！"

经历风暴毕竟能见彩虹

两家人对怀孕事件都做了保密处理，学校方面得到的消息是梁艺佳因腰骨受伤休养了两个月。

梁艺佳一返校就将迎接高二期末考试，比这更严峻的，是重新回到校园后她内心的忐忑。

李开明找妈妈请教过后，陪梁艺佳一起返校，下课后他帮助梁艺佳把学校的黑板报更新了。擅长的领域能让人充满自信，这让梁艺佳迅速摆脱了不安，主动找各科老师补交了作业，迅速融入集体。

高二的期末考试，两个孩子的成绩虽没有提高，但也没有因为那番巨大变故而落后，这让双方父母都感到欣慰。

此后一年，梁艺佳和李开明有来有往。跟以前青春少艾、异性相吸的心猿意马不一样，这次两个人都是心甘情愿地用功读书，互相督促学习。高三上学期，两人的成绩居然大踏步地前进了。

2014年6月7日，两个孩子走向高考考场。估分结束后，李开明和梁艺佳的成绩居然都比平时模拟考试时要高出一些，不出意外，他们将走进各自心中理想的大学。

高考结束后，两个孩子跟同班同学十几个人相约去昆明旅游，临走之前，李开明和梁艺佳分别给各自爸妈写了信。李开明写道："爸爸妈妈，谢谢你们帮我从非常事件里走了出来。现在我既觉得肩头的责任沉甸甸的，又欣慰自己的成熟。将来我要做一个优秀的桥梁设计师，还要保护好佳佳，让她永远幸福。"

　　他也给梁艺佳的爸妈写了一封信说："谢谢你们的宽容，请相信，不管未来的路怎么走，即使佳佳以后不选择我，我也会像真正的哥哥那样照顾她一辈子。"

　　而梁艺佳则在信中对父母说："爸爸妈妈，虽然人生的轨迹注定已经被改变，但很高兴我依然很受欢迎，依然灵感不断。同样的错我再也不会犯，我一定会成为你们的骄傲！"

　　做父母有多难，可能一个转身就铸成大错。但是为人父母又有多幸福呢？那些青春的生命，强悍得不可思议，经历雨打风吹反倒更加生机勃勃，也许这就是人类一代代要将生命延续下去的最迷人之处吧。至于未来，管他呢，谁知道明天这些孩子们又会带来什么惊喜呢？明天又是新的一天了。

文 / 路　明

有一种战争注定单枪匹马

一

她说，第 17 次化疗，疼得受不了，想死。

两年前，她和男友一起去日本读博士，她常觉得肚子疼，有垂坠感，伴随不规律出血。去医院一检查，卵巢癌。

爸妈是小城镇的普通工人，医疗费对他们来说是一笔巨大的负担。所以她选择留在日本接受治疗，日本政府对留学生有医疗补助，算是不幸中的万幸。

日本签证办起来很麻烦，母亲只能几个月来一次，照顾她十几天，抹着眼泪离开。

爱情是这黑暗中唯一的光，男朋友一边读博一边照顾她，像一对苦命的鸳鸯。

他们是大学时候的同班同学。一开始是波澜不惊，见面打个招呼，时间久了，她记住了他那诚恳腼腆的笑容。

第二学期，不知怎么的，周围的朋友都在传，说他喜欢她，而他听到的却是她喜欢他。他们自然会去注意对方，却发现了彼此更多的优点。

非常俗套的，两人开始一起上自习。每天晚上自习完了，他送她回寝室，后来就牵手啦。

后来两人一起考研，一起读研究生，一起申请出国，一起到了日本。

她说，以为好的感情就该这样，平平淡淡的，一直到老，没想到，生死考验来得这么快。

二

她有一群爱她的朋友，有个朋友知道她的病，在视频里哭得稀里哗啦，反倒是她去安慰人家。

她拜托朋友们别哭了，"我只是生病了，又不是要死了。会死，但还能活一会儿，就很好了。"

第一次化疗后，她大把大把地掉头发。有一天头发掉光了，她拍了张做鬼脸的照片，放到微博上，说把猴儿放出来了。

她哀叹她的导师运气不好，招了个不能干活的女博士。我听了眼泪快掉下来，都什么时候了，还惦记着人家运气好不好。

身体稍微恢复一点，她提着篮子去买菜，说要给男友改善伙食，"那家伙太笨了，做的东西都一个味道"。家到菜场不太远，她走走停停，花了一上午，回到家瘫坐在地板上，大口喘气。

她戴着假发套，站在樱花树下拍照，笑容灿烂。回家在日记里写，不知道还能不能看见明年的樱花。

3月10日：我才不要死，把生活演成红颜薄命英年早逝的电视剧给你们看，又没人给我片酬，我才不干吃力不讨好的事儿呢。

5月9日：初夏的傍晚，收了洗好的衣服慢慢叠，感觉好像回到了读研的时光。怎么去拥有一道彩虹，怎么去拥抱一夏天的风。我想念你，旧时光。

用淡淡的幸福和简单的温柔，去对抗巨大的病痛。若是鼓起所有的勇气，能坚持多久？

结束了 10 次化疗，她出院了，开开心心地回到学校。直到有一天昏倒在实验室，被直接送进重症监护。检查报告显示，癌细胞并未完全清除，肝肺部有扩散。

接着是第二轮化疗。

第 15 次化疗之后，各种反应一起来了，胃疼、肝疼、全身疼，撕心裂肺的疼。没有胃口，强迫自己吃东西，可是牙也疼。

第 16 次，疼得更厉害。以前每次化疗完就能慢慢地好起来，可这次，天天都想着"明天就好了"，结果每个明天都是"怎么还不好"。

男友去实验室了，请了好几天假，老板要骂人的。我在网上陪她聊天，希望能转移一下她的注意力，可以不那么疼一点。

我安慰道："至少有爱人在你身边，也是一种幸福吧。"

过了好久，她才答复："以前看日剧韩剧，看到那些身患绝症的女孩在爱人的呵护下死去，觉得好浪漫好感人。现在我知道，完全不是那么一回事。那样的疼必须由你自己去承受，别人没有办法帮你减轻哪怕一点点。

"有人说羡慕我，因为我的男朋友对我不离不弃。如果那也是一种幸福，我情愿不要。"

我突然有一种深深的无力感。除了廉价的同情和虚妄的祝福，我还能给她什么呢？

"祈祷、鼓励、加油、点蜡烛，这些对我没有意义，与死神搏斗的夜晚是寂静的。

"但我不会怪你们。我知道，有一种战争注定单枪匹马。"

每天下午，她都蜷在床角，像一只受伤的小兽。打嗝、放屁这样顺其自然的事，都要非常努力才能做到。

晚上，疼得彻夜睡不着。她在黑暗中睁着眼睛，咬着床单，虚汗浸湿了睡衣。多想要个温暖的拥抱，却不忍心叫醒身边的人。

那天中午，她的心情灰暗透了，实在没胃口，男友又一个劲地催她多吃点。她火气上来，一扬手，一碗汤洒在床上。

男友铁青着脸，洗床单，擦地板，收拾屋子。一下午两人不说话。晚饭端上来，排骨一丝一丝地撕好了，苹果切成指甲盖大，萝卜片切得薄薄的，堆成小雪山的模样，上面还放了个樱桃。她的眼泪一颗一颗滴在碗里。

7月28日：大学那会儿班里有个姑娘戴牙套，午饭还偏偏买了鸡腿。她的男朋友见了默默拿过鸡腿，把腿肉剔下来给牙套姑娘吃。我们这些同坐一桌的人感慨万分，表示将来自己若有男友至少要能如是。如今我也有此待遇，但我其实想念我的好牙口。

8月25日：吃晚饭的时候一边吃一边哭，我是个从来都没什么运气的人，所以对生活从来也没有什么奢望。我只是想和爱的人平安相伴到老，早知今日，还不如没出生在这世上。生而为人，真是太对不起了。

那天凌晨，她在微博上留言，"活着真的好辛苦"，之后便杳无音讯。

三

卡莱尔说，没有在深夜痛哭过的人，不足以语人生。这句话或许可以改成：没有在深夜痛醒过的人，不足以语人生。

我每天给她一条留言，可她却像是人间蒸发了一样。

不是说还要看樱花吗，不是说还要回国办婚礼吗？我在心里念叨着：姑娘，可别真的放弃了。

终于有一天，收到她的答复：谢谢你，好一点了。

她告诉我，她想自杀，不愿意这样活受罪，也不愿继续成为他的负担。男友去实验室了，她躺在床上，专心地想着死，连从哪扇窗子跳下去都想好了。

晚上，他从实验室回来，无比憔悴又无限柔情。忙里忙外的，给她洗脸、擦身、下面条、煮鸡蛋、烫蔬菜……她看着这个为她手忙脚乱的男人，紧紧咬着嘴唇，一遍遍告诫自己，不可以再动摇了，然后眼泪无声地滑下来。

他赶紧扔下手中的活儿，蹲在床前，问她怎么了？她终于忍不住，抱着他失声痛哭。

"我对他说，我舍不得离开你，我要巴巴地赖着你，赖到生命的最后一分钟，你是我活下去的欲望。"

活着，忍受着巨大的痛苦，还是要活下去。咬着牙，流着泪，活下去。

知道语言在病痛面前是苍白的，可有些话，还是想对那姑娘说：有一天，你站在蔚蓝的海边，你看着樱花漫山遍野，你品尝着精致的美食，你和爱人尽情地缠绵。那时，你会感谢现在的你，给了未来的你机会。

文 / 缪晓辉等

死亡如此多情——临床医生
口述的临终事件

医生，求您了，别让我出院

口述：缪晓辉　上海长征医院感染科

2003 年 3 月 28 日以前，这是一个和谐美满的家庭。父亲老林是医生，母亲老王是小学教师，退休在家，照顾老爷子和女儿女婿。然而，突如其来的 SARS 使这个家庭支离破碎。先是老王发热住院，随后小两口突然出现发热，老林也没能幸免。很不幸，女婿阿祥因 SARS 最先离去，其他 3 个人都被转到了小汤山医院，恰好都在我管辖的 18 和 19 病区。

一周之后，女儿小林康复出院了。出院前，小林找到了我，恳求在她出院之后把她母亲转到父亲所在的 18 病区，并与她父亲同住。在那个特殊时期，"以人为本"比"以病为本"更重要，经过内部协调，老夫妇俩入住同一间病房。

老王要求护士长不要为老林派护工，而由她自己亲自照顾老伴的一切。看得出来，老王除了觉得由自己照顾老爷子更放心、更方便以外，还带着一种负疚心理。在她看来，包括老伴在内的一家人都是因为她才遭到如此厄运。她每天亲自为老伴喂饭、喂水，一天为老伴擦两次身，丈夫的大小便都是她亲自料理，坚决不让护工插手。她总是在为丈夫做完了一切之后，才让护士给自己输液治疗。人们总能看到，躺在相邻的两张病床上的老两口，一边输液，一边说着有趣的故事，谈着开心的过去，筹划着出院以后的很多很多计划。

老林当年65岁，得 SARS 之前患糖尿病近20年，同时还患有慢性支气管炎。

作为医生，老林深知 SARS 的难治性，也知道自身的两大基础疾病是加重病情、增大治疗难度的重要因素。他清醒地意识到上帝不会给他特别开恩，他也隐约感觉到女婿可能已经遭遇不测，然而为了这个家庭，他又特别希望自己能挺过去。

因病情不断加重，我们打算把老林转科到重症监护病房，可是夫妇俩坚决不从。老林对我说："缪教授，我不怕死，但我更愿意在不多的时间里能够每天看到你们，而不是陪着机器或让机器陪着我。"妻子老王强烈地意识到，老林怕是挺不过去了，转到重症监护病房后的"气管切开"和失去亲人的陪伴给老林带来的心理打击，也许更会加速疾病进展，于是她同样恳求我们留下老林。我和专家组成员们多次商量后，决定不为老林转科。

6月初，经过精心治疗，老王已经完全康复，符合出院标准了，而此时老林的病情却在恶化中。我"公事公办"地来到老两口的病房，很轻松地对老王说："老王，恭喜您了，您明天就可以回家看女儿喽。"

"我不出院！我坚决不出院！"老王的反应完全出乎意料，近乎声嘶力竭，我怔住了。我知道她是为了丈夫而拒绝出院，于是耐心地劝道：

"您已经康复了，继续住在病房不合适，因为我们现在还不知道 SARS 病毒会不会再感染，老林有我们照顾呢。"老王是个通情达理的人，她为自己的失态感到惭愧。但出乎意料的事情再一次发生了，老王突然扑通一声跪在我的面前说："医生，求您了，别让我出院。老林是因为照顾我才生病的，他现在的病情不好，我无论如何也不能丢下他不管啊！就算再感染我也心甘情愿，我情愿陪老林去死啊！"

我也是老医生了，但从未经历过如此场景，眼泪无法控制，防护眼镜一片模糊，在场的其他医护人员也都抽泣着。其实我真的没有决定权，但这一次我却破例做了一次违背医院管理规定的决定：让老王留下。

老林最终还是被 SARS 夺走了生命。临终前一天，因为严重缺氧，老林说话时断时续，跟老伴说想吃她做的面条。病房里哪有面条，只有很多年轻的病人自备的方便面，老王亲自为老林做了一顿方便面，这是老林最后的晚餐。老王为老林拉开氧气面罩，喂两口面条，再为他戴上面罩，吃到一半，老林似乎很满意地闭上了双眼，从此再也没有睁开。

一句话

口述：张晓东　北京大学肿瘤医院

那是快 10 年前的事。她是一位 30 岁出头的女性患者，北大研究生在读，和老师、同学的关系都相处得非常好。她的孩子很小，老公对她也很好。在读书期间她刚一检查，就被发现是晚期胰腺癌。晚期胰腺癌被称为"癌中之王"，是一种恶性程度非常高的癌症，患者的平均生存期很短。我们知道她的结局不会太好，她自己心里也很明白。

我们给她进行化疗，一开始疗效挺好，肿瘤有所缩小，她和她老公都挺高兴的，不停地感谢我们。但随着时间的推移，她的病情越来越严重，我明白，离她走的日子越来越近了。但是这些严重的化疗毒性反应并没有让她和其他患者一样，对医师和治疗失去信心，她一直很配合治疗，和我们沟通起来也很愉快，对我们为她所做的一切心存感激。她越是这样，我们越是觉得责任重大，绞尽脑汁地设计治疗方案，就想能多给她减轻一点痛苦，让她多活一天。

随着病情的进展，终于到了那一天，我感觉她可能撑不过那晚。于是我下班没有走，陪着她。到了晚上七八点，我到床边看她的时候，她呼吸已经很困难了，说话声音也特别微弱。但我看她的样子，似乎是要和我说些什么。于是我探过身去，将耳朵贴在她的嘴边，她的声音像细丝一样，若有若无："太晚了……你孩子还小……快回去吧。"那一刻，我的心似乎被什么东西揪住了，嗓子发紧，一句话也说不上来。说完这句话后两个多小时，她永远地离开了这个世界。那一晚，我彻夜未眠。到现在，我想起来还是很难过，都到了生命的最后一刻了，这个女孩居然还想着别人。

死是生的开始

口述：罗素霞　河南省肿瘤医院

老金已经意识不清了，监护仪显示他的心跳越来越慢，我不确定他能不能听到外边的声音，他的爱人紧紧拉着他的手，细数往事。我站在门外，不忍心打扰他们。

老金是我门诊接诊的病人，初次见他，我根本没有想到他是一个病人。一个50多岁、衣着讲究的中年男人拿着PET-CT结果让我看。"这是你父亲的片子吗？估计是左肺癌，病变的范围挺广的，要入院治疗。"我一边看片子一边对他说。"病人是我本人。"他不好意思地说。我惊讶地看看他，又核对一下报告单的名字，一般来门诊咨询的都是患者的家属，我习惯性地认为他也是病人家属。"没关系，我知道自己是什么病。"他不好意思地笑笑，"需要住院就办手续吧。"这是我们第一次见面，老金给我的印象是非常的礼貌。

以后的时间里，随着治疗的深入进行，我对他的了解越来越多。老金夫妻两人平时对我们医护人员非常友善，是难得的容易沟通的患者。老金的化疗反应非常大，虽然我们每次都使用多种止吐方法，但是老金还是吐得一塌糊涂。他的爱人日夜不离地忙前忙后，擦拭、漱口、喂饭、喂水、捶背等，一天下来不知道要重复多少次，精心的护理让老金虽然做着化疗，但是看起来不像个病人。

老金虽然是个晚期的肺癌病人，但是反复的治疗、休息、再治疗，也延长了 3 年多的生命。但是终于，老金的肺部病灶再次进展，双肺的转移灶使他的呼吸变得十分艰难。也许是预感到时间不多了，有一天查房，他对我说："罗医生，非常感谢你，让我多在爱人身边 3 年，现在我可能真的不行了，我和爱人商量过了，我的肺、肝都是肿瘤，不能用了，但是角膜能用，我想在死后能够把它捐献给需要的人。"那一刻，我一下子愣住了，从业这么多年了，我还没有遇到过这样的病人。人在生命的尽头，能够放下愤怒、怨恨，看淡生死已经很不容易了，老金却在这一刻，还能够想到别人，想到用自己仅存的宝贵的东西帮助别人，我心中的敬意油然而生，一定要帮助他完成最后的心愿。

我在门外静静地看着监护仪，屋内的话语声越来越低，心电图最终变成一条直线。"你们开始吧。"老金的爱人擦拭完泪水，安静地说。我们的心情无比的沉重，在眼科的同事们开始工作前，所有的人不约而同地向老金的遗体深鞠一躬，这是对生命的敬畏，对逝者的尊重。以后的日子里，每当阳光明媚的时候，每当我看到年轻的笑脸，美丽的大眼睛，我都会想到老金，在这世界的某一个地方，一定有一个人心怀着感恩，幸福地注视着这个美丽的世界，开始新的生命。尽管，我不知道他是谁。

文 / 于艳丽

树生的"天堂"

　　和树生在一起的时候，他总是提他的村子。

　　他说村里的房子都是用木头搭建的，年代久远黑漆漆的木头甚至会生出几朵蘑菇来。石板路从村里一直延伸到山里的泉边，夏天光着脚走在冰凉湿滑的石板路上就像喝了泉水一样舒坦。吃过晚饭，乡亲们都聚到村里的老榕树下，听村小学的邴老师给大家讲山外面的故事，而他和一帮淘得能上天的小子三下两下就蹿上了树丫，一边听树下邴老师的故事，一边瞪着眼睛看星星……

一

　　树生说这些的时候，我就托着腮痴痴呆呆地看着他。我总觉得树生是清泉里泡大的孩子，他清俊的脸庞、黑白分明的眼睛，都让人觉得他不应该属于这个城市。

　　树生是我的大学同学，也是我的恋人。

　　暑假的时候，我缠着树生要和他回老家去。树生说，那里没有电呢！我说那我们就在晚上点篝火。树生说，汽车走不到村子，我们要步行。我兴奋地摇着他的胳膊说，好啊好啊，那就可以徒步旅行了。树生爱怜地摸了摸我的头发，他说，那好吧，我带你去我的"天堂"。

没想到树生的"天堂"那么远。

坐了三天多的火车，我们到了县城，又在县城换乘了一辆大巴车赶往树生的老家。

大巴车停在半路的时候，我正倚在树生的怀里睡觉。树生摇醒我说，醒醒吧，我们到了。

我揉着惺忪的睡眼望向车外，车窗外的田野绿意正浓，清凉的河水从田野中间穿过去，流到目光不能及的远方。

我被树生拉下车子，车子突突地冒着青烟把我和树生甩在身后。我大包小裹地带来的好多东西，堆放在村道的中间，我环顾左右，静谧的山野偶尔传来一两声鸟鸣外再无其他。

要走路的吗？我问树生，怯怯地，希望得到他否定的回答。树生朝我笑了笑，挥挥手指挥官一样地对我说：出发。

二

路愈走愈远，我的问话愈来愈频繁，树生歉意地说，快了，就快了！

我对于树生的"天堂"有些气馁，但是我不能说，树生告诉过我的，要走很远的路才能到达，我忍着，为了我天堂一般的爱情。

在天黑的时候，我们终于到了树生的"天堂"，可是，天很黑了，除了散落在山野里的几盏昏黄的灯光外，我看不到树生嘴里童话般的世界。

我是在昏睡了半个上午之后，被树生吵醒的，他说，起来起来，吃过饭我带你去转转。

　　我忍着全身的酸痛爬起来，也就在这个时刻，我才仔细打量树生提过的木头房。房子的确是木头的，甚至能从木头的空隙看得到阳光的影子，那一丝光亮让屋里显得愈加地黑，我睡在一张老式的木床上，床边一个脱了漆的木质家具和一把木椅，昨晚见过的树生娘正端着一盆水仙笑着望着我。

　　这不是我想要的童话。

三

　　吃过早饭，树生带我转了村子，在他说的那棵老榕树下我看到了邴老师常坐着讲故事的石头，石头是凉的，我躺在冰凉的石头上透过树的枝丫想象着树生小时候躺在上面看星星的感觉。

　　树生带我走的最后一站是他的"小学"，这是村里唯一的一栋砖房，尽管年代久远，但是砖的红色仍在，只是被雨水侵蚀剥脱像是一个已经老去却还有几分姿色的妇女尴尬地立在村子里。

　　邴老师不在。我和树生趴在窗户上看着并不宽敞的教室。树生说当初他上学的时候，两个年级都在一个教室里上课，还好，学生不多，挤挤也就坐下了，邴老师给这个年级讲完了留下作业，再给另一个年级讲。

　　树生走出学校的时候说，邴老师是村里 30 年来唯一的一名教师，他已经 57 岁，再有 3 年，就退休了。

　　就算他退了，这样的地方谁肯来教学？我心不在焉地说。

　　我是要回来的。树生用一种漫不经心的口气说着。

　　我立刻呆住了。尽管这不是树生第一次和我说这种话，在学校每次提到他家乡的时候，他都会这么说，我以为他是玩笑的，只是一种心灵寄托，可回到这里，我突然觉得他是认真的。

四

写下这段文字的时候，我正坐在北京的家中。一刻钟前，我刚刚从电视上看到了树生。不知是镜头的反光还是他老了，在他侧脸对着镜头的那一刻，我看到他的鬓角有几根头发闪着银色的光泽，但仍是那样清澈如泉的声音和目光，他在介绍他的"学校"，和他的学生，校舍是新的，教室里坐着他全部的学生——七八名留守儿童。我看着画面上的树生，听见记者问他说：听说你在大学毕业时在北京可以找到很好的工作，但你选择回到老家教很少的学生，你觉得哪份工作更能体现你的社会价值？

树生笑了笑，我看见他洁白的牙齿在阳光下熠熠生辉，他说，我在这里教书16年了，虽然学生不多，但是几十个孩子的人生价值就是我个人的社会价值。

看着电视屏幕，我的眼泪落了下来，爱人正好从外面走进来。什么节目？他问我。我哽咽着回答他说，树生的"天堂"！

文 / 张　渺

一只眼角膜与三个人的光明接力

这只眼角膜，今年 43 岁了。

如今，它正安稳地附着于丁凤芹老人的右眼之上，在北纬 45°、气温零下 30 多摄氏度的小村庄里，迎接冬日清晨从窗口投入的阳光。

它也曾帮助张子丽老人看清了女儿的相貌，让她人生中最后的 9 年得以欣赏生活中的色彩。

而它最初的主人，是黑龙江省阿城区的记者闫阿红。

这只眼角膜，曾陪着那位年轻的女记者直面摄影机镜头、采访对象、观众将近 10 年，直至闫阿红生命画上句号，年仅 34 岁，但这只眼角膜生命的"旅程"才刚刚开始。

"把能看见光明的眼睛，捐给那些看不到光明的人，让他们享受光明，那是一件多么美好的事啊。"当时，躺在病床上的闫阿红，已经瘦得看不出结婚照上的美丽，但目光明亮。

闫阿红成为黑龙江省第一个履行了眼角膜捐赠协议的人，在去世 9 个小时后，她的一只眼角膜为 72 岁的张子丽的左眼带来光明。9 年后，同样是这只眼角膜，又为丁凤芹的世界抹去灰暗。

"一只眼角膜移植两次，这在全国都是首例，在世界上恐怕也罕见。"黑龙江眼库的岳超英大夫说。

在灰雾中摸索了 50 余年的农妇丁凤芹，角膜炎摧毁了她的视力。2013 年 11 月 12 日上午，坐在眼科医院的暗室里，缠在丁凤芹头上的白色布条，被一圈一圈地拆下来，丁凤芹"有点害怕"，不敢立刻"睁开眼睛"，怕"还是看不见"。

最后，右眼的纱布揭开了。丁凤芹把眼睛微微睁开了一条细缝，又迅速闭上，接连眨巴了五六次，才半睁着抬起头。

"大字能不能看到？"刘平院长指着视力测试表。丁凤芹仰着脸，好一会儿才缓缓地说："那就是个山，下边那是往上倒的山。"女儿们欢呼起来，一起围在母亲周围，让老人家挨个分辨她们。

"这是我大闺女，后面那个是我二闺女，这是小闺女……"这种"一眼看到三个闺女"的情形，曾经是她"不敢想象"的。

2004 年，同样是 11 月 12 日，在黑暗中摸索了 40 年的七旬老人张子丽躺在眼科分院 6 楼西面走廊尽头的一个手术台上等待眼角膜移植手术。9 年后，丁凤芹躺的也是同一间手术室、同样位置的手术台。

"哎呀，看见了！"拆线的那天，这位满头白发的老人哈哈大笑，用力地拍着巴掌，随即搂着医生和女儿，眼泪流了下来。

"这是我姑娘，穿着红毛衣。"张子丽拍了拍女儿，紧接着，她开始辨认周围每个人衣服的颜色，一个一个指过去，"你穿米色的，你穿黄色的……"

这只眼角膜让她的视力恢复到 0.8，"和正常人没有区别"。

她带着这枚眼角膜，千里迢迢到北京，看长安街、故宫，还和天安门城楼合了影。年龄太大的她，已经爬不动长城了。女儿在长城上拍下的照片，张子丽一张张翻看着，还笑着说："和电视里一个样。"